Hans Olsson wurde 1962 in Uppsala/Schweden geboren und hat lange in der Beratung von homosexuellen Männern und Frauen gearbeitet. Er schreibt Buchrezensionen, Fachartikel, Drehbücher und Jugendbücher, in denen er sich mit den Problemen der Homosexuellen auseinander setzt.

HANS OLSSON

Achtung Fluchtgefahr!

Deutsch von Maike Dörries

Verlag Friedrich Oetinger · Hamburg

Die schwedische Originalausgabe erschien
bei Alfabeta Bokförlag AB, Stockholm, unter dem Titel »Smitvarning«
Deutsch von Maike Dörries
Einband von Agentur di Stefano
Satz: Utesch GmbH, Hamburg
Druck und Bindung: Ebner Ulm
Printed in Germany 2001

ISBN 3-7891-4420-7

KAPITEL 1

Nicht schon wieder! Angel seufzt still in sich hinein. Zwischen den Bäumen sieht er Fredrik an einer sich sträubenden Marina herumzerren. Schlag zu, denkt Angel. Stoß ihn einfach weg, er kann sich ja kaum auf den Beinen halten. Aber nichts dergleichen tut sie, dazu ist sie viel zu nett. Fredrik versucht weiter, sie zwischen die Bäume zu ziehen.

»Bitte, Marina! Nur ein Kuss! Please!«

»Ich hab gesagt, dass ich nicht will. Außerdem stinkst du!«

»Jetzt komm schon!«

»Du nervst!«, sagt Marina.

Angel schüttelt den letzten Tropfen ab, zieht den Reißverschluss zu und läuft durchs Gestrüpp zu Fredrik und Marina.

»Fredrik, hör auf!«

Fredrik hebt den Blick und lässt Marina augenblicklich los. Sie schüttelt gereizt den Kopf und zieht ihren Pulli zurecht, an dem Fredrik gezerrt hat.

»Angel, sie sacht, dassich schdinke! Dabei happich erss heute Morgen geduscht, nur für sie.«

Angel schnüffelt an ihm, verzieht angeekelt das Gesicht, streckt die Zunge raus und zwinkert Marina zu. Sie lacht.

»Du stinkst wirklich.«

»Desswegn kann sie mir ja wohl trossdem ein Kuss gem«, lallt Fredrik unglücklich. Angel verflucht ihn. Fredrik führt sich jedes Mal wie ein idiotischer Vierzehnjähriger auf, wenn er was getrunken hat. Und er trinkt immer zu viel.

»Jetzt hör schon auf. Warum sollte sie dich küssen wollen? Geh, Marina, ich kümmere mich um ihn.«

»Ich liebe dich!«, ruft Fredrik hinter ihr her. »Ich wollte sie doch bloß küssen, ehrlich«, sagt er zu Angel, stolpert über seine eigenen Füße und saust wie eine Flipperkugel zwischen den Baumstämmen hin und her. Mit dem Schädel gegen eine Kiefer und dem Arm gegen eine Birke, bis er kopfüber in den Blaubeersträuchern landet. Er flucht. Angel zieht ihn hoch, wobei Fredriks Kopf hin und her schaukelt.

»Warum wolln die nich?«

»Ein kleiner Tipp unter Freunden, vielleicht solltest du ihnen nicht auf die Schuhe kotzen!«

Fredrik grinst und wischt sich mit dem Ärmel über den Mund.

»Echt witssich, das happich schon vorher erledich, hehe. Wetten, dass du schon mit ihr ssusammen wasst! Oh verdammt, ich muss pissen. Diese verfluchten Weihnachssbäume bewegen sich.«

»Das sind Kiefern.«

»Scheißegal, jedenfalls bewegen sie sich. Hilf mir mal.«

Fredrik lehnt sich gegen Angel und holt seinen Schwanz aus der Hose. Kurz darauf rieselt es leise im Farnkraut. Die Nacht ist warm. Still. Fast einsam. Im Hintergrund ist ganz leise Musik zu hören. Keine Stimmen. Wahrscheinlich sind die anderen zum See runtergegangen und baden. Angel spürt, dass ihm das auch gut tun würde. Wasser. Er sehnt sich nach Tiefe. Nach dem Meer. Einer anderen Welt. Im Flatensee gibt es keine Delfine. Das ist nur ein ganz gewöhnlicher, schwarzgrauer See.

Der Himmel wölbt sich wie eine wolkenlose Kuppel über ihnen. Angel liebt dieses diffuse Licht der Frühsommernächte, die eigentümlich blaue Färbung, dunkel und hell zugleich und dabei so klar. Alles wird so groß darin. Man ist allein und trotzdem ist es, als ob einen jemand ansieht. Als hätte man plötzlich eine Bedeutung. Das Einzige, was ihn stört, sind die Gedanken. In diesem Großartigen. Die seit dem Tag auf dem Sergels torg in ihm mahlen. Dabei war es nur ein ganz kurzer Augenblick. Aber er hat ihn gesehen. Das muss er gewesen sein.

»Ich kapieass nich«, sagt Fredrik laut.

Angel zuckt zusammen. Fredrik ist längst fertig mit dem Pinkeln, steht aber immer noch mit dem Schwanz in der Hand da und starrt in den Wald.

»Wass issenn an mir aussusessen?«

Dass du tierisch anstrengend bist, Fredrik, das ist an dir auszusetzen. Aber er sagt es nicht laut.

»Wetten, wenn du versuchs sie ssu küssen, sacht sie, aber bitte doch, gerne, du warss mit ihr ssusammen, stimmss!?«

Und weil du nervst mit deinem Gelaber, vor allen Dingen, wenn du voll bist.

»Los, pack ihn ein, wir wollen weiter. Ich will jetzt schwimmen.«

Fredrik folgt Angel gehorsam. Er macht einen Schritt nach vorn, stolpert und klammert sich an Angel fest. Hängt sich an ihn. Sie sind gleich groß.

»Wir sind fast wie Brüder«, sagt Fredrik mit feierlichem Ernst. »Obwohl einer hell und der andere dunkel iss.«

Angel wendet das Gesicht ab, als Fredrik ihn durchdringend anstarrt. Er stinkt nach Fusel und Zigarettenrauch.

»Mist, wenn ich deine Augen hätte, wär es schön einfach. Was iss an mir auszusetzen? Warum geht es jedes Mal in die Hose? Ich wollte sie doch bloß küssen. Egal wen. Verschtehssu? Keiner mag mich.«

Gleich fängt er wieder an zu heulen.

»Mags du mich?«, lallt Fredrik und sieht aus, als ob er jede Sekunde zusammenbrechen würde.

»Klar mag ich dich. Wie einen Bruder«, lügt Angel und klopft Fredrik auf die Schulter. »Und jetzt komm.«

Fredrik schnieft. Jetzt rollen richtige Tränen. Morgen wird er sich deswegen wieder schämen und so tun, als ob nichts gewesen wäre. Angel lässt Fredrik eine Weile heulen, legt ihm den Arm um die Schulter und verspricht ihm, dass alles gut wird, alles wird gut werden, obwohl er selbst nicht glaubt, was er sagt.

»Du bist mein bester Kumpel, weißt du das?«, haucht Fredrik.

»Schon gut, aber jetzt komm. Wir wollen schwimmen. Ich pass auch auf, dass du nicht absäufst.«

Plötzlich fängt Fredrik an zu lachen.

»Ach, Scheiße, nicht zu viel grübeln, stimmt's?«

Sie gehen das kurze Stück durch den Wald an den See runter. Die anderen baden tatsächlich. Mattias' dunkle Stimme hallt über das Wasser und übertönt alle anderen.

Katta winkt ihnen vom Steg aus zu.

»Wo wart ihr?«, ruft sie.

»Ich musste Fredriks Windeln wechseln«, ruft Angel zurück. Fredrik schubst ihn von hinten.

»Bist du komisch, ey«, brummt er.

Jamahl macht einen eleganten Kopfsprung vom Sprungturm. Victor folgt ihm mit einem Bauchklatscher und kommt fluchend an die Oberfläche.

»Scheiße, tut das weh!«, stöhnt er und lacht.

Der kleine Victor. Wenn jemand wie ein Bruder für ihn ist, dann er.

Fredrik brabbelt ohne Punkt und Komma vor sich hin, während sie sich ausziehen. Als sie ins Wasser gehen, fordert Angel ihn auf, im Flachen stehen zu bleiben. Fredrik nickt gehorsam.

»Angel, hab ich dir schon gesagt, dass du mein bester Kumpel bist?«

»Gerade eben. Und jetzt halt die Klappe, bevor ich dich ersäufe.«

Angel wirft sich ins Wasser, es ist kalt und im ersten Moment zieht sich alles zusammen. Er schwimmt zu Marina und küsst sie. Und weiß genau, dass Fredrik ihn sieht.

❖❖❖

Es klingelt an der Tür. Ich will nicht gestört werden und stehe vorsichtig auf, damit mich niemand hört, schleiche durch den Flur und werfe einen Blick durch den Spion.

Ich erkenne Angel sofort wieder. Weiß nicht, wie ich mich verhalten soll. So vergehen sicher mehrere Minuten. Er steht da, sieht sich um, schaut zur Decke, auf den Boden. Klingelt ein zweites Mal. Während ich ihn durch den Spion beobachte. Schließlich gibt er auf und geht.

Erst als er wieder weg ist, geht mir die Ungeheuerlichkeit der Tatsache auf, dass er an meiner Tür geklingelt hat. Ich habe, das muss ich zugeben, in den letzten Jahren immer seltener an ihn gedacht. Früher habe ich mich oft gefragt, wie es ihm wohl gehen mag, was aus ihm geworden ist. Aber mit der Zeit wurde er zu jemandem, den es einmal gegeben hat und der jetzt nur noch auf den Bildern in meinen Fotoalben existiert. Ein paar Mal war ich drauf und dran, ihn aufzusuchen. Aber wozu hätte das gut sein sollen? Der Zug ist abgefahren. Ich hätte es getan, um meine Neugier zu stillen, Gewissheit zu haben – nicht seinetwegen. Und jetzt, wo ich am wenigsten damit gerechnet habe, kommt er zu mir.

Eigentlich sollte mich das nicht überraschen. Das erste Mal habe ich ihn vor etwas mehr als einem Monat wieder gesehen, Mitte Mai. Die Blätter waren noch nicht ganz ausgeschlagen, aber der Asphalt dunstete bereits sommerliche Frühlingswärme aus. Die

Stadt füllte sich plötzlich mit Menschen, die nach Sonne und Licht lechzten. Ich ging über den Sergels torg auf dem Weg zum Kungsträgården, wo ich mit einem Freund verabredet war, um bei dem herrlichen Wetter einen Cappuccino zu trinken. Das Jugendzentrum Fryshuset hatte über Nacht ein paar Basketballfelder aufgebaut, auf denen jetzt Jugendliche zwischen fünfzehn und zwanzig in Dreierteams gegeneinander spielten. Ich hatte noch reichlich Zeit und sah ihnen eine Weile zu.

Plötzlich entdeckte ich ein bekanntes Gesicht auf dem Spielfeld. Ich folgte dem Jungen mit dem Blick. Er dribbelte an den Spielfeldrand, genau dorthin, wo ich stand, blieb stehen, suchte jemanden, den er anspielen konnte. Dann drehte er sich abrupt um und lief blitzschnell auf den Korb zu. Ich war nicht sicher, ob er mich gesehen hatte. Aber ich hatte ihn gesehen und erkannt. Ich war völlig überrumpelt. Darauf war ich nicht gefasst gewesen und ich verließ eilig den Platz.

Das zweite Mal habe ich ihn etwa eine Woche später an einem Freitagabend in der U-Bahn bei Slussen gesehen. Ich saß in der Mitte des Wagens. Er stieg am hinteren Ende ein, den Oberkörper vorgebeugt, als wollte er unsichtbare Hindernisse beiseite schieben. Hinter ihm folgte der Rest der Gang. Sie waren laut und verbreiteten Unruhe. Riefen sich was zu und lachten. Wechselten ständig die Plätze. Schubsten sich gegenseitig und zerrten aneinander. Äfften den Dreiklang nach, der die nächste Haltestelle ankündigt. Die Leute um sie herum waren spürbar irritiert und wurden nervös. Ich starrte aus dem Fenster. Am Gullmarsplan stieg ich aus und ging vor dem Wagenfenster an ihnen vorbei. Er hatte ein Mädchen auf dem Schoß.

Und eben gerade habe ich ihn also zum dritten Mal gesehen. Diesmal an einem Ort, an dem ich am wenigsten mit ihm gerechnet hätte: vor meiner Tür. Ich bin unentschlossen. Als ich mich ans Fenster stelle, sehe ich ihn aus dem Hauseingang treten. Beim Spielplatz bleibt er stehen und sieht zum Haus hoch. Er steht lange da, als ob er rausfinden wollte, welches meine Fenster sein könnten. Aber wie schon so oft in seinem Leben öffnet sich kein Fenster, um ihn zurückzurufen. In den glänzenden Scheiben spiegelt sich nur der sommerhelle Himmel. Was dahinter ist, bleibt ein Geheimnis für ihn.

Meiner Rechnung nach müsste er inzwischen siebzehn sein. Sechs Jahre sind seitdem vergangen. Und mindestens vier, fünf Jahre, seit wir uns zum letzten Mal gesehen haben. Schnelle Jahre in meinem Leben – viele und lange in seinem. Er ist aus den Kinderschuhen herausgewachsen und auf dem Weg ins Erwachsenenleben. Ich habe Angst vor dem, was mir begegnen wird. Beim nächsten Mal werde ich ihm die Tür öffnen. Nicht, weil ich sicher bin, dass ich es wirklich will. Ich habe keine Wahl. Dieser Sommer gehört wahrscheinlich nicht mehr mir allein.

KAPITEL 2

Angel wacht davon auf, dass er sich den Kopf an der Bettkante stößt. Das Licht bohrt sich schmerzhaft in seine Augen. Er kneift sie schnell wieder zu. Schwitzt. Seine Zunge klebt am Gaumen. Er schlägt die Augen wieder auf. Sein Kopf dröhnt. Welcher Idiot hat behauptet, dass das Leben ein Spaß ist? Seine Klamotten liegen in einem Haufen vor dem Bett. Erdig. Schmutzig. Selbst schuld, wenn man nachts um halb zwei auf dem Waldboden rumknutscht. Sein Ellbogen brennt. Kiefernzapfen haben ziemlich scharfe Kanten.

Ein Pferdekopf glotzt mit dämlichem Blick auf ihn herunter. Er stöhnt. Was für ein Schicksal, jeden Morgen diesen Pferdeblicken ausgeliefert zu sein. Pferde sind hässlich. Man sollte Hamburgerfleisch aus ihnen machen. Das halbe Zimmer ist mit Pferden in allen Farben und Größen mit großen, blöden Augen und noch blöderen Namen tapeziert. Natalie hat jede freie Stelle damit zugepinnt. Dazwischen hängen Fanposter von allen möglichen supersoften, ätzenden Boygroups. Am liebsten würde er den Mist einfach runterreißen. Das Zeug passt nicht zu ihm. Aber Natalie liebt die Bilder. Und sie ist nun mal seine Schwester, also bleiben sie hängen. Außerdem ist das ihre Zimmerhälfte.

Das Bett seiner kleinen Schwester ist leer und ordentlich gemacht. Die Kuscheltiere sitzen aufgereiht auf der Spitzentagesdecke. Mama und Natalie sind übers Wochenende weggefahren, ein Glück. Vor ein paar Tagen hat er etwas erfahren, das er lieber nicht gewusst hätte. Warum hat sie nie was gesagt?

Er dreht den glotzenden Pferden den Rücken zu, zieht die Decke bis ans Kinn hoch. Reflexartig greift er sich an den Hals. Verdammt!? Er fährt hoch. Die Kette! Er durchsucht das Bett. Schmeißt die Bettdecke auf den Boden, schleudert die Kissen in die Ecke. Nichts. Sie ist weg. Er springt aus dem Bett.

»Scheiße«, schreit er und schlägt gegen den Türrahmen. Auf dem Sofa im Wohnzimmer liegt Fredrik halb ausgezogen und ohne Decke.

»Aufstehen, du Scheißhaufen«, sagt er und tritt ihm gegen den Hintern. Fredrik grunzt.

»Du Schwein, wollte ich sagen. Mein Gott, du siehst vielleicht aus«, sagt er lachend und geht ins Badezimmer.

Er duscht heiß. Seift sich ein. Gleitet mit den Händen über den Brustkorb an den Hals. Stockt. Da ist nichts. Ein Gefühl, als ob einem das Ohrläppchen abgeschnitten worden wäre oder man einen Zahn verloren hätte. Man denkt nicht darüber nach, wie es sich anfühlt, wenn es da ist – aber kaum ist es weg, merkt man es plötzlich. Man fühlt es regelrecht! Und das kann höllisch wehtun. Eine simple Goldkette! Wann hatte er sie bekommen? Zu seinem sechsten Geburtstag, vielleicht auch zum siebten. Egal. Jetzt ist sie weg. Verloren. Er fasst sich noch einmal an den Hals, tut, als ob er die Kette zwischen den Fingern hielte wie immer kurz vorm Einschlafen oder wenn er langsam wach wird oder fernsieht oder einfach nur rumsitzt. Da ist nichts. Nur Luft. Die Kette muss irgendwo im Wald liegen. Da, wo er und Marina rumgeknutscht haben. Oder besser gesagt miteinander geschlafen haben, was er bereits schwerstens bereut. Was sollte das? Er ist noch nicht einmal verknallt in sie. Und sie nicht in ihn. Das war überflüssig.

Als er mit einem Handtuch um die Hüften aus dem Badezimmer kommt, hockt Fredrik vorm Fernseher. Das Haar völlig zerzaust, die Fernbedienung in der Hand. Er sieht aus wie ein Kater nach dem Schleudergang. Ein ziemlich beleibter Kater nach dem Schleudergang. In der Glotze macht sich gerade ein Mann über eine Frau mit zum Würgen großen Brüsten her.

»Wo zum Teufel hast du den her?!«

»Aus deinem Schrank.«

»Und wer hat dir erlaubt, in meinen Sachen rumzuwühlen?«

Fredrik sieht Angel vorwurfsvoll an.

»Wer hat den Film besorgt?«, fragt er, den Blick bereits wieder auf den Bildschirm geheftet. »Der gehört mir genauso wie dir. Und ›Tausendundeine Nacht‹ sendet um diese Zeit noch nicht.«

»Nur, weil du dich nicht traust, ihn bei dir zu Hause aufzubewahren.«

»Sei du mal ganz still. Du hast gestern doch wohl deinen Teil gehabt? Ich nicht.«

»Verdammt, nerv nicht!«

»Verdammt, fluch nicht dauernd! Ich dachte, du würdest länger duschen«, brummt Fredrik. »Übrigens, ich hab Kaffee gemacht. Und Frühstück, falls es dich interessiert.«

Er schaltet die Glotze aus und folgt Angel in die Küche.

»Nimm das Video raus. Sofort! Mama kommt heute Abend nach Hause!«

»Ja doch. Du hast ja eine blendende Laune.« Fredrik verschwindet eingeschnappt im Wohnzimmer.

Als er in die Küche zurückkommt, wirft er die Videokassette auf den Küchentisch, sieht Angel verächtlich an und zeigt auf den Frühstückstisch, den er gedeckt hat.

»Ich weiß ja nicht, ob man das Frühstück nennen kann«, sagt er. »Aber es war nichts anderes da.«

»Selbst schuld, du hast heute Nacht alles aufgefressen.«

»Sieh doch selbst. Eine vergammelte Paprika, eine Gurke, die wie ein schlapper Pimmel aussieht, und eine Dose verschimmelte Pastete. Knäckebrot und Blaubeermarmelade, mehr gibt's nicht.«

»Das ist hier kein verflixtes Grand Hotel, falls du das glaubst. Geh lieber duschen, dein Anblick ist wirklich unerfreulich.«

»Warum soll ich duschen? Mich will doch eh keine – so wie ich bin!«

»Ich fass es nicht. Fängst du schon wieder an?«

Angel öffnet den Kühlschrank und entdeckt noch eine Gurke.

»Es gibt übrigens zwei traurige Pimmel«, informiert er Fredrik. »Oder drei, deinen mitgerechnet«, fügt er hinzu und schließt die Kühlschranktür. Das Ausmisten verschiebt er auf ein andermal.

Angel setzt sich. Fredrik blättert in einer alten Fernsehzeitschrift. Er ist in einem erbärmlichen Zustand, hat sich Aspirin und Emser Salz geholt und schluckt beides gleichzeitig. Angels Kopfschmerzen haben sich von allein wieder verzogen. Er hat an Wichtigeres zu denken. Die Kette. Sergels torg. Das Gesicht neben dem Basketballfeld. Es irritiert ihn, dass es ständig wieder auftaucht. Selbst jetzt, in seinem trostlosen Zustand.

»Danke für den Kaffee«, sagt er schließlich, weil es ihm zu anstrengend ist, noch länger sauer auf Fredrik zu sein. Immerhin hat er ihn letzte Nacht auf dem Fahrrad nach Hause gekarrt. Halb bewusstlos und voll wie Harry. Ansonsten würde Fredrik wahrscheinlich immer noch in nasser Unterhose über seinen Klamotten beim Flatenbad im Gras liegen und pennen. Es war nicht das erste Mal, dass Angel sich um einen völlig besoffenen Fredrik gekümmert hat. So wie es auch nicht das erste Mal war, dass Fredrik auf dem Sofa übernachtet hat oder bei ihm im Bett, wenn seine Mutter zu Hause ist und Natalie nebenan unschuldig in ihrem Bett schlummert. Irgendeinen Grund muss es ja geben, dass er den alten Besoffski immer wieder mit sich herumschleppt.

Seine Mutter jedenfalls mag ihn, und das will was heißen, sie mag längst nicht jeden. Manchmal hat er das Gefühl, dass nur Natalie ihr wirklich was bedeutet.

»Wo ist deine Kette?«

»Was?«

»Na, die Kette, die du immer trägst«, sagt Fredrik.

Es ist ihm also aufgefallen. Angel zuckt mit den Schultern.

»Hast du sie verloren?«

»Ja … Sie war ziemlich alt.«

»So 'ne Art Familienschmuck?«, fragt Fredrik.

»Kann man so sagen.«

»Ärgerlich«, sagt Fredrik und blättert weiter in der Zeitschrift.

Während Fredrik duscht – gezwungenermaßen, weil er sich erst ein bisschen in Stand setzen muss, bevor er, wie er sagt, in den trauten Kreis der Familie zurückkehrt –, fasst Angel einen Beschluss. Er holt das Telefonbuch. Er muss zu ihm.

❖❖❖

Nachdem Fredrik gegangen ist, macht Angel sich fertig. Die Adresse war leicht rauszukriegen. Er ist müde und nicht in Form, aber es muss sein. Die Kette ist weg. Es gibt sie nicht mehr. Das muss was zu bedeuten haben.

Er überlegt nicht erst, was er sagen will, er geht einfach los. Nimmt die U-Bahn. Von Farsta zum Gullmarsplan. Und von dort aus mit dem Bus nach Årsta.

So nah. Sie wohnen fünf Kilometer voneinander entfernt. Auf derselben Seite der Stadt. Wie lange schon? Komisch, dass sie sich noch nie in der U-Bahn begegnet sind.

Er sieht das verschwommene Spiegelbild seines Gesichts im

Busfenster, begegnet seinem eigenen Blick. Plötzlich durchzuckt es ihn wie ein Blitzschlag. Hat er noch Ähnlichkeit mit dem Angel von früher? Was, wenn er ihn nicht wiedererkennt?

Angel hat ihn auf den ersten Blick erkannt.

Er muss mich doch auch erkannt haben.

Bloß nicht zu viel nachdenken. Er lehnt den Kopf gegen das Fenster und sieht die zweistöckigen Wohnblocks langsam an sich vorüberziehen. Wie viele Jahre ist das jetzt her? Angel kann sich nicht mehr so genau erinnern. Es war die einfachste Lösung gewesen, nicht mehr daran zu denken, so zu tun, als ob nie etwas gewesen wäre. Über gewisse Dinge sprach man nicht, das hatte er früh begriffen. Für seine Mutter war es ein abgeschlossenes Kapitel. Aber er hatte nichts vergessen. Doch, anfangs schon. Da war es nicht so wichtig gewesen. Aber dann hatte er angefangen, darüber nachzudenken. Warum er verschwunden war. Warum alle um ihn herum irgendwann verschwanden.

Er steigt bei Valla torg aus und geht auf gut Glück in die entgegengesetzte Fahrtrichtung des Busses. Rechts von ihm liegen die weißen, schuhkartonartigen Wohnblocks, die das Årstafält einrahmen, links die Reihenhäuser. Der Wind fährt zwischen die Häuserzeilen, die Straßen sind wie ausgestorben.

Vorsichtshalber nimmt er nicht den Aufzug – es wäre typisch, wenn er stecken bleiben würde – und läuft in den fünften Stock. Liest die Namensschilder an den Briefeinwurfschlitzen. Da ist er. Ihm schießt durch den Kopf, dass er gar nicht genau weiß, warum er hierher gekommen ist. Er weiß nicht, was er sagen soll. Oder was er eigentlich hier will. Um eine neue Kette bitten?! Er hat sich nicht überlegt, wie er beginnen soll. Irgendwie kommt es ihm lächerlich vor, nach so vielen Jahren hier aufzukreuzen. Wie ein Dieb. Um sich etwas zurückzuholen, das ihm vor vielen Jahren abhanden gekommen ist.

Wenn Mama das wüsste. Sie würde mich umbringen.

Er steht vor der Tür und würde am liebsten zurück zur Bushaltestelle laufen und auf kürzestem Weg nach Hause fahren, Fredrik anrufen und sich wegen der Sache mit Marina entschuldigen.

Plötzlich geht hinter ihm eine Tür auf. Angel weicht erschrocken zurück. Aber die Frau hat ihn bereits gesehen und mustert ihn misstrauisch. Er lächelt sie an und nimmt das Tuch ab, das er sich um die Stirn gebunden hatte. Man muss alte Frauen ja nicht unnötig erschrecken. Sie geht zum Treppenabsatz, öffnet den Müllschlucker und stopft eine Tüte hinein.

»Suchst du jemanden?«, fragt sie.

»Ja, ich will zu …« Er nickt in Richtung der Tür.

»Na, da brauchst du ja nur noch zu klingeln.«

Die Frau geht langsam zu ihrer Wohnung zurück. Ehe sie endgültig die Tür hinter sich zumacht, dreht sie sich noch einmal um und sieht durch den Türspalt zu ihm rüber. Jetzt bleibt ihm gar nichts anderes übrig. Wenn es nach ihm ginge, würde er jetzt abhauen. Aber dann ruft die Alte wahrscheinlich die Polizei. Er legt den Finger auf die Klingel. Die Frau schließt die Tür. Aber er ist überzeugt, dass sie ihn durch den Spion beobachtet. Er wartet. Starrt an die Decke. Auf den Boden. Er glaubt, in der Wohnung ein Geräusch zu hören, und klingelt noch einmal. Nichts geschieht. Da hat er sich wohl getäuscht. Niemand da.

Wieder zu Hause, kramt er seine heimliche Schachtel mit den Zeitschriften, ausgerissenen Zeitungsartikeln und den alten Fotos aus der hintersten Ecke seines Kleiderschranks hervor. Er hat sie unter ein paar Pullovern versteckt, die er nicht mehr trägt. Das braucht er jetzt.

Als er den Deckel abnimmt, läuft ein Kribbeln durch seinen Körper. Das glatte, edle Papier glänzt im Licht. Herrliche Farben. Wunderschöne Bilder.

Aus alter Gewohnheit legt er die Hand an den Hals, während er in den Zeitschriften blättert. Er sieht sich die Bilder lange an, die geschmeidigen Körper, das Licht. Blättert vor und zurück. Kriegt Lust auf Hände auf seiner Haut. Nackt sein wie auf den Bildern, den Körper von Wärme eingehüllt. Er zieht das T-Shirt aus. Die Jeans. Das kühle Laken an der warmen Haut. Er schiebt das Kissen unter dem Kopf zurecht. Er sehnt sich weit weg. Durchs Wasser gleiten. Wie ein Traum. Das ist ein Traum. Sein heimlicher Traum. Fredrik weiß nichts davon. Katta auch nicht. Noch nicht einmal Victor hat er was davon erzählt. Tauchen. In einem warmen Meer. Die Schwerelosigkeit der Tiefe. In einer blauen Welt aus Wasser zwischen knallgelben Pinzettfischen, Blaukopfkaiserfischen und Schwärmen neugieriger Engelfische schweben. Der Nervenkitzel, wenn dicht neben einem ein paar Riffhaie vorbeigleiten. Oder ein Rochen, der sich mit majestätischen Flügelschlägen durchs Wasser bewegt. Oder freundliche Delfine, die mit ihm spielen, ihn in den Kniekehlen kitzeln, ihn anstupsen, ihm ins Ohr pusten. Mit wenigen Flossenschlägen wäre er auf dem Meeresboden zwischen Korallenriffen und Felsen, ein befangenes Pochen im Brustkorb, wenn er in den dunklen Schlund einer geheimnisvollen Grotte hineinschwimmt.

Er war in einen Laden für Taucherzubehör gegangen und hatte sich erkundigt, was ein Tauchkurs kosten würde. Und hatte nicht schlecht gestaunt, wie teuer das war. Zusätzlich zu den Kursgebühren braucht man einen Haufen Ausrüstung. Einen Trockentauchanzug. Oder Nasstauchanzug, je nachdem, wo man tauchen will. Ein Pressluftgerät. Einen Atemregler. Taucherbrille und Kompass. Bleigürtel, Schwimmflossen. Aber was spielte das schon für eine Rolle, er würde es sich sowieso nie leisten können, ans Rote Meer, ans Great Barrier Reef oder auf die Malediven zu fahren. Und im Flatensee gibt es keine Delfine.

Er legt sich auf den Rücken, schließt die Augen und sieht das Meer vor sich, tastet nach seiner Kette. Die andere Hand liegt über seinem Schritt. Als plötzlich das Telefon klingelt, legt er die Zeitschriften schnell in die Schachtel zurück und stellt sie wieder in den Schrank.

»Das traute Glück zu Hause war alles andere als traut«, sagt Fredrik schnaufend. »Jedes Mal das gleiche Genörgel. Trink nicht, rauch nicht, komm nach Hause, ruf an. Wenn ich anrufen würde, wären sie wahrscheinlich sauer, weil ich sie geweckt habe.«

Gott sei Dank bleibt mir das erspart, denkt Angel. Andererseits, wie amüsant sind ein paar traurige Gurken im Kühlschrank?

»Was machst du heute Abend?«

»Ich nehme an, dass wir ins Paradiso gehen«, sagt Angel.

»Wer sind wir?«

»Jamahl und Victor.«

»Schade.«

»Komm doch mit.«

»Ich kann weder Salsa noch was anderes tanzen. Und die spielen da doch nur solche Musik, oder?«

»Dann musst du es eben lernen. Latinobräute fahren voll auf Blonde ab, die Salsa können. Die interessieren sich nicht für lateinamerikanische Machomacker wie mich.«

»Und die schwedischen Bräute liiiieben natürlich feurige Latinos, die mit den Hüften schwingen! So wie du.«

»Genau. Du hast es durchschaut. Auf jeden Typ gehen zwei Bräute. Was glaubst du, warum der Laden Paradiso heißt! Selbst du hättest da Chancen.«

Fredrik lacht. Aber dann verstummt er abrupt.

»Hast du gestern nicht genug bekommen?«, fragt er.

Dass Fredrik immer wieder darauf herumreiten muss.

»Hast du mit Marina geschlafen?«

»Fredrik, verdammt, jetzt gib endlich Ruhe!«

Angel hört, dass Fredrik schon zur nächsten Frage ansetzt. Und um ihn ein bisschen zu ärgern, sagt er:

»Sollte ich nicht?«

Er überlegt, ob er nicht vielleicht Victor anrufen soll, wo er schon mal den Telefonhörer in der Hand hat. Er hat ihm gestern versprochen, mit ihm ins Studio zu gehen. Und heute Abend ist Tanzprobe im Club, La Tierra del Fuego. Obwohl niemand ihn so nennt, er wird von allen einfach nur der Club genannt.

Ihm ist das eine wie das andere zu anstrengend. Und Lust hat er auch keine.

Er hat Victor im Club kennen gelernt. Bei einem gemeinsamen Fest der Sport- und Kulturabteilung. Victor spielte in der Fußballmannschaft, Angel war in der Tanzgruppe. Damals wohnte Victor noch in Rinkeby. Richtige Freunde sind sie erst geworden, als Victors Vater einen Job als Monteur bei Telia in Farsta bekommen hatte und mit der ganzen Familie dorthin gezogen ist. Angel war etwa zur gleichen Zeit nach Farsta gekommen. An den Sunneplan.

Victor und er wurden schnell dicke Freunde. Sie waren zwölf, kamen beide in die Sechste und landeten in derselben Klasse. Sie waren die einzigen Lateinamerikaner in der Klasse und gingen jeden Dienstag und Donnerstag nach Schulschluss gemeinsam zu dem überflüssigen muttersprachlichen Unterricht. Dort musste man still sitzen und Zettel ausfüllen, Verben hin- und herbeugen und sich in Touristenbroschüren und Lexika über Chile informieren. Hinterher sind sie immer zusammen nach Hause gegangen, haben Saft getrunken und eine Kleinigkeit gegessen. Computerspiele gespielt oder sich geprügelt. Angel war schon damals größer als Victor und gewann fast immer. Sie malten. Das war allerdings Victors Idee. Er malte ständig und hatte

Malkreide und Filzstifte in allen Farben und Dicken. Als sie im muttersprachlichen Unterricht ein Heft über Chile machen sollten, hat Angel den Text geschrieben und Victor die Bilder gemalt.

Was heißt hier gemalt, Victor verbringt auch heute noch Stunden mit Bleistiften, Kohle oder Pinseln. Und immer und überall hat er einen Block dabei. Autos, Bäume, Häuser, Straßenlaternen, egal was, er malt alles. Wahrscheinlich hat Victor allein für Angel einen kompletten Wald verbraucht, weil er immer als dankbares Objekt in greifbarer Nähe war: Angel relaxt. Angel sieht sich einen Film an. Angel isst einen Hamburger. Angels Hände, Augen, Ohren, was auch immer an denen interessant sein mag. Angel raucht, mit Sonnenbrille. Angel sonnt sich. Angel langweilt sich. Angel ist verknallt. Es gibt nichts, was Victor nicht auf seinen Block gebannt hätte. Außer Angel wichst, vielleicht.

Eigentlich geht er hauptsächlich Victors wegen ins Studio. Und weil es umsonst ist. Victor kennt einen der Trainer. Der hat ihm für ein paar Tage in der Woche einen Putzjob im Studio besorgt. Als Honorar darf er gratis trainieren, sooft er will. Victor hat sogar einen eigenen Schlüssel. Manchmal geht Angel mit ihm zusammen dorthin. Er hat nichts dagegen, kräftigere Muskeln zu bekommen. Aber eigentlich ist Victor die treibende Kraft. Der kleine Victor. Der unbedingt größer werden will.

»Ich bin zu kurz zum Tanzen und zu klein für Fußball«, hat Victor einmal ganz verzweifelt gesagt. Er hatte mit dem Fußball aufgehört. Es reichte nicht, schnell und technisch geschickt zu sein. Ein Mittelstürmer, der nicht köpfen kann, ist ein nutzloser Mittelstürmer. Oder Verteidiger oder Mittelfeldspieler. Und zum Tanzen ging er hauptsächlich wegen Angel. Aber damit hatte er inzwischen auch aufgehört.

Er drückt sich davor, Victor anzurufen. Er weiß, dass Victor enttäuscht sein wird. In letzter Zeit ist er so gut wie gar nicht mehr im Studio gewesen. Erst sagt er zu und dann kommt er doch nicht. Nächste Woche, ganz bestimmt, da ist er wieder dabei. Versprochen.

Stattdessen ruft er bei Evelyn an, um ihr zu sagen, dass er nicht zur Probe kommt. Und dass sie sich später im Paradiso sehen.

❖❖❖

Ich warte. Beschäftige mich kurze Zeit, werde aber ständig von Angel unterbrochen, der sich in meine Gedanken einschleicht.

Über den Angel von heute weiß ich nichts. Ich grabe Bilder aus meiner Erinnerung und aus den Fotoalben aus. Angel mit vier, mit sechs Jahren, in der Schule, mit acht, neun, zehn. Bei elf gehen mir die Bilder aus. Bis auf ein paar verschwommene Erinnerungen an die wenigen Male, die wir uns gesehen haben, bis er dreizehn oder vierzehn war. Danach haben wir uns aus den Augen verloren. Jetzt ist er fast erwachsen.

Wer weiß, welche Erinnerungen an mich er mit sich herumträgt.

Ich weiß nicht, wo er wohnt, aber er hat mich ausfindig gemacht. Den Grund dafür kann ich nur ahnen.

Mir fällt auf, dass er auf den Bildern, die ich habe, selten lacht. Trotzdem ist es sein Lachen, an das ich mich erinnere.

Als er vor wenigen Stunden draußen vor meiner Tür stand, war er ernst. Einsam in einem Treppenhaus in einem Teil der Stadt, in dem er vermutlich selten ist. Wie üblich, wenn man wartet, schaute er abwechselnd zur Tür, an die Decke oder auf den Boden. Er war so ernst, wie einem manchmal das Leben vorkommt. Für ihn ist das Leben immer ernst gewesen. Wenn nicht sogar qualvoll. Ich weiß es nicht genau, aber ich habe so meine Vermutungen. Und das aus gutem Grund.

Ich habe inzwischen so lange gelebt, dass ich mich an etliches erinnern und auf einiges zurückblicken kann. Es gibt nicht viel, das ich bereue. Aber da taucht Angel auf und erinnert mich daran, wie schwer es ist, ohne Schuld zu leben.

❖❖❖

Das Paradiso ist rappelvoll. Fredrik sieht im ersten Moment nur Jungs. Schwarz, dunkelbraun, sandfarben und hell, blass und weiß, aber mit dunklen Augen und dunklen Haaren – die meisten von ihnen Lateinamerikaner. Sie stehen in Gruppen zusammen. Begrüßen sich mit kräftigen Umarmungen, Wangenküssen, Handschlägen. Klopfen sich auf den Rücken und legen sich die Arme um die Schultern. Ohne Hemmungen. Physisch. Miteinander. Fredrik hat sich schon immer gewundert, wie sie so männlich und kindisch zugleich sein können. Immer parfümiert, immer ordentlich frisiert. Pullover und Hemden in allen denkbaren Farben, sogar Rosa. Geballte Körperpräsenz. Enge Shirts, die über dem Brustkorb spannen. Aufgeknöpfte Hemden, hochgekrempelte Ärmel. Sie zeigen ihre Arme und Brüste, ihre Körper füllen den Raum aus. Atmen Sex. Wie Angel. Das hier ist ein anderer Planet. Er fühlt sich wie ein wabbliges Walross auf dem Trockenen. Und da entdeckt er die Mädchen. Etliche schwedische. Schwedische Jungs sind kaum zu sehen. Außer Fredrik und einer Hand voll anderen. Wie soll er das überleben?

Der kleine, wieselige Victor drängt sich durch die Menschenmenge zu einem freien Tisch neben der großen Tanzfläche. Jamahl, Fredrik und Angel folgen ihm.

»Ganz Rinkeby scheint heute hier zu sein«, kommentiert Fredrik, als sie sich setzen.

»Übertreib nicht. Halb Fittja ist auch da«, sagt Angel mit einem Grinsen. »Bier?«

Angel kommt mit dem Bier zurück.

Sein Blick schweift über die Tanzfläche. Routiniert. Die schwedischen Mädchen kommen nach ihren Kursen in lateinamerikanischem Tanz ins Paradiso, um ihren Salsa, Merengue und Punta auszutesten. Und die Typen abzuchecken. Ein paar von ihnen sind ziemlich gut, aber die meisten halten Angels kritischem Urteil nicht stand. Sie sind nicht locker genug. Punta und Merengue fordern zurückhaltende, lockende Bewegungen. Als wolle man etwas haben, das man nicht kriegen kann. Liebe. Passion. Sex. Die schwedischen Mädchen sind irgendwie zu freigebig. Als ob sie nichts zurückzuhalten und zu verbergen hätten, womit man spielen kann. Für Angel ist der Tanz ein Ritual. Ein Versprechen auf Sex. Gleich oder später, eher später. Für schwedische Mädchen scheint später später in der Nacht zu heißen. Das nutzt er aus. Und da schwedische Jungs nicht tanzen können, braucht er bloß eine aufzufordern und ist schon halb im Ziel.

Fredrik fühlt sich fehl am Platz. Viel zu blond. Viel zu bleich. Seine blauen Augen kommen ihm zwischen all den dunklen Augenpaaren wie die reinsten Polizeisirenen vor. Ist doch grade gut, hat Angel gesagt. Blonde stehen hoch im Kurs. Und dann die Bräute, die zusammenglucken, Ausschau halten und albern rumkichern. In kurzen Röcken und hautengen Oberteilen. Geschminkt. Unschuldig und provozierend zugleich. Er ist völlig verwirrt, wie immer, und steckt sich eine Zigarette an. Zwischendurch schaut Angel zu ihm rüber, lacht und nickt ihm zu. »Die da«, sagt er in Abständen, »ist das nicht ein Leckerbissen? Oder die da drüben?« Fredriks Mund wird trocken. Ihm ist klar, dass er ums Tanzen nicht drumrum kommt. Und er ist überzeugt, dass Angel sich heute Abend auch noch was an Land ziehen wird, der Hund.

Von der Bühne dröhnen schnelle Rhythmen der achtköpfigen Band mit Gitarren, Saxophon, Klavier, Schlagzeug und Bass. Die Musik ist heiß, fast schwül, rieselt auf sie herunter wie ein tropischer Regen. Fredrik mag die Musik, sie ist heftig und macht ihn geil – aber man muss wissen, wie man sich zu verhalten hat. Und dann all diese Typen mit ihren muskulösen Oberarmen und dem selbstbewussten Auftreten, die alle Blicke auf sich ziehen.

»Du scheinst hier aber auch jeden zu kennen«, sagt Fredrik, als Angel zum hundertsten Mal jemanden grüßt. Er fühlt sich ausgeschlossen. Victor und Jamahl unterhalten sich miteinander. Fredrik fragt sich, was Jamahl, der Iraker ist, hier zu suchen hat. Er ist mindestens genauso oft hier wie Angel und Victor. Das hier ist ihre Arena. Fredrik ist anders als sie. Er kann besser saufen als tanzen. Darum geht er auch los, um die zweite Runde Bier zu besorgen, obwohl Angel sein erstes noch nicht einmal halb ausgetrunken hat.

Ein paar Mädchen, Bekannte von Victor und Angel, kommen zu ihnen an den Tisch. Ihr Spanisch peitscht ihm nur so um die Ohren. Sie lachen über Witze, die Fredrik nicht versteht. Angel fühlt sich ganz offensichtlich wohl. Er kennt seinen Wert. Als Tänzer zum Beispiel. Im Club in Rinkeby ist er der Beste der Junioren, wie Fredrik gehört hat. Aber das allein ist es nicht. Angel ist wie ein Magnet, zu dem sich alle hingezogen fühlen. Man muss ja nur hingucken, die Bräute kommen scharenweise angelaufen. Er selbst schließlich auch, aus welchen Gründen auch immer. Vielleicht färbt ja ein bisschen auf ihn ab.

Fredrik sieht die anderen an. Angel und Victor. Die drei Mädchen. Victor zaubert ein paar Stühle herbei und im nächsten Moment sitzen die Mädchen an ihrem Tisch. Sie wechseln zwischen Spanisch und Schwedisch, was Fredrik aber auch nicht viel nützt. Er ist viel zu verwirrt.

Das Mädchen, das Angel gegenübersitzt, lacht und redet am meisten. Fredrik muss sie immer wieder ansehen. Das dicke, schwarze Haar fällt über ihre Schultern und Brüste, die klein und niedlich sind, wie Espressotassen. Er nimmt einen Schluck Bier. Er trinkt mal wieder zu schnell, aber er kann nicht anders. Wenn man weder tanzen kann noch weiß, was man sagen soll, gibt es nur eins: trinken und rauchen. Plötzlich sieht sie Fredrik an. Ein kurzer Blick. Als hätte sie gemerkt, dass Fredrik sie die ganze Zeit anstarrt. Danach richtet sie den Blick wieder auf Angel. Das geht eine Weile so weiter. Ihr Blick springt wie ein Pingpongball zwischen Angel und Fredrik hin und her. Fredrik weiß nicht, was er sagen soll, und fummelt linkisch eine Zigarette aus der Schachtel.

»Fredrik, darf ich vorstellen, das ist Evelyn«, sagt Angel unvermittelt und stößt Fredrik mit der Schulter an. Fredrik ist so überrumpelt, dass ihm die Zigarette aus der Hand fällt. Evelyn kichert los.

»Oh, hi«, sagt er und streckt die Hand aus, unsicher, ob sie wohl schweißnass ist. Ihre Hand fühlt sich kühl an. Klein. Wie ein Vogel. Er ist neidisch auf Angel, der so überhaupt keine Kontaktschwierigkeiten hat. Und ihm ausgerechnet Evelyn vorstellt, als ob er seine Gedanken gelesen hätte. Fredrik spült den letzten Rest Bier runter und denkt, dass er heute auf keinen Fall kotzen darf.

Das ist einfach zu viel. Fredrik steht auf, muss irgendwas machen. Zur Theke gehen, pinkeln, eine Runde drehen, egal was. Angel hat immer noch nicht mit seinem zweiten Bier angefangen, darum fragt er ihn gar nicht erst. Jamahl scheint sich zu langweilen und schließt sich Fredrik an.

»Geht ihr zur Theke?«, fragt Victor und dreht sich zu Evelyn und den zwei namenlosen Mädchen um. »Möchtet ihr was trinken?«

Mist, so macht man das!

An der Theke schwankt Fredrik einen Augenblick zwischen Bier und Cola, aber als Victor und Jamahl beide Bier bestellen, tut er es auch. Victor kommentiert die vorbeigehenden Mädchen.

»Die sind mir zu mager. Bräute müssen mollig sein«, sagt Jamahl und malt mit den Händen weiche Rundungen in die Luft. »So wie die da drüben!«

»Du hast sie ja nicht alle«, sagt Fredrik. »Die ist nicht mollig, die ist fett.«

»Jaaa, stell dir doch mal vor, in so einer zu versinken. Aaaah!«

»Ich denke, du bist Moslem. Die mögen doch kein Fleisch.«

Jamahl grinst.

»Ich will sie ja nicht fressen. Aber man kann doch ihren Duft genießen. Victor würde auf ihr natürlich verschwinden. *Schlupp* und weg ist er. Nein, magere Frauen sind nichts für mich. An denen holt man sich nur blaue Flecken.«

»Hört, hört, die Erfahrung spricht aus ihm! Wie kannst du so was sagen?! Du bist selbst auch nicht gerade einer der Fettesten. Im Gegensatz zu Fredrik«, sagt Victor und pikst ihm in den Magen. »Vielleicht ist Fredrik ja genau der Richtige für dich.«

»Wohl kaum, danke. Seine Brüste sind zu klein. Das ist wohl eher dein Stil.«

Victor schüttelt den Kopf.

»Nein, ich stehe mehr auf dunkle Frauen, weißt du. Aber, wenn du deine Haare färben würdest«, sagt er zu Fredrik, »süß bist du ja schon.«

Fredrik seufzt. So geht das ständig.

»Ich sag's ja. Niemand will mich, nicht mal ihr.«

»Armer Kleiner. Und was ist mit Evelyn?«, zieht Victor ihn auf. »Sie mag Blonde. Sie dürfen auch ruhig ein bisschen blöd sein, du hast also grünes Licht, Fredrik.«

»Kennst du sie?« Fredrik nimmt das Bier, das der Mann hinter der Theke ihm reicht.

Victor schnalzt mit der Zunge.

»Ob ich sie kenne? Wie gut, meinst du?«

Jamahl gibt ein meckerndes Lachen von sich. Fredrik weiß nicht, was er davon halten soll. Sie scheinen ihn nicht ernst zu nehmen. Er ist ihnen unterlegen. Er will etwas über Evelyn wissen. Mehr als »Hallo« haben sie nicht zueinander gesagt. Aber ihm ist ums Verrecken nichts eingefallen, was er hätte sagen können. So war es schon immer. Sonst quatscht er wie ein Wasserfall – das behauptet wenigstens Angel –, aber kaum ist er an jemandem interessiert, kriegt er keinen Ton mehr raus. Alles, was er sagen will, kommt ihm idiotisch vor. Und natürlich quält er sich ständig mit Fragen. Ob er was taugt. Ob seine Küsse überm oder unterm Durchschnitt liegen.

»Du hättest Victor und Evelyn am letzten Samstag erleben sollen«, sagt Jamahl. »Sie haben die ganze Nacht wie ein Paar Schwäne getanzt.«

»Schwäne?«

»Du weißt schon, die weißen Vögel mit den langen Hälsen.«

»Natürlich weiß ich, wie Schwäne aussehen«, faucht Fredrik.

»Genial! Genauso klingen sie«, sagt Jamahl. »Du solltest Schwanimitator werden.«

Die beiden treiben ihn noch in den Wahnsinn. Er dreht sich um und starrt hinter die Theke. Von denen ist keine Unterstützung zu erwarten. Victor legt Fredrik den Arm um die Schulter.

»Klar kenne ich Evelyn. Du kannst ganz beruhigt sein, sie ist nur eine Freundin von mir. Aber gut tanzen kann sie wirklich. Sie hat fast Angels Klasse.«

»Ich kann nicht tanzen«, sagt Fredrik unglücklich und muss daran denken, dass Angel mit Evelyn am Tisch sitzt. Wenn Angel sie zum Tanzen auffordert, kann er einpacken. Dann entscheidet sie sich für Angel statt für ihn, völlig klar.

»Mach dir nichts draus«, sagt Victor und fügt mit sanfter Stimme hinzu: »Bei deinen schönen Augen.«

»Findest du?«, fragt Fredrik und erntet ein Lachen von Jamahl und ein breites Grinsen von Victor. Verdammt, jetzt ist er schon wieder auf ihre billige Tour reingefallen.

Angel hat das Gefühl, dass sie ewig wegbleiben. Er ist gereizt. Evelyn, Sara und Carolina reden in einer Tour. Er antwortet und macht seine Witze wie sonst. Normalerweise genießt er das. Das Tanzen, die Musik, die Mädchen. Aber im Augenblick fühlt er sich einfach nur müde. Als ob er im falschen Film säße.

Ihm gehen ein paar Textzeilen durch den Kopf: *Y ese pregón que canta un hermano, que de su tierra vive lejano, y que el recuerdo le hace llorar ... Und wie ein Refrain, gesungen von einem Bruder, der weit weg von zu Hause lebt, und die Erinnerungen bringen ihn zum Weinen ...* Er schiebt die Gedanken beiseite. Aus Angst, dass die Fortsetzung des Liedes wahr werden könnte, während er hier mit den Mädchen zusammensitzt. *Una canción que vive entonando, de su dolor de su propio llanto, y se le escucha penar ... Ein Lied, entsprungen aus seinem Schmerz und seinen Tränen. Und wir hören ihn leiden ...*

Es tut weh. Er ist dorthin gefahren, hat an der Tür geklingelt, und niemand hat aufgemacht. Er hat gehofft, es würde helfen auszugehen, zu tanzen, der King sein zu können. Aber jetzt hat er gar keine Lust dazu. Und er weiß, dass er trotzdem bleiben wird. Reden und lachen. Vielleicht kann er ja wenigstens Fredrik auf die Sprünge helfen, der könnte es gebrauchen. Evelyn findet Fredrik auf alle Fälle schon mal süß.

Ausnahmsweise hat er ein schlechtes Gewissen, weil er mit Marina geschlafen war. Sie wollte Fredrik zwar nicht, eigentlich wäre es also egal. Trotzdem. Warum musste er die Chance ergreifen, nur weil sie sich geboten hat? Weil er Fredrik provozieren wollte. Um die Bestätigung zu genießen, dass sie ihn wollte. Dabei ist sie noch nicht mal in ihn verliebt.

Er versucht, dem Gespräch zu folgen, schafft es aber nicht. Er sieht die Gesten der Mädchen. Ihre rot geschminkten Münder, wenn sie sprechen. Ihre Augen, die wie falsche Edelsteine blitzen. Er ist sich selbst fremd. Er will raus hier. Aber wohin? Nach Hause in die leere Wohnung, wo die Gewissensbisse in den Wänden sitzen? Zu einer Tür, die nicht geöffnet wird? Raus in die Nacht unter einen Himmel, der ihn mit großen, dunkelblauen Augen anstarrt?

Wie sagt Fredrik noch immer? Nur nicht zu viel grübeln.

Als Carolina ihn zum Tanzen auffordert, sagt er sofort ja. Sie tanzen lange. Es ist wie eine Befreiung. Es tut gut, vergessen zu können.

Er verlässt Carolina, um auf die Toilette zu gehen. Auf dem Weg dorthin ruft ihm jemand was zu. Er dreht sich um und würde sich am liebsten unauffällig verdrücken. Aber dafür ist es zu spät. Sie hat ihn gesehen. Und sie hat gesehen, dass er sie gesehen hat.

»Du hast nie wieder was von dir hören lassen«, sagt sie. Du auch nicht, hätte er beinahe gesagt. Aber wie sollte sie auch, er hat ihr die Telefonnummer seiner Mutter nicht gegeben. Das macht er grundsätzlich nie.

Als Fredrik sich mit seinem Bier und der Miniaturausgabe einer Chipstüte zu Evelyn an den Tisch setzt, ist sein Kopf auf einen Schlag wie leer geblasen. Er war ganz erleichtert gewesen, als er gesehen hatte, dass Angel mit Carolina und nicht mit Evelyn tanzt. Aber jetzt ist er noch einsilbiger als vorher. Solange Angel da war, hat er das Gespräch in Gang gehalten. Jetzt ist Fredrik gezwungen, selbst was zu sagen. Jamahl und Victor hat er auf dem Weg hierher verloren. Sara und Evelyn unterhalten sich auf Spanisch wie zwei Maschinenpistolen. Und er spürt kein großes

Verlangen, sich in die Schusslinie zu begeben. Er fühlt sich auch so schon angeschossen genug. Er raucht. Schlürft sein Bier in langsamen Schlucken. Knabbert Chips. Zwischendurch – während sie sich mit Sara unterhält – sieht Evelyn ihn immer wieder an. Fängt seinen Blick ein. Nagelt ihn fest. Bis er weggucken muss.

Er versteht kein Wort, aber jeder Buchstabe, der über ihre Lippen kommt, bringt die Luft zwischen ihnen zum Schwingen. Ihre schmalen Schultern. Fredrik würde am liebsten schützend seine Hände darauf legen. Dabei ist sie gar nicht der Typ, der beschützt werden muss. Er scheint das viel nötiger zu haben.

Sie könnte Angels Schwester sein, die beiden haben ganz ähnliche Augen. Wie Kaleidoskope, in denen ständig neue Muster entstehen. Könnte er doch bloß derjenige sein, der das Kaleidoskop dreht und immer neue, wunderbare Muster schafft. Dabei hat er jetzt schon Bammel vor dem nächsten Mal, wenn sie ihn mit ihren Augen der tausend Möglichkeiten ansehen wird. Sie würde ihn sofort entlarven.

Sara und Evelyn werfen ihm einen kurzen Blick zu und prusten los.

Sie reden über mich! Ich muss was sagen. Fredrik nimmt hastig einen Schluck von seinem Bier.

»Gibst du eine Runde Zigaretten aus?«, fragt Evelyn.

Er hört kaum, was sie sagt, so verblüfft ist er.

»Hallo, bist du taub? Kann ich eine Zigarette haben?«

Sie redet mit mir. Sag was!

»Rauchst du?«

»Nein, ich esse sie und jetzt hab ich Hunger.« Evelyn und Sara lachen schallend. Fredrik lacht mit und kommt sich wie der letzte Trottel vor. Er hält ihnen die Schachtel hin. Sara will nicht.

Evelyn fasst ihm sanft um die Hand, als er sich zu ihr rüberbeugt, um ihr Feuer zu geben. Wie zufällig streichen ihre Finger über sein Handgelenk, als sie sich wieder zurücklehnt. Es fährt ihm wie ein Blitz durch die Glieder direkt in den Schritt. Peinlich.

»Ein echter Gentleman. Von so einem habe ich immer geträumt«, sagt Evelyn begeistert und klimpert mit den Wimpern. Sara kichert. Fredrik merkt, wie ihm das Blut in die Wangen schießt.

»Sehr gesprächig bist du nicht gerade.«

Er grinst und räuspert sich.

»Na ja, frag Angel. Seiner Meinung nach schon. Aber ich weiß nicht …«

»Was du sagen sollst, wenn du allein mit zwei gut aussehenden Bräuten am Tisch sitzt«, vollendet Evelyn den Satz. Sara lacht.

Sie lachen zu viel.

»Kann schon sein«, sagt er. Er ist völlig wehrlos. Sie ist so schön. Selbstbewusst. Zum in die Hose Pissen. Und er wie ein Segelboot in der Wüste.

»Typisch schwedisch«, sagt sie.

»Echt?« Er beißt sich auf die Zunge. Dämlicher geht's wohl nicht.

»Mein Gott, hab ich einen Durst«, sagt Sara.

»Und ich hab immer noch Hunger!« Evelyn sieht Fredrik in die Augen und sagt: »Krieg ich was ab?«

»Klar, bedient euch.« Er reicht ihnen die Chipstüte rüber.

Evelyn schiebt sie beiseite. Sie stützt die Ellbogen auf und verschränkt die Finger ineinander, beugt sich über den Tisch und legt das Kinn auf die Hände. Dann lacht sie aufreizend.

»Ich hab Appetit auf was Süßes, nicht auf was Salziges.«

Aus dem Augenwinkel sieht er, wie Sara versucht, sich das Lachen zu verkneifen.

»Weißt du, woran ich denken muss, wenn ich dich sehe?«

»Nö«, sagt er und lacht unsicher. Woher soll er das wissen?

»An Sandkuchen. Der ist genauso hell und weich und süß wie du.«

Macht sie sich lustig über ihn? Sandkuchen. Oder soll das ein Kompliment sein? Sara kichert schon wieder. Er würde alles dafür geben, damit sie endlich damit aufhört. Aber vielleicht ist Evelyn ja so eine, die sich über alle lustig macht, die sich in sie verlieben. Die nur mit einem spielt. Das hat er alles schon erlebt. Das Spiel einer grausamen Katze mit der Maus. Und wieder ist er in die Falle gegangen. Mäuse sollten sich nicht in Katzen verlieben.

Sicherheitshalber steckt er sich noch eine Zigarette an. Er trinkt zu schnell. Sein Glas ist fast schon wieder leer. Und wo steckt eigentlich Angel? Er muss pinkeln. Evelyns Augen und Saras Lachen. Er ist völlig aufgelöst, wie ein Stück Brot im Wasser. Breiig. Kein einziger klarer Gedanke in seinem Kopf. Er steht auf. Geht.

»Fredrik!«

Sie legt ihre Hand auf seinen Rücken.

»Tanzen wir.«

Evelyn nimmt seine Hand. Seine Proteste gelangen nicht bis über die Lippen. Plötzlich sieht er nur noch die anderen, die gekonnt auf der Tanzfläche herumwirbeln, und denkt, das schaffe ich nie. Ihr Griff ist energisch. Es bleibt ihm nichts anderes übrig, als ihr zu folgen. Und dann steht sie vor ihm. Lächelt ihn an. Dieser zarte Körper. Dieses schwarze, wellige Haar. Diese Wunderaugen. In denen er fast ertrinkt. Ich muss pissen, denkt er und spürt ihre Arme um seine Taille.

»Ich weiß nicht … was ich jetzt machen soll.«

»Gut«, flüstert sie. »Ich will keinen, der andere Frauen auf der Tanzfläche verführt.«

Was hat sie da gerade gesagt? Will keinen? Hat sie sich bereits für mich entschieden? Ist das ihr Ernst? Hoffentlich wird ihm nicht schlecht.

»Was für eine Überraschung, dich hier zu treffen«, sagt sie ironisch zu Angel. »Und, schon was Neues entdeckt?«, fügt sie hinzu.

Angel schüttelt den Kopf und lächelt verschmitzt.

»Wie wär's mit was Altem?«, sagt er.

»Wie kommst du auf die Idee?«

»Es hat dir doch gefallen, oder?«

Sie zieht die Augenbrauen hoch.

»Es? Nicht du?«

Angel lacht und schaut zu Boden. Die Frage bleibt unbeantwortet im Raum hängen.

»Vielleicht bin ich ja einfach nur zum Tanzen hier und nicht, um mich von kleinen Jungs anbaggern zu lassen«, sagt sie. »Kannst du dich überhaupt noch an meinen Namen erinnern?«

Angel verdreht die Augen und deutet mit dem Mundwinkel ein Lächeln an. Er und vergessen? Wo er sich alle Namen aufschreibt. Jeden einzelnen. Trotzdem zögert er. Gespielte Vergesslichkeit könnte dazu führen, dass sie geht. In solchen Dingen sind Mädchen empfindlich. Aber vor ihm steht eine erwachsene Frau. Er hatte nie an eine Wiederholung gedacht. Das bringt nichts. Ein zweiter Fick und das Schicksal zwingt einen zum Weitermachen. Das funktioniert nur mit Mädchen wie Marina, von denen er weiß, dass sie nicht in ihn verliebt sind. Aber vergessen, niemals. Sie sind alle in seiner Fantasie abgespeichert. Natürlich erinnert er sich an sie. Aber einmal ist genug. Trotz seiner Sehnsucht. Wie eine Meeresströmung, die ihn mit sich in die Tiefe zieht. Zu den geheimnisvollen Grotten.

»Du heißt Klara.«

Das ist auch schon beinahe alles, woran er sich erinnert. Ihr Name und ihr Körper. Und sein Körper an ihrem, unter, über, in ihr. Noch einmal, nicht mehr. Warum eigentlich nicht?

»Ich bin auch zum Tanzen hier«, sagt er. »Wollen wir?«

Fredriks Atem geht schwer. Er kann nicht einschlafen. Er spürt immer noch, wie Evelyns Finger unsichtbare Linien auf seinen Oberkörper malen. Sie hatten das Paradiso gemeinsam verlassen und waren in irgendeinen Hinterhof gegangen. Er hatte mit geschlossenen Augen an einer Hauswand gelehnt. Als sie sein Hemd aufknöpfte, strich kühle Luft über seine Haut, während sie mit warmen Fingerspitzen über seine Brust und seinen Bauch fuhr. Sein Atem ging immer heftiger. Er hätte auf der Stelle sterben können!

»Magst du das?«, hatte sie gesagt und ihre Worte waren genauso sanft gewesen wie die Berührung ihrer Finger. Er behielt die Augen geschlossen, weil er sich nicht traute, in ihre Wunderaugen zu schauen, und nickte einfach. Und da hatte sie ihn auf den Mund geküsst. Lange. Ihre Zunge in seinem Mund. Seine Hände in ihrem Haar. Und ganz schlagartig, wie eine Axt ein Holzstück spaltet, hatte sie gesagt:

»Ich muss jetzt gehen.« Sie hatte ihre Tasche aufgehoben und war verschwunden.

Er war stehen geblieben. Hatte ihr hinterhergeschaut. Ehe sie um die Hausecke gebogen war, hatte sie sich noch einmal umgedreht und ihm zugewinkt. Er bekam keinen Ton heraus. Sein Hemd flatterte im Wind und er fühlte sich unendlich nackt. Außerdem musste er nun ganz dringend pinkeln. Er drehte sich eilig zur Wand und holte seinen Schwanz heraus, der steinhart war. Und anstatt zu pinkeln, kam es ihm.

Der Vorraum ist eng und dunkel. Klara verschwindet im hinteren Teil der Wohnung. Angel ist sich nicht sicher, was er eigentlich will. Er kann nicht denken. Ihm stehen alle Türen offen, warum also nicht hineingehen? Wenn er noch lange zögert, schließen sie sich wieder.

Er schlüpft aus den Schuhen. Lässt die Jacke auf den Boden fallen. Als er das Zimmer betritt, ist sie bereits nackt. Jetzt gibt es kein Zurück mehr. Er zerrt das Hemd aus der Jeans und öffnet den Knopf, zieht den Reißverschluss runter, sein Schwanz drängt nach draußen. Sie bremst ihn. Will es selber machen und schält ihn wie eine Frucht aus dem Hemd und der Jeans, mit an Schmerz grenzender Ruhe, die Berührung ihrer Fingerkuppen an seinen Schenkeln und seiner Brust dringt tief bis ins Fruchtfleisch. Sein Schwanz steht in der weißen Boxershorts. Sie küsst ihn. Saugt ihn aus wie eine Apfelsine. Das gefällt ihm. Ihre schweren Brüste an seinem Bauch, als sie ihn auf den Hals küsst, die sich gegen seinen Schwanz drücken, als ihre Lippen über seinen Brustkorb zu seinem Geschlecht hinunterwandern. Ihre Geilheit. Sie nimmt ihn. Er, der in ihren Augen ein kleiner Junge ist, weckt die Lust einer Frau. Klara. Klara Licht! Klara Dunkel. Er fühlt sich wie ein Stier. Stark, vor Kraft strotzend. Dem Tode nah. Er weiß, dass der Stier am Ende immer vom Matador besiegt wird.

Gleich nachdem er gekommen ist, zieht er sich zurück. Er liegt regungslos da. Sieht sich in ihrem Gesicht wie in einem Spiegel und möchte das Glas zerschlagen. Aber am liebsten möchte er sie streicheln, ihr sagen, dass er sie liebt, lass mich rein, ich will, bitte, vergrab deine Hand in meiner Brust, zwischen Rippe und Herz, auch wenn es wehtut, aber tu es!

Klara streichelt ihn ganz ruhig. Ihre Hand zerrt nicht. Gräbt nicht. Ist einfach nur nah. Auf ihm. Klebrig wie zuckrige Flüssigkeit.

Er muss weg hier, raus, und springt wie gejagt aus dem Bett. Er spürt ihren Blick auf sich. Der ihn einhüllt. Er muss raus hier. Weg. Weit weg. Er knöpft die Jeans zu, zieht den Gürtel fest.

»Meinetwegen kannst du gern bleiben«, sagt sie.

Er gibt ihr einen flüchtigen Kuss auf die Stirn.

»Wir sehen uns«, sagt er. Und ist fast sicher, dass er es diesmal auch tatsächlich meint.

KAPITEL 3

Unfassbar, wie sich das Leben von einer Sekunde auf die andere verändern kann. Da steht jemand vor deiner Tür. Und hinterher ist nichts mehr, wie es war.

Es ist Sonntag. Ein ungewöhnlicher Sonntag. Ich höre Musik, die ich seit Jahren nicht mehr gehört habe. Füttere den Kassettenrecorder mit Bändern, an die ich seit der Zeit, als wir noch zusammen waren, nicht mehr gedacht habe.

In der Musik werden die Bilder von Angel deutlicher. Schärfer. Anklagend. Wie konnte ich? Ich habe ihn im Stich gelassen. Bin einfach verschwunden. Und habe ihm nicht die Tür geöffnet.

Feigheit. Pure Feigheit.

Die Erinnerungen ändern ihre Farbe, wenn man älter wird. Als junger Mensch blickt man nach vorn und sehnt sich nach Irrtümern und Lebenserfahrungen. Das Vergangene ist der logische Schritt auf dem Weg ins Leben. Wenn ich jetzt zurückschaue, ist längst nicht alles gut, was ich sehe.

Ich laufe rastlos durch die Wohnung, habe angefangen, auf ihn zu warten. Ich traue mich nicht, aus dem Haus zu gehen, und schicke Asta, meine Nachbarin, in den Laden, um Cola zu kaufen. Sie will wissen, ob ich krank bin. Irgendwas muss ich ihm doch anbieten können, wenn er kommt.

Weiß der Teufel, wann er das nächste Mal kommen wird.

❖❖❖

Angel schleppt sich halb schlafend aus dem Bett. Er hasst es, von einem wütenden Klingeln an der Tür geweckt zu werden! Am liebsten wacht er ganz allein auf. Nicht reden müssen. Nicht nett sein müssen. Nicht brutal aus dem Schlaf gerissen werden wie jetzt. Die Klingel schrillt wieder. Er wirft den Pferdeköpfen an der Wand einen wütenden Blick zu.

»Jaaaa, ich komm ja schon, verdammt noch mal!«

Er schaut auf die Uhr. Zwölf. Mist, in seiner Unterhose pocht die Morgenlatte. Er reißt eine Jacke vom Kleiderhaken und knotet sie verkehrt herum um die Hüfte.

»Hast du geschlafen?!«, fragt Katta überrascht, als er die Tür aufmacht.

Er fährt sich mit der Hand durchs Haar.

»Wie hast du das erraten? Du solltest dich als Wecker bewerben. Komm doch rein.«

»Willst du weg?«

»Wie meinst du das?«

»Weil du eine Jacke anhast. Wenn auch auf etwas unkonventionelle Weise.«

Er spart sich eine Erklärung. Wie sollte er ihr das verständlich machen? Stattdessen grinst er sie an. Ein Glück, dass es Katta ist. Bei ihr kann man ruhig morgenmuffelig sein. Er geht in die Küche und trinkt drei Glas Wasser, schnell hintereinander. Sein Magen knurrt.

»Seid ihr immer noch da?«, sagt er zu den traurigen – um nicht zu sagen vollständig in Auflösung begriffenen – Gurken im Kühlschrank. »Willst du?«

Katta lacht über die Gurken, die schlapp von seinen Händen herunterhängen.

»So ist das Leben, Katta!«, sagt er und wirft sie in den Abfalleimer, bevor er die Packung mit der schimmligen Leberpastete herausnimmt. »Guck mal. Du als Naturwissenschaftlerin kannst mir doch bestimmt sagen, wie diese grünen Flecken hier heißen.«

»Schimmel.«

»Ja, das weiß ich auch. Aber du willst doch nicht etwa behaupten, dass auf meiner Pastete gewöhnlicher Alltagsschimmel wächst?«

»Aber nein, natürlich nicht«, antwortet sie affektiert. »Ich sehe auf den ersten Blick, dass es eine ganz spezielle Sorte ist, die nur die Nahrungsmittel gewöhnlicher Menschen befällt. Wenn man die Unterklasse durch Arbeitslosigkeit und erhöhte Beiträge zur Krankenversicherung schon nicht kleinkriegt, bleibt einem immer noch die Möglichkeit, ihre Nahrungsmittel zu vergiften.«

»Na, herzlichen Dank. Außer, dass ich Hunger leide und mich wie ein Punchingball fühle, gehöre ich auch noch zur gelinkten Unterklasse. Hip hip hurra. Ich ertrage jetzt keine politischen Diskussionen, Katta.«

»Schon gut, verschließ deine Augen ruhig vor der Wahrheit.«

»Oh Scheiße, bin ich fertig.«

Er trinkt den letzten Schluck aus der Milchpackung und befördert sie in den Abfall. Katta sieht ihn skeptisch an.

»Höre ich da etwa die Klage eines Engels? Liebet die, die sündigen, denn sie wissen nicht, was sie tun. Vergebt mir das letzte Bier, denn ich war so betrunken, dass ich nicht wusste, was ich in mich hineinschütte.«

Angel trommelt mit den Fingern gegen die Kühlschranktür und tut so, als ob er gähnen müsste, während Katta weiter lamentiert:

»Und der Engel klagt: Vergebt mir, dass ich kam, denn ich wusste nicht, dass es mir schon gekommen war.«

»Bist du fertig?«

»Willst du noch mehr hören? Oder ist es schon Zeit für die Beichte?«

»SEUFZ! Du kennst mich einfach zu gut, Katta. Willst du nicht in den Laden gehen und Dickmilch kaufen, während ich dusche und mich anziehe?«

»Aber natürlich, mein Schatz. Ich tu doch alles, was du willst. Hast du Strümpfe, die gestopft werden müssen? Hemden zu bügeln? Oder soll ich dir vielleicht die Zehennägel schneiden?«

Angel wirft sie mit einem Lachen raus.

»Ich liebe dich«, ruft er hinter ihr her.

»Ich weiß. Ich bin halt unwiderstehlich!«

Als Angel aus dem Bad kommt, steht Katta in der Küche.

»Starker Kaffee, Dickmilch und hier …«, sie macht eine Fanfare nach, »Erdbeeren! Saulecker. Probier mal.« Sie stopft ihm eine Erdbeere in den Mund.

»Du bist ein Engel«, sagt er.

»Nein, komm mir nicht mit so was. Du bist hier der Engel, Angelito.«

»Manchmal wünsche ich mir wirklich, dass ich einer wäre.«

»Mit so was macht man keine Scherze. Engel sind tote Seelen, die keine Ruhe finden. Sie flattern herum …« Sie stockt. »Oder schwängern unschuldige Mädchen«, beeilt sie sich mit einem Lachen hinzuzufügen.

»So was mache ich nicht! Hast du schon mal was von Kondomen gehört?«

»Erspar mir die Einzelheiten«, sagt sie und verschwindet mit dem Tablett nach draußen.

Angel lässt sich neben ihr in den Liegestuhl sinken. Das Sonnenlicht ist grell, fast weiß. Wärmt seinen Körper. Ein angenehmes Gefühl. Er braucht keine Angst vor der Sonne zu haben, er verträgt sie gut. Seine Haut nimmt mit den ersten Frühlingssonnenstrahlen Farbe an.

»Nennst du das dich anziehen?«, kommentiert Katta seine leichte Bekleidung und schiebt ihre Sonnenbrille in die Stirn.

»Es ist Sommer, Katta!«

Sie schnuppert.

»Na, jedenfalls hast du geduscht, da bin ich ja beruhigt. Mein Gott, bist du braun. Andere müssen wochenlang kämpfen, um nicht mit einer rosa Fleischwurst verwechselt zu werden. Das ist ungerecht.«

Er nimmt den Becher mit Dickmilch und lehnt sich zurück. Die Milch tut gut.

»Irgendeinen Vorteil muss es ja haben, wenn man Kanake ist.«

»Du hast ja heute ausgesprochen gute Laune. Bist du gestern leer ausgegangen, oder was?«

Er schüttelt den Kopf und verzieht den Mund. Katta ist unmöglich.

»Nein, hätte mich auch gewundert«, sagt sie. »Ich meinerseits roste bald ein. Es quietscht bereits in den Gelenken.« Sie strampelt mit den Beinen in der Luft. Der Stuhl gibt ein gequältes Knarren von sich.

»Da hörst du's. Aber, was soll's, Erdbären sind eh die einzigen männlichen Wesen, die mich interessieren«, sagt sie und schiebt sich eine dicke Erdbeere in den Mund, die sie geräuschvoll genießt.

Angel verschluckt sich beinahe. Hat er richtig gehört? Er stellt den Teller weg und nimmt einen Schluck Kaffee.

»Jetzt erzähl schon, Angelito!«, redet sie weiter, bevor er dazu kommt, nachzuhaken. »Wie war deine letzte Entdeckungsreise auf dem dunklen Kontinent?«

»Welcher dunkle Kontinent?«

»Psycho-Freud«, antwortet sie wie aus der Pistole geschossen. »So hat er die Frau bezeichnet. Als dunklen Kontinent. Ein feuchter Dschungel voller Gefahren, die er nicht durchschaute. Aber das tust du doch bestimmt?«

»Manchmal, Katta, wird es einfach zu viel. Ich mag nicht, habe keinen Bock. Du stellst zu viele Fragen. Ich bin müde und träge, kann heute nicht so schnell denken. Was soll ich durchschauen?«

Er setzt seine Sonnenbrille auf, um Kattas Blick zu entkommen. Sie hat einen empfindlichen Punkt getroffen. Sein Magen zieht sich zusammen und das hat nichts mit dem Alkoholkonsum des gestrigen Abends zu tun. Es ist etwas anderes. Müdigkeit. Der missglückte Besuch gestern. Das Paradiso. Wohin war Fredrik eigentlich so plötzlich verschwunden? Und dann Klara. Klara Licht und Klara Dunkel. Der dunkle Kontinent. Das trifft auf Klara jedenfalls nicht zu. Dann ist er schon eher der dunkle Kontinent. Dunkel ist er tatsächlich, aber Kontinent wäre vielleicht doch ein wenig übertrieben. Und Angelito. Er muss Katta endlich sagen, dass sie aufhören soll, ihn so zu nennen.

»Wie schweigsam du auf einmal bist«, sagt sie und schiebt sich in rascher Folge drei Erdbeeren in den Mund.

»Weil ich mich frage, wo du das alles hernimmst?«

»Keine Kunst. Du bist so inspirierend. Besonders, wenn du so schweigsam bist und einen Kater hast. Hast du schon mal darüber nachgedacht, wie viele unterschiedliche Arten von Schweigen es gibt?«

Katta kneift die Augen in dem grellen Licht zusammen und breitet die Arme aus, um der Sonne eine größere Bratfläche zu bieten. Angel kratzt den letzten Rest Dickmilch aus dem Becher. Er ist immer noch hungrig und schnappt sich schnell ein paar Erdbeeren, bevor Katta sie alle allein vertilgt hat.

Er fragt sich, was für eine Art Schweigen wohl gerade zwischen ihnen herrscht. Katta hätte sicher einiges dazu zu sagen. Er jedenfalls findet das Schweigen angenehm. Katta hat die verflixte Begabung, ihre Köder immer an der richtigen Stelle auszuwerfen. Sie zieht jeden Fisch an Land, wenn sie es drauf anlegt. Und er ist heute ein offenes Meer. Alles liegt direkt unter der Oberfläche. Man kann tief blicken. Wenn sie ihren Köder auswerfen würde, würde er sofort anbeißen. Wahrscheinlich würde sie richtig hässliche Fische aus ihm herausholen.

»Du hast immer noch nichts erzählt«, erinnert sie ihn.

»Ach, da gibt es nichts zu erzählen.«

»Wer's glaubt, wird selig. Scheiß drauf. Ich will gar nicht wissen, was für schmutzige Sachen du schon wieder getrieben hast.«

Er lacht, und es tut gut zu lachen.

»Und warum fragst du dann so viel?«

»Aus allen möglichen Gründen. Um mich à jour zu halten. Um mir ein paar Tipps zu holen. Um zu wissen, wann ich dich zusammenflicken muss. Oder totschlagen, kommt ganz drauf an. Du verliebst dich nie und das kann nicht gesund sein. Eigentlich bist du niederträchtig. Zerschnetzelst Herzen wie eine ausgeflippte Küchenmaschine. War das unbedingt nötig, dass du am Freitag mit Marina geschlafen hast?«

»Was ist schon unbedingt nötig«, entgegnet er, worauf Katta wie ein Feuermelder losheult.

»Fluchtalarm! Die Antwort gilt nicht.«

»Oh, verdammt, habe ich die Millionenchance verspielt?«

»Fluchtalarm zum Zweiten. Das nächste Mal werfe ich dich den Löwen zum Fraß vor.«

Er wird durch das Klingeln des Telefons gerettet.

»Schade, aber ich muss rangehen.«

Auf dem Weg in die Wohnung wirft er ihr eine Kusshand zu. Als sie ihm einen Fliegekuss zurückschickt, trifft es ihn wie ein Faustschlag. Direkt in den Magen. Wie ein Krampf. Da ist wieder dieses Ziehen. Seine Reaktion erschreckt ihn. Es tut so weh, dass er am liebsten laut schreien würde. Vor seinem inneren

Auge sieht er einen ganzen Sack voller Fliegeküsse, die ihm zugeworfen werden. Sie bohren sich wie Dornen in sein Fleisch und bringen ihn aus dem Gleichgewicht.

Ein Sternenregen aus Küssen. Es fällt ihm ganz plötzlich wieder ein. Wie er sie als kleiner Junge aufgefangen und zum Mund geführt hat, wenn sie sich trennten. Angel auf dem Weg in die Schule, sie zur Arbeit. Einen hat er immer in die Hosentasche gesteckt, vorsichtshalber, falls er ihn brauchte. Und er hat einen Fliegekuss zurückgeschickt, der aufgefangen und den ganzen Tag aufgespart wurde, bis sie sich abends wiedersahen. Das hatte er völlig vergessen. Und jetzt traf ihn die Erinnerung wie ein Tritt in den Magen. Er hat schon seit Jahren keine Fliegeküsse mehr gegeben. Nicht danach!

»Jetzt nimm schon ab«, ruft Katta.

Angel stürzt ans Telefon. Und wird augenblicklich ruhiger, als er Fredriks Stimme hört.

❖❖❖

Gegen Abend belädt Angel die knallrote Ikeakiste auf dem Gepäckträger seines Rades mit einem ordentlichen Packen ICA-Magazinen. Jetzt noch der Walkman. Der Sunneplan liegt sonntagsöde da. Vor Farstas Pizzeria hocken ein paar Besoffskis. Rolands Lebensmittelladen ist geschlossen. Er widersteht dem Impuls, einen Blick in die Auslagen der Stockholmer Tauchfiliale zu werfen, die vor kurzem hier eröffnet hat, und schwingt sich auf sein Rad. Er nimmt den Ågesta broväg über die Brücke und schleppt das Rad die Treppen zu den Hochhausblocks von Filipstadsbacken und der Mårbackagatan hoch. Reklame austeilen ist vielleicht nicht der beste Job, aber man verdient wenigstens was. Und man kann sich die Zeit selbst einteilen.

Er ist froh, nicht oben auf dem Filipstadsbacken zu wohnen wie Fredrik. Oder in einem der zehnstöckigen Wohnblocks in der Säfflegatan. Auch wenn es einen höheren Status bedeutet, eine Eigentumswohnung auf dem Filipstadsbacken zu haben als unten am Sunneplan zu wohnen. Die Namensschilder in den Treppenhäusern sprechen eine eigene deutliche Sprache. Özkar, Gonzales und Ali wohnen nicht in den Hochhäusern auf dem Filipstadsbacken, die wohnen in den schmuddelig beigen, hässlichen Flachbauten an dem abweisenden Marktplatz. Was heißt hier Marktplatz? Das ist eher ein Parkplatz. Aber jeden Tag den verfluchten Hügel hochlatschen und zwischen lauter Spießern wohnen? Nein danke!

Angel fühlt sich zu ebener Erde wesentlich wohler, wo er die Tür aufmachen und das Leben vom Vorplatz hereinlassen kann, inklusive der einen oder anderen schmarotzenden Katze, das muss man in Kauf nehmen. Ihn stört das nicht weiter. Aber seine Mutter kriegt jedes Mal einen hysterischen Anfall, weil sie befürchtet, dass das kleine Schwesterlein allein beim Anblick einer Katze allergisch reagieren könnte. Aber das muss man genauso in Kauf nehmen, das ist nichts, worüber man sich weiter den Kopf zerbrechen sollte.

Er mag das. Die Leute vorbeigehen zu sehen. Mit einem Nachbarn plaudern. Die Kinder nebenan auf dem Sandplatz Fußball spielen hören. Balkons sind nicht sein Ding, da fühlt er sich abgeschottet, eingesperrt. Am schlimmsten sind die verglasten. Da nützt auch keine kilometerweite Aussicht wie von Fredriks Balkon.

Je näher am Meeresspiegel, desto besser.

Er läuft die Treppen hoch und runter. Nutzt das Austeilen der Reklame als Trainingseinheit und stoppt in jedem Haus die Zeit. Zuerst zehn Stockwerke nach oben und dann so schnell wie möglich wieder runter.

Als er an Fredriks Wohnung vorbeikommt, überlegt er kurz,

ob er klingeln soll, entscheidet sich dann aber doch dagegen. Fredriks plötzliche Lobgesänge auf die Liebe wären jetzt unerträglich. Das Telefongespräch heute Nachmittag hat ihm völlig gereicht.

Als er nach dem Gespräch mit Fredrik in die Küche zurückgekommen war, hatte Katta gelangweilt den Kopf gehoben und gefragt, mit wem er so lange gesprochen hätte. Sie hatte in der Zwischenzeit frischen Kaffee aufgesetzt, ihre Nägel gefeilt und ihre Beine mit dem Ladyshave seiner Mutter rasiert. Es war unmöglich gewesen, Fredrik zu bremsen.

»Und worum ging es dieses Mal? Pickelprobleme? Hammarbys neueste Mannschaftsaufstellung? Oder ein Schnellkurs im Krawattenbinden, mit denen man Hechte fangen kann?«

»Fliegen, nicht Krawatten.«

»Wen interessiert denn das?«

»Dich anscheinend. Aber vergiss es. Es ging um Liebe. Sagt dir das was?«

»Das kommt mir irgendwie bekannt vor. Jaaa, ich glaube, davon hab ich schon mal was gehört. Nicht, dass ich wüsste, was es ist.« An dieser Stelle hatte sie schadenfroh gelacht. »Ich glaube, du hast eine anstrengende Zeit vor dir. Ich stelle mir einen verliebten Fredrik ungefähr wie eine verrückte Kuh im Bett vor.«

Was soll's. Er hatte nicht vor, Fredrik in sein Bett zu lassen. Obwohl man bei Fredrik nie wissen konnte.

»Na, siehst du. Es gibt doch jemanden, der dich haben will«, hatte Angel zu Fredrik gesagt.

»Aber will sie das wirklich?! Sie ist einfach gegangen.«

»Evelyn küsst niemanden, der sie nicht interessiert. Glaub mir. Ich kenne sie.«

Der letzte Satz war ihm aus Versehen rausgerutscht. Und Fredrik hatte prompt darauf angebissen.

»Hast du sie etwa schon mal geküsst?«, hatte er fast lautlos gehaucht.

»Du bist ein hoffnungsloser Fall. Sie ist wie eine Schwester.«

»Bei Victor hat sich das nicht unbedingt so angehört.«

Angel musste lachen. Victor, die miese kleine Ratte.

Danach war das Verhör losgegangen. Fredrik hatte jeden zweiten Satz mit »wo du sie doch kennst« beendet. Am Ende war Angel es leid gewesen und hatte ihm ihre Telefonnummer gegeben und gesagt, dass er sie am besten selbst anrufen und direkt mit ihr sprechen sollte. Er wusste, dass Fredrik das niemals tun würde.

Angel ist mit den Gedanken bei Fredrik, als er die Treppe runterläuft. Er kriegt plötzlich Lust auf Klara. Dann fällt ihm ein, dass seine Mutter und Natalie abends nach Hause kommen. Er will allein sein. Sie nicht sehen. Dem Blick seiner Mutter entgehen. Die Fliegeküsse brennen immer noch wie Stiche auf der Haut. Er will sie nicht. Aber es kommen immer neue. In einem Regen aus Fliegeküssen radelt er heim. Ihm ist klar, dass er einen zweiten Versuch machen muss.

Er ist verschwitzt, als er zu Hause ankommt. Lässt sich ein Bad einlaufen. Stellt den Fernseher so hin, dass er ihn von der Badewanne aus sehen kann. Danach holt er »The Big Blue« aus seiner geheimen Schachtel. Mit der Fernbedienung in der Hand sinkt er ins Wasser und sieht sich immer und immer wieder den Anfang des Films an. Griechenland 1965. Ein zehn- oder elfjähriger Junge, Jacques, rennt über steile, weiße Klippen bis zu einem Felsabsatz. Er bleibt stehen, schaut auf das glitzernde Meer hinaus und springt. Seine Ausrüstung besteht nur aus einer Schwimmbrille und Flossen. Er schwimmt zwischen den Unterwasserfelsen hindurch und lockt aus einer Höhle eine Muräne hervor, die ihm aus der Hand frisst. Sein Vater, der nach Muscheln taucht, um die Familie zu ernähren, nimmt ihn in seinem Boot mit raus und ertrinkt vor den Augen seines Sohnes. Danach wird der Film farbig und überspringt einen Zeitraum von zwanzig Jahren. Angel sieht sich den Abschnitt immer wieder an, bis zu der Stelle, an der Enzo sagt: »Sucht Jacques Mayol.«

KAPITEL 4

Er zieht ein Unterhemd und eine Radlerhose an, die an den Oberschenkeln und um die Taille eng anliegt. Angel grinst in sich hinein. Ihm ist längst aufgefallen, wie die anderen im Club ihn anschauen. Sowohl die gleichaltrigen Mädchen als auch ihre kleineren Schwestern und deren Mütter. Er genießt ihre Blicke und ihre Kommentare. Er brauchte nur »Komm« zu sagen und sie würden kommen. Das hat er alles schon erlebt. Wie damals mit Felicia. Die Jungen beneiden ihn. Sie trauen sich nicht, sich so zu kleiden wie er. Sie tanzen auch nicht wie er. Ein paar von ihnen würden wahrscheinlich auch kommen, wenn er es drauf anlegen würde. Antonio mit Sicherheit, er sieht Angel anders als andere Jungen an. Angel kann man nichts vormachen. Er knotet sich eins von den gemusterten Taschentüchern um die Stirn, wie sein Vater immer eins in der Hosentasche dabeihatte. Mustert sich im Spiegel und ist zufrieden mit dem, was er sieht.

Er schiebt den Couchtisch vors Sofa. Diese Momente sind die besten. Natalie und seine Mutter sind schwimmen und dürften noch eine Weile weg sein. Da kann er in aller Ruhe tanzen.

Platz genug dafür ist da. Neben dem Sofa und dem Tisch gibt es im Wohnzimmer nur noch die Schrankwand aus Teakholz. Im Regal stehen Fotos von ihm und Natalie und der Verwandtschaft. Eine blau gepunktete Glasvase und kleine Glas- und Keramikfiguren; Vögel, Hunde. Als er die Musik anstellt, hallt es von den Wänden wider. An der leicht mitgenommenen, angegrauten Tapete hängen Bilder mit Motiven aus Chile, deren Farben ziemlich verblasst sind, und ein paar gerahmte Drucke. Ein Picasso, Monets Seerosen und ein Carl Larsson. Auf dem Ehrenplatz gegenüber vom Sofa steht der große Fernseher, von dem seine Freunde jedes Mal wieder schwer beeindruckt sind.

»Das Beste an dem Fernseher ist, dass man jedes Detail erkennen kann«, sagt Mattias zufrieden bei jedem Besuch und holt das Pornovideo raus. Und dann lümmeln sie sich aufs Sofa oder auf den Teppich, die Beine unter den Tisch gestreckt, und stacheln sich gegenseitig so lange an, bis sie es nicht mehr ertragen und den Film ausschalten müssen. Er ist drauf und dran, die Musik abzustellen und sich stattdessen den einzigen Porno anzugucken, den er hat. Wenn man's genau nimmt, von Fredrik bekommen hat, weil der sich nicht traut, ihn bei sich zu Hause aufzubewahren. Am Ende entscheidet er sich fürs Tanzen. Er muss ausnutzen, dass er allein zu Hause ist.

Angel tanzt lange, aus dem Tanz wachsen seine Träume, die ihn aus dem Wohnzimmer herausheben. Weg von Natalie und seiner Mutter, über die Straßen zu Etwas Anderem. Es ist nicht einfach zu benennen. Ein Gefühl vielleicht. Ein Satz. Eine Sehnsucht. Vielleicht, in einem warmen Meer zu tauchen. Singen und tanzen. Applaus zu bekommen, bewundernde Zurufe. Klara. Klara ist absolut Etwas Anderes.

Es pulst durch seinen Körper. Er atmet schwer, hektisch. Bilder stürmen auf ihn ein. Schnelle Schnitte, im Sekundentakt. Sergels torg. Wie eine optische Täuschung, die er nicht aus dem Kopf kriegt. Die Fliegeküsse, die er bekommen und ausgeteilt hat, wo sind sie geblieben? Das Gesicht seiner Mutter taucht auf und verschwindet, alles wirbelt durcheinander. Gesichter, Körper, geometrische Figuren. Sergels torg, Klara, Mama, die ihn eben noch an der Hand hält und ihm im nächsten Augenblick den Rücken zukehrt. Die Briefe! Die mit der Zeit ausblieben.

Und Mama, nach der er sich gesehnt hatte, damals, vor Ewigkeiten, und die alles getan hat, damit er vergaß.

Klara. Ist er eigentlich schon mal richtig verliebt gewesen? Wie oft hatte er geglaubt, der Liebe begegnet zu sein, sich eingebildet, verliebt zu sein? Etwas Anderes, das muss es doch geben, das andere Leben, oder? Jetzt erinnert er sich wieder daran, er kann sich nicht mehr unwissend stellen. Er will das alles nicht, es reicht auch so schon, er hat nicht um die Bilder gebeten, die ihm im Kopf herumschwirren, das ist ihm zu viel, und dann die leeren Felder, lauter leere Felder, die gefüllt werden wollen, aber er weiß nicht, ob ihre Inhalte einfach ausgeleert worden sind oder ob sich nie etwas darin befunden hat. Und da sind sie wieder, die Bilder von den Gesichtern, von drängenden Menschenmassen, da drüben sind Klara und Victor, der ihm mit eifrig wedelnden Armen zuwinkt, anonyme Zuschauer auf dem Sergels torg, und dann er am Spielfeldrand, natürlich ist er das, der ihm einen Fliegekuss zuwirft, Mama, die ihn zwischen all den Menschen scheinbar nicht sieht, er rennt immer im Kreis, rund, rund, und niemand kann ihn hören in dem Stimmengewirr. Plötzlich befindet er sich selbst mitten in der Menschenmenge, bahnt sich tanzend einen Weg, die Leute machen ihm Platz und er wird ruhiger.

Er lauscht der Musik und beginnt wieder zu tanzen.

Zu spät registriert er das Geräusch der zuschlagenden Tür. Er hört sofort auf zu tanzen. Natalie kommt auf ihn zugelaufen.

»Wir waren schwimmen, und weißt du was, ich kann jetzt schon ganz weit im tiefen Wasser schwimmen. Nicht wie letztes Jahr, als ich noch klein war, da hab ich mich noch nicht getraut.«

Er nimmt sie auf den Arm.

»Wirklich? Wie weit?«

»Weiß nicht. Mindestens hundert oder vierzig Meter.«

Angel setzt Natalie wieder auf den Boden, worauf sie wie der Blitz ins Schlafzimmer rennt. Er macht die Musik aus.

»Warum tust du das?«

Er hört seine Mutter hinter seinem Rücken. So nah, dass er fast ihren Atem spürt. Zu nah.

»Was?«, fragt er, immer noch mit dem Rücken zu ihr.

»Warum hast du die Musik ausgemacht?«

Er steckt die CD in die Hülle und stellt sie ins Regal. Als er sich umdreht, mustert sie ihn von oben bis unten. Seine Beine, die vom Tanzen und vor allen Dingen vom Training mit Victor kräftig geworden sind, seine Füße, seine Kleidung.

»Ich nehme doch an, dass du getanzt hast?«, sagt sie sanft und lächelt ihn an. Dann streift sie die Schuhe ab und fasst ihr Haar zu einem Pferdeschwanz zusammen.

»Komm, Angel, tanz mit mir!«

Sie stellt sich vor ihm in Position.

»Komm schon. Das ist schon so lange her.« Ihre Augen sind völlig verändert, als wären ihre Wimpern plötzlich länger und ihre Pupillen größer.

Sie richtet sich auf und wirft den Kopf in den Nacken wie vor einem Auftritt. Angel kann nur schwer widerstehen. Wie immer. Er will sie nicht verletzen. Sie liebt ihn schließlich, oder? Es wäre so leicht, sie glücklich zu machen. Sie greift nach seiner Hand.

»Damit ich sehen kann, ob du auch Fortschritte gemacht hast«, fügt sie hinzu.

Angel macht einen Schritt nach hinten.

»Mache ich«, sagt er.

»Ach, heute mal wieder der Herr Rührmichnichtan, was?« Sie lächelt, aber ihre Augen sind wieder auf Normalgröße geschrumpft. Angel rührt sich nicht, sieht, wie ihre Halssehnen zucken.

»Was ist los mit dir?«, fragt sie beherrscht ruhig. »Warum willst du nicht mehr mit mir tanzen?« Sie lacht auf. »Du wirst doch nicht vergessen haben, von wem du gelernt hast, was du kannst! Ich sehe dich noch nicht mal mehr tanzen, du erscheinst ja nie zu den Proben …«

»Natürlich bin ich da.«

»Jedenfalls nicht, wenn ich da bin.«

Eben. Nicht, wenn du da bist.

Angel verkrampft sich bis in die Zehenspitzen. Er will weg. Kapiert sie denn nicht, dass er nicht will? Er will sich ihre Kommentare nicht anhören. Dass er falsch tanzt. Sich falsch bewegt. Er will ihre kühlen Hände nicht auf seinen Schultern oder auf der Hüfte spüren. Ihr Körper dicht an seinem.

Sie sieht ihn zärtlich an und lächelt sanft.

»Angelito, mein Engel. Jetzt tanzen wir. Du darfst auch die Musik aussuchen.«

Ihre Hand bewegt sich auf seine Schulter zu. Er weicht zur Seite aus. Riecht ihr Parfüm, als er an ihr vorbeihuscht.

Als er in sein Zimmer kommt, hat er den Duft noch immer in der Nase. Der gleiche Duft, den sie immer an sich gehabt hat. Der früher mal für ihn mit Glück verbunden war.

❖❖❖

Wie viele Geschwister sind eigentlich erlaubt?

»Viel zu viele«, hatte Victor irgendwann mal gesagt und Angel hatte gelacht. Dabei beneidete er Victor um seine Geschwister.

Daran muss Angel denken, als Victors fünf jüngere Brüder die Stühle um den Esstisch entern.

Juanito, das kleine Monster, will unbedingt neben Angel sitzen.

»Er ist viel netter als du«, sagt das Monster und streckt Victor die Zunge raus.

Angel grinst. Er hätte gerne einen kleinen Bruder.

Victors kleine Brüder nehmen ihre Plätze ein. Angel hilft Juanito, seine Arme und Beine zu sortieren. Victors Eltern setzen sich als Letzte.

»Akuter Fall von Überbevölkerung«, brummt Victor vor sich hin. Angel ist zwischen ihm und Juanito eingeklemmt, wie üblich. Das ist sein Platz, ganz selbstverständlich. Glücklicherweise ist Victor nicht sehr groß. Obwohl seine Schultern langsam breiter werden. Das Training zeigt erste Erfolge.

»Bald habe ich dich überholt«, hatte Victor erst neulich gesagt, als Angel endlich mal wieder, zum ersten Mal seit langem, mit Victor ins Studio gegangen war. »Du musst öfter trainieren!«

Victor hatte in seiner Sportshorts vor dem Spiegel in der Umkleidekabine gestanden.

»Gar nicht so übel, was?!« Er hatte die Oberarmmuskeln angespannt, sich auf den Bizeps gedrückt und mit der Hand über die Brustmuskulatur gestrichen und ein vorsichtiges »Ich hab doch zugelegt, oder?« nachgeschoben.

»Klar«, hatte Angel lachend geantwortet. »Aber pass bloß auf, dass du dich nicht in dich selbst verliebst. Wie die Muskelprotze im zweiten Stock.«

Victor hatte sich in den Schritt gegriffen und stöhnend mit den Hüften gekreist.

»*Den* kannst du auch durch Training nicht größer machen.«

»Nicht? Wart's ab«, hatte Victor gesagt und angefangen, den Hosenstoff über seinem Schwanz zu massieren.

»Nicht hier! Hast du sie noch alle, Victor! So war das nicht gemeint!«

»Ich mach doch nur Spaß, keine Panik.« Victor hatte die Shorts ausgezogen und sich sein Handtuch geschnappt. »Stimmt, der ist wirklich nicht sehr groß«, hatte er gesagt und seinen Schwanz in der Hand gewogen. »Das wäre doch mal was, wenn es für den auch so eine Art Aufbautraining gäbe. Deiner sieht viel größer aus. Wie lang ist er inzwischen? Wenn er steht, meine ich. Du hast doch wohl gemessen, oder?«

»Bist du geil, oder was?«, hatte Angel grinsend gefragt.

»Weiß nicht. Kann schon sein.« Er hatte Angel unschuldig angeschaut und an seinem Schwanz rumgespielt.

»Idiot«, hatte Angel geantwortet und ihn geschubst. »Geh duschen. Kalt!«

Victor war in den Duschraum gegangen.

»Meiner ist jedenfalls vierzehn Zentimeter«, hatte er Angel über die Schulter zugerufen. »Etwas zu klein, finde ich.«

Teller werden über den Tisch gereicht. Victors Mutter füllt den Reis auf und bittet Angel, die Soße aufzutun. Er inhaliert den warmen Duft von Koriander und Ingwer. Kleine Portionen für die Kleinen. Zwei Kellen für Victor. Juanito stupst Angel an und flüstert ihm etwas ins Ohr. Angel nickt, worauf Juanito unauffällig seine Paprikastücke auf Angels Teller rüberschmuggelt. Victors Mutter schüttelt lachend den Kopf.

»Das geht nur, wenn du hier bist«, sagt sie zu Angel, was ihn fast ein bisschen stolz macht.

Reis und Milchspritzer landen auf dem Tisch. Er beteiligt sich an dem Geplapper der Geschwister, Mamas Ermahnungen und Papas Kommentaren zu Fußball und Politik. Victors Mutter widerspricht grundsätzlich, erläutert und stellt richtig. Vielleicht sollte er mal mit ihr reden?

Auf so etwas wie das hier könnte er auch neidisch werden. Viele Leute um einen Tisch. Reden, sich gegenseitig aufziehen, diskutieren. Zank und Streit und Küsse in einem Atemzug. Und immer wird ein Platz für ihn freigehalten. Von Anfang an ist er wie selbstverständlich eingeladen worden und hat seinen festen Platz am Esstisch bekommen. Oder die Samstagnachmittage vor dem Fernseher. Zum Fußball- oder Lottogucken. Victors Freund.

Als ob sie nicht so schon genügend Kinder hätten. So unkompliziert. So anders.

»Ein Glück, dass ich nicht das Zimmer mit ihm teilen muss«, sagt Victor und wirft ein Kissen nach Juanito. »Raus, hab ich gesagt!«

Sie waren wirklich viele. In jedem Zimmer zwei. Die Eltern im Wohnzimmer. Wie sie es fertig brachten, zwischen Fernseher und Bücherregal ständig neue Kinder zu produzieren, war ein Rätsel.

»Das ist kein Rätsel. Mama wird schon schwanger, wenn Papa ihr nur seinen Pimmel zeigt.«

»Witzig«, lacht Angel und hört die Brüder über den Flur toben, Monster und Superhelden. Prinzessinnen sind das nicht gerade.

»Das kann man wohl laut sagen. Es gibt Leute, die müssen das ständig ertragen. Rund um die Uhr! Klar liebe ich meine Brüder heiß und innig, aber es sind einfach zu viele.« Victor schließt die Tür zu seinem Zimmer.

»Endlich Ruhe«, sagt er und nimmt die Gitarre.

Angel kann es nicht lassen, immer wieder zu vergleichen. Sein Leben mit Victors. Sich selbst mit Katta. Fredrik mit Victor. Dabei weiß er, dass das völlig hirnrissig ist, sie sind viel zu verschieden. Jeder von ihnen bedeutet etwas anderes für ihn. Menschen lassen sich nicht einfach gegeneinander austauschen. Als ob er bestimmen könnte, wer – oder welches Leben – das beste ist.

Victor schlägt einen einleitenden Akkord auf der Gitarre an und fängt an zu singen. Mit tiefer Stimme. Angel war völlig baff, als er ihn zum ersten Mal gehört hat. Und noch verblüffter darüber, dass er Gitarre spielte. Sie kannten sich bereits über ein Jahr, ehe Angel mitbekam, dass Victor Gitarre spielen konnte. Obwohl Angel selbst jede Gelegenheit nutzte, um zu singen, hatte Victor sich mit keinem Ton geoutet. So kam es völlig unerwartet, obwohl es eigentlich nicht weiter verwunderlich war. Es steckte ihm in den Fingern.

»Malen und Gitarrespielen ist fast das Gleiche«, hatte Victor irgendwann gesagt. »Bei beiden geht es um Harmonien.«

Mit Angel zusammen, der die Töne sicher halten kann, traut Victor sich auch zu singen. Susana Rinaldi. Ana Belen. Ruben Blades. Angel würde gerne mit ihm zusammen bei den Festen im Club auftreten. Das würde garantiert ein Bombenerfolg werden. Aber bisher hat Victor sich standhaft geweigert. Das kann Angel richtig auf die Palme bringen. Er hat Victor mindestens schon hundert Mal darauf angesprochen, ob sie nicht bei dem Fest im August zusammen auftreten wollen.

»Nein, keine Lust.«

»Aber wozu das Ganze, wenn du nur in deinem Zimmer spielst?«

Victor bringt die vibrierenden Saiten mit der rechten Hand zum Schweigen.

»Ich hab es dir doch schon so oft gesagt, Angel. Für dich ist das was anderes. Du tanzt gut, singst gut, hast keine Probleme, vor vielen Leuten frei zu sprechen, selbst von einer Bühne herunter. Und du siehst gut aus. Du bist einfach gut, die Leute mögen dich. Die Bräute lieben dich. Denk doch nur an die Silvesterfeier.«

»Was soll ich gegen das Argument sagen?«, sagt Angel und verzieht den Mund.

»Ich würde mich bloß zum Kasper machen. Irgendwann, vielleicht.«

»Dann stell wenigstens deine Bilder aus.«

»Lass uns was singen. Soll ich Juanito reinrufen? Er eignet sich hervorragend als Schlagzeug.«

❖❖❖

Sie haben nur wenige Kunden. Mittwochnachmittag ist eindeutig nicht die Hauptgeschäftszeit.

»Was zu tun gibt es immer«, hatte Eily ihm an seinem ersten Arbeitstag auf Finnlandschwedisch zu verstehen gegeben. »Staub wischen in den Regalen, Blumen gießen, ein paar brauchen immer was, die Kühlfächer auswischen, trockene Blätter abknipsen.«

Frauenarbeit, hatte Fredrik zu Anfang gedacht. Blumenladen, so was Ödes. Wann haben Sie Ihrer Frau zum letzten Mal Blumen geschenkt? Rosen, Orchideen und Lilien. Mit so was beschäftigen sich vielleicht feine Damen, aber nicht ein Hammarbyfan, der besser saufen als tanzen kann. Und ausgerechnet in Farsta, zu allem Überfluss auch noch direkt am Eingang zur U-Bahn, damit ihn auch ja jeder sehen kann. Im schlimmsten Fall mit einer schwarzen Schürze ausstaffiert, auf der Interflora steht. Das würde völlig ausreichen, um sich die nächsten Monate dumme Sprüche anhören zu müssen. Sein Vater nennt ihn Rosenkavalier. Saukomisch, Alter.

Im Laufe von zwei Wochen hat er seine Meinung geändert. Die Arbeit macht richtig Laune. Eily beim Binden von Blumensträußen oder Arrangieren von Tischschmuck für Feste aller Art zuzugucken ist die reinste Theatervorstellung. Inzwischen kann er sogar die verschiedenen Rosenarten auseinander halten. Es gibt unendlich viele. Eily und er lachen sich immer scheckig über die merkwürdigen Namen, von denen einer alberner als der andere klingt.

Aber heute hat er einen Durchhänger. Er kriegt nichts auf die Reihe. Alles ist ihm zu viel. Er hat die letzten Nächte kaum geschlafen. Eine Mischung aus Freude und Unruhe hat ihn wach gehalten. Der Zettel mit Evelyns Telefonnummer steckt in seiner Gesäßtasche. Dort hat er schon die letzten vier Tage gesteckt und ihm fast ein Loch in die Hose gebrannt. Er muss was unternehmen. Mit ihr reden. Sich mit ihr treffen. Endlich Klarheit schaffen, rauskriegen, woran er ist.

Jeden Abend seit letztem Samstag – nachdem die anderen sich schlafen gelegt haben – ist er auf den Balkon rausgeschlichen, hat das Hemd aufgeknöpft und sich mit dem Rücken gegen die Hauswand gelehnt. Die Augen geschlossen und die angenehm kühle Nachtluft über die Haut streichen lassen. Dabei hat er an Evelyn gedacht. Und irgendwann ist er zurück ins Bett geschlichen. Eine vier Tage dauernde Ewigkeit.

Alle Bräute, besonders die lateinamerikanischen, wollen umworben werden, hat Angel gesagt.

»Ihr Schweden seid lausig, was das betrifft.«

Er kann Evelyns Stimme hören: Typisch schwedisch.

Er ist verdammt noch mal nicht typisch schwedisch. Er wird es ihnen schon beweisen. Die werden sich noch alle wundern. Sein Körper vibriert, als er daran denkt. Oh ja. Sie werden es schon erleben. Dass ein Kuss den Lauf der Welt verändern kann.

Eily kommt in den Laden gerauscht.

»Was stehst du hier und träumst vor dich hin! Dumm rumstehen bringt einen nicht weiter im Leben!«

Genau, denkt Fredrik. Ganz genau!

»Hilf mir mit den Pelargonien. Sie stehen im Kastenwagen.«

Bevor Fredrik an diesem Abend um kurz nach sechs den Laden verlässt, nimmt er zwei Hunderter aus der Kasse.

❖❖❖

Mit langen, kräftigen Zügen gleitet er durch das ruhige, blanke Wasser. Meter für Meter, bis weit auf den See hinaus. Durch die grauweißen Wolken sickert diffuses Dämmerlicht. Der Wald bildet eine fransige Silhouette rund um den See. Früher fand er es unerträglich, allein zu sein. Inzwischen genießt er es. Seine Mutter und Natalie gehen ihm auf den Geist. Fredrik ist verknallt und fragt ihm Löcher in den Bauch und nervt. Warum hat Fredrik sich ausgerechnet ihn zum Reden ausgesucht. Victor kennt Evelyn schließlich auch. Soll er doch Victor das Ohr ablabern, wenn er unbedingt mit jemand reden muss. Aber Fredrik hat sich für Angel entschieden, weil er ihm vertraut. »Du kennst dich doch mit so was aus«, hat er gesagt. »Du weißt, was man machen muss.« Das ist Nonsens! Absoluter Nonsens! Ich führe euch alle an der Nase herum.

Mit den Fliegeküssen vor Augen war er ein zweites Mal nach Årsta gefahren. In dem schaukelnden Bus. Am tristen Valla torg war er ausgestiegen. Er war die fünf Stockwerke nach oben gelaufen und hatte vor der Tür gewartet. Auf der Treppe gesessen. Ein einziges Warten. Warten auf Etwas Anderes.

Er taucht. Mit kräftigen Zügen. Das Wasser ist dunkel. Undurchdringlich. Weit und breit kein Delfin, an dessen Rückenflosse er sich klammern könnte, um sich mitziehen zu lassen.

»Das kann dauern, bis er kommt«, hatte die Frau von nebenan gesagt. Diesmal war sie aus dem Fahrstuhl gekommen. »Du solltest vorher anrufen. Er ist viel unterwegs.«

Angel hatte genickt und sie angelächelt. Er war es nicht gewohnt, mit alten Frauen zu reden, die einen nicht anblafften.

»Ich habe dich hier noch nie gesehen. Bist du einer von seinen Neffen?«

Er hatte ein undeutliches »Nja« gestammelt. Was sollte er darauf antworten? Sie hatte gelacht.

»Weißt du das nicht? Oje, ich habe mich noch gar nicht vorgestellt. Asta heiße ich.«

Als er seinen Namen gesagt hatte, meinte sie, dass wahrlich

nicht jeden Tag ein Engel zu Besuch käme. Und den sollte man reinlassen, man könne ja nie wissen, was sonst passierte.

Später hatte sie ihm Hefeschnecken und eine Banane ins Treppenhaus gebracht. Dafür hatte Angel ihr das Altpapier in den Hof runtergetragen, bevor er ging.

»Ich werde ihm sagen, dass du hier warst«, hatte sie gesagt und seinen Handrücken mit ihrer weichen, runzligen Hand getätschelt. Aber er hatte sie gebeten, es nicht zu tun. Er war nicht sicher, ob er noch ein drittes Mal kommen würde.

Die Fliegeküsse sind zu Boden gefallen und in der Sonne vertrocknet. Kein Engel der Welt kann sie wieder zum Leben erwecken. Und irgendwo im Wald, nicht weit vom Seeufer entfernt, liegt seine Kette. Es soll wohl so sein. Damit wäre diese Zeit also auch endgültig ausgelöscht. Seine Mutter wird sich freuen.

Angel taucht. Bleibt so lange unter Wasser, bis ihm fast schwarz vor Augen wird und seine Lungen nach Luft schreien. Er atmet aus und dreht sich auf den Rücken.

»Jacques Mayol?«, flüstert er.

»Ja, das bin ich«, antwortet er sich selbst. Und der Himmel schaut zu. Von dort wird er nicht mit Fragen überschüttet. Der Himmel wölbt sich beruhigend weiß und grau über ihm. Nur er und der See. Er und die Welt.

Das Wasser ist angenehm kühl und mild. Er ruft die Delfine. Streicht sich über die Schenkel und stellt sich vor, es wären die geschmeidigen Körper der Delfine, die für ein Leben im Wasser wie geschaffen sind. Er schwimmt schneller. Das Wasser, die Nacht und die Einsamkeit machen ihn ganz benommen. Sehnsüchtig. Sein Herz schlägt schneller. Erregt. Er zieht sich aus dem Wasser. Legt sich rücklings auf den Steg. Sein Körper ist angespannt. Ungeduldig. Die feuchten Holzlatten sind kalt. Sein Schwanz wird hart. Er denkt an Klara. An Brüste und Lippen. Haut. An Marina und Eva und Sanna, wer ihm gerade einfällt. Sharon Stone. Kim Basinger. Aber er kann sie nicht festhalten, sie entziehen sich ihm. Verblassen wie das Dämmerlicht. Sein Atem geht schwerer. Schneller. Er spürt jede Faser seines ausgepowerten, erregten Körpers. Ihm ist schwindlig. Seine Muskeln sind wie gespannte Federn. Das Wasser. Der Wind. Das Licht der Sommernacht. Nur er und die Welt. The Big Blue. Er kann tun und lassen, was er will. Jacques Mayol weinte und liebte auf dem Rücken, so wie Angel jetzt auf dem Rücken auf dem Steg liegt. Und in diesem Augenblick kommt der Orgasmus. Kräftige, salzige Fäden. Laufen wie heiße Tränen über seine Finger.

Er genießt noch eine Weile die Stille auf dem Steg. Der Wind zerrt an den Blättern. Ein paar Regentropfen klatschen auf seine Brust. Er bekommt eine Gänsehaut und er zieht seine Sachen an, die in einem Haufen auf dem Steg liegen. Es wird windiger und er fährt durch einen Platzregen nach Hause.

KAPITEL 5

Die Tage vergehen. Die Flasche Cola steht unberührt im Kühlschrank. Sobald ich die Wohnung verlasse, werde ich unruhig und rastlos. Unkonzentriert. Bin sicher, dass er ausgerechnet dann kommt.

Meine Freunde fangen schon an, sich zu wundern. Ich schiebe es auf alles Mögliche, aber die Wahrheit sage ich ihnen nicht: Ich warte auf Angel, erinnert ihr euch noch an ihn?

Ich mache mir ein neues Bild von ihm, mische das, was ich von ihm aus der Zeit davor weiß, mit dem fast erwachsenen Angel von heute, wie ich ihn mir vorstelle. Aber das sind alles nur Fantasien. In Wahrheit weiß ich nichts. Ich gehe von dem aus, was ich weiß, und ergänze es mit frei erfundenen Puzzlestücken. Ich nehme an, dass er sich von mir auf ähnliche Weise ein Bild gemacht hat. Und wahrscheinlich ist es genauso falsch wie meins.

Er lebt stärker in mir, als mir bewusst war, und langsam packt mich eine innere Unruhe, dass er nicht zurückkommen könnte. Jetzt, wo meine Ruhe sowieso gestört ist. Ich bin gespannt, was seine ersten Worte sein werden. Oder wie er sich verhalten wird – ob er mich in den Arm nehmen oder mir eins in die Fresse schlagen wird?

Schuld wiegt leicht gegen Verrat. Der Schuldige leidet, aber er kommt ungestraft davon. Der Verratene nimmt Schaden.

Warum nicht einfach vergessen?

❖❖❖

Angel sieht die leere Tüte auf der Spüle. Knorr Gratinfix. Seine Mutter rührt das Pulver in einen kleinen Topf mit zerlassener Butter und lässt es kurz aufkochen. Danach gießt sie das Gemisch über einen halb aufgetauten Kabeljaublock. Angel seufzt. Sie war noch nie eine besonders gute Köchin. Er hätte bei Victor bleiben und dort essen sollen. Nicht nur wegen des Essens, sondern weil er es zu Hause kaum noch aushält. Aber er hatte versprochen, dass er kommt, und jetzt fühlte er sich irgendwie verpflichtet. Er nimmt eine Tomate und wirft sie ein paarmal in die Luft.

Seine Mutter schiebt das Gratin in den Ofen und kramt dann den Magic Slicer heraus, den sie aus dem Fernsehshop geordert hat. Er hat lange genug wie ein schlechtes Gewissen in der unteren Küchenschublade gelegen. Unbenutzt. Bestellt in einem Anfall von Kaufrausch.

»Bitte schön«, sagt sie und drückt ihn Angel in die Hand. »Magst du vielleicht die Tomaten in ein paar hübsche Seerosen verwandeln?«

Er sieht das Gerät skeptisch an.

»Wie funktioniert das?«

Sie lacht.

»Keine Ahnung. Höchste Zeit, es auszuprobieren.«

»So ein Schrott!«, sagt er, als er das Resultat sieht.

Sie lacht wieder.

»Stimmt, eine merkwürdige Seerose! Die sieht ganz anders aus als auf der Verpackung.«

»Schmeiß das Teil weg!«, sagt er barsch.

Seine Mutter unterdrückt einen Impuls von Irritation. Warum ist er schon wieder so gereizt?

Sie versteht nicht, was mit ihm los ist. Dabei ist es schon öfter so gewesen, geht es ihr durch den Kopf. Wie damals, als die Beschwerde von der Schule kam. Als er in die siebte Klasse ging und seine Zensuren plötzlich in den Keller sackten. Es war ihr ein absolutes Rätsel gewesen. Immerhin konnte er mit fünf Jahren bereits lesen, mit sieben sämtliche Hauptstädte Europas aufzählen. Na ja, seine Freunde waren nicht immer ganz nach ihrem Geschmack gewesen. Dieser Chico zum Beispiel oder wie er hieß. Sie hatte ihn nicht oft gesehen, aber ihr war gleich klar, was das für einer war. Mit wem war er eigentlich inzwischen zusammen? Er ließ sich kaum noch zu Hause blicken, manchmal blieb er sogar die ganze Nacht weg.

Die Klagen von Seiten der Schule, dass Angel aufmüpfig wäre, hatte sie nie ganz nachvollziehen können. Und dass er andere Schüler bedrohte. Dass einige Schüler Angst vor ihm hätten. Vor Angel?! Das war doch lachhaft. Angel, der als Kind so ängstlich gewesen ist. So fügsam. Er hat immer geholfen zu Hause und alles getan, worum sie ihn gebeten hat. Und er ist so lieb zu Natalie. Er ist wirklich eine große Hilfe. Ihre Stütze.

Angel kämpft vergeblich mit dem Tomatenschneider. Flucht lautstark. Typisch seine Mutter, so einen Schwachsinn im Fernsehshop zu bestellen. Das weiß doch jedes Kind, dass da nur billiger Schrott verkauft wird.

»Musst du immer diesen Schrott kaufen«, sagt er und schleudert das Teil in die Spüle. »Guck dir das doch an, die ist auch kein Stück besser geworden.«

Vielleicht sollte sie lieber sagen: War ihre Stütze. Sie ist unsicher, in letzter Zeit war er wirklich anders als sonst. Nicht mehr wiederzuerkennen. Sie erkennt den Jungen nicht mehr wieder, den sie großgezogen hat. Allein schon sein Ton. Geduld, hat Maritza zu ihr gesagt. Mehr kannst du nicht machen. Sie hat gut reden mit ihren süßen, reizenden Töchtern.

»Mach dir nichts draus. Dann gibt es eben einen ganz normalen Salat. Sollen wir ihn wegschmeißen?«, fragt sie und lächelt ihn – geduldig – an.

»Was sonst! Aber vielleicht kannst du ihn ja als Hornhautpfeile benutzen?«

Sie lacht. Zwischendurch ist er richtig witzig.

Angel holt ein Schneidebrett und ein Messer und nimmt sich vor, gründlich zu sein, jetzt keine halben Sachen mehr. Er spült den Salat Blatt für Blatt ab, schneidet die Tomaten in kleine Stücke und schält die Gurke, bevor er sie in dünne Stifte schneidet. Danach hackt er einen Apfel klein. Als er am Ende das Dressing mit Estragon und Basilikum abschmeckt, fällt ihm wieder ein, wie er diese kleinen Blättchen als Kind gehasst hat, die an den Lippen und zwischen den Zähnen kleben blieben und nach Laub schmeckten.

Und da ist sie wieder. Die Erinnerung. An das Andere. In letzter Zeit kommt sie immer häufiger. Die Auslöser sind meist völlig simpel und banal. Manchmal würde er am liebsten seine Taschen durchwühlen, ob nicht doch noch ein Fliegekuss übrig ist. Er kommt sich so kindisch vor.

Sie sieht Angel an und ist nicht mehr sicher, was sie sieht. Wenn sie das überhaupt jemals gewesen ist.

Hinter den sorgenvollen Stirnfalten der Lehrer hatte sie ein gewisses Misstrauen geahnt, das sich gegen sie richtete. Als ob sie ihr nicht zutrauten, mit ihm fertig zu werden. Als ob sie sie als Mutter für unzulänglich hielten. Dabei kannten sie die Vorgeschichte gar nicht.

Es war alles so schnell gegangen mit Angel. Sie hatte nicht vorgehabt, schwanger zu werden. José hatte sie überredet, das Kind zu behalten. Damit sie eine richtige Familie würden.

Und was passierte? Vier Jahre später war alles vorbei.

José wollte das Kind haben, nicht sie. Aber sie hatte im Leben nicht damit gerechnet, dass José tun würde, was er dann tat, nachdem er mit Angel zusammen ausgezogen war. Wahrscheinlich hat das einen negativen Einfluss auf Angel gehabt. Es liegt ja wohl auf der Hand, dass das für einen kleinen Jungen nicht gut sein kann.

»Wo ist Natalie?«, fragt Angel und stellt die Schüssel mit dem fertigen Salat beiseite.

»Draußen, glaube ich.«

Angel geht zum Fenster und schiebt die dünne Spitzengardine beiseite, die immer vorgezogen ist, um den Einblick von außen zu verhindern. Er hat diese zugezogenen Gardinen und halb heruntergelassenen Jalousien so satt, die nur dazu da sind, die Außenwelt auszusperren. Das erdrückt ihn. Und nicht nur das. All die Dinge, über die man nicht spricht. Die niemand wissen darf. Er weiß nicht genau warum, aber irgendwie fühlt er sich ständig angeklagt. Um ihn herum nur verschlossene Türen. Die er nicht öffnen darf. Bei dem Gedanken, dass seine Mutter herausfinden könnte, dass er in Årsta gewesen ist und an seiner Tür geklingelt hat, wird ihm ganz anders. Obwohl es eigentlich egal war, es hatte ohnehin niemand aufgemacht.

Klara würde ihm die Tür aufmachen. Meinetwegen kannst du gerne bleiben, hat sie gesagt. Wenn schon nicht bleiben, dann wenigstens wiederkommen.

Er sieht Natalie und ihren Freundinnen zu, wie sie auf dem Gehweg Himmel und Hölle spielen. Ihre Zöpfe wippen auf und ab und ihr gelbes Kleid flattert, als sie von einem Kreidefeld ins nächste hüpft.

Wenn Natalie eine Prinzessin ist, dann ist Klara eine Königin. Oder eine Seejungfrau? Er lächelt still in sich hinein bei der Vorstellung. Ein anderes Leben!

Mama stellt sich hinter ihn, legt ihre Hand auf seine Schulter und sieht aus dem Fenster. Klaras Tür schlägt eilig zu. Draußen ist Natalies Lachen zu hören.

»Wie groß sie geworden ist«, sagt Mama. »Die Jahre vergehen wie im Flug. Ach, Angel, es kommt mir wie gestern vor, dass du so klein warst wie sie jetzt …« Sie beißt sich auf die Lippe.

Angel horcht auf. Als er in Natalies Alter war? Aber Mama spricht nicht weiter. Er würde am liebsten nachhaken. Das war doch … Als er … Aber es ist unmöglich, darüber zu reden. Ist es immer gewesen.

❖❖❖

Fredrik wälzt sich unruhig im Bett hin und her. Vom Traum in die Wirklichkeit. Obwohl er nur eine Unterhose anhat, schwitzt er. Er wird nervös, sobald er nur an Evelyn denkt. Und das tut er die ganze Zeit.

Vielleicht war es für sie nur ein Spiel.

Zwei Sträuße der rotesten Rosen, die es gibt, hat er ihr geschickt, aber nicht einen Laut hat er von ihr gehört.

Er steht auf. Die Wohnung ist still. Seine Schwester schläft, seine Eltern ebenfalls. Er schleicht auf den Balkon raus. Die Nacht ist kühl, genau wie letzten Samstag. Evelyn hat natürlich sofort erkannt, was für ein dankbares Opfer er ist. Ein Streicheln mit dem Finger über die Brust reicht vollkommen, ungefähr so, wie wenn man mit kleinen Kindern spielt. Es hätte ihn fast zerrissen. Wahrscheinlich amüsiert sie sich gerade auf seine Kosten irgendwo in Rinkeby mit der kichernden Sara. Verflixt, dass sie so weit weg wohnt. Fast im Ausland. Er weiß noch nicht einmal genau, wie man dorthin kommt.

Aus was für einem Grund sollte sie ihn haben wollen? Einen Jungen ohne Waschbrettbauch. Mit Pickeln auf dem Rücken? Der zu viel trinkt und tanzt, als hätte er einen Besenstiel verschluckt. Objektiv gesehen gibt es keinen triftigen Grund. Er lässt die Zigarette vom Balkon trudeln und folgt dem glühenden Punkt mit dem Blick, bis er auf halber Strecke verlischt.

Obwohl sie die Pickel eigentlich nicht gesehen haben könnte, er hat ja die ganze Zeit das Hemd angehabt. Es war nur vorne aufgeknöpft. Er fährt sich mit der Hand über den Bauch. Da hingegen dürften ihr die überflüssigen Pfunde, die er gerade in der Hand hält, wohl kaum entgangen sein. Fett und pickelig. Er sollte sich Victor und Angel beim Training anschließen. Genau, das wird er tun.

Er muss irgendwas unternehmen. Sich Gewissheit verschaffen.

Er schiebt es immer wieder raus, Angel um Rat zu fragen. Vielleicht bildet er es sich ja nur ein, aber Angel wirkt in letzter Zeit irgendwie gereizt. Er war verdammt kurz angebunden.

Er zündet sich die nächste Zigarette an. Wie soll er das Training schaffen, wenn er schon beim Öffnen der Fahrstuhltür außer Puste kommt? Er drückt die Zigarette aus und schüttelt sich. Aber er kann sich nicht aufraffen reinzugehen. Die Kälte und Einsamkeit auf dem Balkon sind immer noch erträglicher als die Hitze in seinem Zimmer. Im Bett werden die Gedanken an Evelyn bloß wieder heftiger. Und aus den Gedanken werden schwarze Löcher, in denen er verschwindet und die im nächsten Augenblick von Evelyns Wunderaugen erleuchtet werden. Er schöpft fast wieder einen Funken Hoffnung. Wenn er an den Kuss denkt, der in diesem Augenblick der einzige Kuss zu sein scheint, der je etwas bedeutet hat auf dieser Welt. Er steckt die Zigarette wieder an.

Er weiß nicht, wie er Angel davon erzählen soll, ohne dass es völlig kindisch klingt. Dass er die Hauswand voll gespritzt hat, kann er problemlos erzählen. Das gefällt Angel bestimmt. Aber das andere?

Dabei steht längst fest, dass er Angel in jedem Fall davon erzählen wird. Wem sonst? Es gibt niemand anderen, der ihm in dieser Situation helfen könnte.

❖❖❖

Wenn bloß die Mücken nicht wären. Und die Ameisen. Mattias folgt einer Ameise mit dem Blick, als sie sein Schienbein hinaufklettert.

»Mögen Ameisen Bier?«

Die letzten Minuten war es ungewöhnlich still gewesen. Seit Fredriks Ausführungen über das Wesen der Liebe hatte keiner mehr was gesagt. Am Ende hatte er angefangen zu quengeln. Victor und Angel hatten sich das Ganze schon mehrmals anhören müssen und Mattias und Jamahl war es ziemlich egal.

Mattias schüttet Bier auf die Ameise, die gerade dabei ist, sein Knie zu erobern.

»Na so was, jetzt ist sie hin. Das ätzt mich vielleicht an, ewig in dieser Sandkuhle zu hocken und Bier zu saufen.«

»Pisswarmes Bier«, ergänzt Jamahl.

»Immer dieselben Bäume«, sagt Victor, der einen Skizzenblock im Miniformat dabei hat.

»Immer derselbe Berg«, sagt Fredrik.

»Und immer dieselben Typen«, sagt Angel und wird mit Tannenzapfen bombardiert.

»Wo sind eigentlich die Bräute?«, fragt Mattias und zerdrückt seine Bierdose in der Hand.

»Fete angesagt?«, fragt Jamahl.

»Halt die Klappe, wir haben beschlossen, heute Abend mal unter uns zu bleiben.«

»Ach ja, das Leben besteht aus Fehlentscheidungen«, seufzt Jamahl und schlägt nach den Mücken.

»Und, wen vermisst du? Marina? Oder trifft das eher auf dich zu?«, sagt Angel stichelnd und dreht sich zu Fredrik um.

Victor lacht und antwortet an Fredriks Stelle:

»Das ist doch schon über eine Woche her. Nun ist es doch, na, wie heißt sie noch gleich, jetzt ist mir doch glatt der Name entfallen … Fredrik, wie heißt sie noch gleich?! Hast du schon bei ihr angerufen?«

»Ja, stell dir mal vor. Warum?«

»Aber du hast doch aufgelegt, bevor jemand abheben konnte«, bemerkt Angel trocken.

»Na und, aber ich hab auf alle Fälle angerufen.«

»Was für ein Fortschritt.«

Mattias massakriert die nächste Ameise, die es gewagt hat, sein Bein hochzukriechen. Er schnipst die Überreste weg und sagt träumerisch:

»Also echt, man müsste ganz woanders sein. In einer Strandbar in Acapulco oder was weiß ich.«

»Und wellenreiten, oh ja.«

Und tauchen, denkt Angel. Er ist ganz Mattias' Meinung. Egal wo, Hauptsache, woanders. Und das Wasser vor Mexicos Küste ist traumhaft, klar und fischreich.

»Gibt es da Mücken?«, fragt Victor und kratzt sich am Arm.

»Kellner, die einen bedienen und einem das Frühstück im Liegestuhl am Pool servieren«, träumt Mattias weiter.

»Und dann ins Wasser gleiten wie geschmolzenes Eis.«

»Und einen grünen Drink mit Papierschirmchen und einer Riesenportion frischen Früchten drin bestellen.«

Victor sieht Mattias mit einem tiefen Seufzer an.

»Du kannst dich doch nun wirklich nicht beschweren. Fahrt ihr nicht nach Kreta?«

»Schon. Mit Mama und Papa und Brüderlein. Wisst ihr, wie lustig das ist? Sandburgen bauen und Strandtennis mit meinem Bruder spielen, der jeden zweiten Ball verschlägt. Na, gute Nacht. Und meine Mutter lebt in ständiger Sorge, dass ich in Drinks Drogen untergejubelt bekomme oder bestenfalls ausgeraubt werde, wenn ich mal einen Abend wegwill. Und noch mal gute Nacht.«

Neidisch konnte man trotzdem werden. Mattias mit seinen Inlineskates, den Reisen, dem Fallschirmspringen. Golfen mit seinem Vater. Abfahrtslauf im Winter. Blond. Selbstbewusst. Entspannt, braun gebrannt. Gut, besser, am besten. Nein, Mattias kann sich wirklich nicht beklagen. Er hat so ziemlich alles, was das Herz begehrt. Mattias ergreift wieder das Wort.

»Acapulco, Jungs. Das wär's. Victor kann am Beach seine Muckis spielen lassen und Angel schlägt sein Lager an der Bar auf und macht einen auf cool, während Jamahl unter einem Sonnenschirm auf einem Liegestuhl liegt und liest, ab und zu einen Blick auf die ihn umgebende Welt wirft und tiefsinnig aussieht. Und abends …«

»Und was mach ich?«, will Fredrik wissen.

»An eine Palme kotzen, wahrscheinlich. Verdammt, könnten wir einen Spaß haben. Wann fahren wir?«

»Nächste Woche«, schlägt Jamahl vor.

»Nächsten Monat. Da hat das Studio ein paar Wochen Sommerpause«, sagt Victor.

»Oder nächstes Jahr«, sagt Angel. Warum machen wir uns was vor, denkt er. Das ist völlig witzlos.

»Klau deinem Vater die Visacard, Fredrik.«

»Nix da, ich komm nicht mit, ich fahre lieber nach Rinkeby.«

Die anderen prusten los.

»Armes Kerlchen. Das ist ganz ungefährlich, Romeo. Wir wollen nur ein bisschen Spaß haben. Saufen, surfen, schlunzen – um die Bräute kümmern wir uns dann schon.«

»Damit du nachts in deinem Bett liegen und dir in Ruhe einen runterholen kannst, während du an Evelyn denkst.«

»Du könntest natürlich auch unsere Drinks bewachen«, sagt Angel.

»Niemals«, wirft Victor ein. »Die kippt er bloß alle selbst runter.«

»Und dann kotzt er gegen eine Palme, ich hab's ja gesagt.«

»Na und. Ich krieg eh nix ab, weil Angel sich immer alle Bräute unter den Nagel reißt. Und so was nennt sich Freund.«

»Schieb mir ruhig die Schuld in die Schuhe, wenn du dich danach besser fühlst«, antwortet Angel beleidigt. Er hat diese sich ständig wiederholenden Kommentare so satt. Und Fredrik hat nichts anderes im Kopf als Evelyn, Evelyn und nochmals Evelyn. Und wem hat er das zu verdanken?!

»Freddy kann einem echt Leid tun«, sagt Jamahl mitfühlend.

»So ein Quatsch! Der Kerl ist verliebt, verdammt noch mal. Wer von uns kann das schon von sich behaupten? Andere Leute sind einfach nur geil«, sagt Mattias.

Klara Licht und Dunkel. Ob er sich bei ihr melden sollte? Vorbeischauen? Aber wozu? Aus Geilheit? Sehnsucht? Er muss oft an sie denken. Zu oft. Genau das hatte er geahnt. Zweimal ist einmal zu viel. Aber jetzt ist es zu spät.

»Nein, noch nie«, hört er Victor sagen. Wie war die Frage?

»Nicht mal, als du klein warst?«

Victor schüttelt den Kopf und verscheucht ein paar herumschwirrende Mücken.

»Das nehm ich dir nicht ab«, sagt Jamahl. »Jeder ist mal verliebt gewesen.«

Vor Angels innerem Auge taucht Elin auf. Er muss so um die sieben Jahre alt gewesen sein, war gerade in die Schule gekommen. Elin war die Erste, in die er sich verliebt hat. Sie hatte blonde Haare und eine wunderschöne Schrift. Und sie lachte viel. Mein Gott, wie er ihr Lachen geliebt hat. Er hat sich jeden Morgen auf sie gefreut. Mit viel Mühe hatte er einen Brief für sie zusammengebastelt. Er musste schrecklich oft radieren, um die Buchstaben einigermaßen gerade und gleichmäßig hinzukriegen, bis das Blatt ganz verknittert war. Aber er wollte genauso schön schreiben wie sie. Am nächsten Tag in der ersten Pause war er heimlich zum Supermarkt gerannt und hatte von seinem Taschengeld eine Blume gekauft. Er kann sich noch ganz genau daran erinnern – das Geld für eine ganze Woche ging dabei drauf. Dafür hatte er am Wochenende auf sein Comic und die Süßigkeiten verzichtet. Er hatte die Blume im Rucksack versteckt. Den Rest des Tages konnte er nur noch an die Blume und den Zettel denken und wann er sie ihr am besten geben sollte. Er kriegte nichts auf die Reihe. Die Lehrerin wurde langsam ungeduldig. Im Hort nach der Schule ließ er Elin nicht aus den Augen. Er musste wissen, wo sie war. Was sie machte. Sie wusste genau, was los war. Hatte es längst mitbekommen. Sie sah ihn ganz offen an und lachte.

Das war ihm peinlich. Er wollte nicht, dass die anderen was mitbekamen. Batman kauft keine Blumen. Er traute sich nicht, sie anzusprechen. Währenddessen durstete die Blume einsam eingesperrt in seinem Rucksack vor sich hin. Der Zettel wurde immer knittriger in seiner Hosentasche. Als sie nach Hause ging, rannte er hinter ihr her. Natürlich war Frida dabei. Die beiden waren unzertrennlich. Jetzt oder nie. Er hatte keine andere Wahl. Er zog die Blume aus dem Rucksack. Sie war noch ganz, nur ein Blatt war abgebrochen. Es war eine schöne Blume, lang, mit kleinen gelben Blütenblättern. Sie nahm sie. Und dann der Zettel. Eilig in ihre Hand geschoben. Er traute sich nicht, sie anzusehen. Hörte sie »Danke« sagen und »Wie süß«. Selig und zufrieden rannte er zurück in den Hort. Er hatte es getan!

Und dann, auf dem Nachhauseweg. Er erkannte den Zettel sofort wieder, der zu einer kleinen Kugel zusammengeknüllt auf der Erde lag. Genau an der Stelle, wo er Elin und Frida verlassen hatte.

Er hat nicht mitbekommen, worüber die anderen sich gerade unterhalten. Sein Kopf dröhnt. Und über ihnen wölbt sich die glasblaue Kuppel des Abendhimmels.

»Ich fahre übrigens nach Amsterdam«, sagt Angel und schnorrt Fredrik um einen Glimmstängel an.

Victor sieht Angel verdutzt an.

»Echt?«

Angel nickt und summt leise vor sich hin. Nicht einmal Victor hat etwas davon gewusst. Er hat sich nicht getraut, eher was zu sagen. Aber jetzt ist es nicht mehr lange bis dahin. Endlich wird was daraus, endlich fahren sie doch noch nach Amsterdam. Er ist seit Ewigkeiten nicht mehr im Ausland gewesen. Eigentlich wollten sie schon im letzten Sommer fahren, aber das ist an Geldmangel gescheitert.

»In ein paar Wochen«, fügt er hinzu.

Victor fühlt sich übergangen. Warum hat Angel ihm nichts davon erzählt?

»Aaah, red light district«, mischt Mattias sich ein. »Nimm bloß Präser mit.«

»Klar, das wird garantiert das Erste sein, was Mama mir zeigt. Wir wollen eine Freundin von ihr besuchen.«

»Da möchte ich auch gerne mal hin«, sagt Mattias. »Ich hab Bilder von Amsterdam gesehen. Ziemlich schön, lauter Kanäle und so. Und außerdem gibt's da Heineken.«

»Und das Rembrandtmuseum«, ergänzt Jamahl.

»Musst du immer so verdammt intellektuell sein«, entgegnet Mattias.

»Sei froh, damit hebe ich den durchschnittlichen Intelligenzquotienten dieser Runde um hundert Prozent.«

»Wer ist Rembrandt?«, will Fredrik wissen.

»Um hundertfünfzig, wollte ich sagen.«

»Hollands bester Fußballspieler, du Nase«, antwortet Mattias.

Victor bohrt mit einem Stock Löcher ins Moos.

»Und unsereiner darf sich mit Campen in der Pampas begnügen«, sagt er bitter. »Griechenland oder Amsterdam kann man vergessen, dafür reicht das Geld nicht, wenn man im Zentrum einer Bevölkerungsexplosion lebt.«

»Fahr doch mit Freddy nach Rinkeby«, sagt Jamahl grinsend. »Er kann sicher einen Dolmetscher gebrauchen.«

»Scheißmücken!«, schreit Mattias plötzlich und springt auf. »Ich glaub, wir sitzen mitten in der Einflugschneise dieser Mistviecher.«

Angel steht auf.

»Fahren wir in die Stadt«, sagt er.

»Und was machen wir da?«

»Irgendwas. Egal was. Hauptsache, weg von den Mücken.«

»Aber bloß keine verdammte Latinodisco«, sagt Mattias.

Angel geht los. Er muss sie sehen. Die anderen schlurfen hinter ihm her.

»Rembrandt?«, murmelt Fredrik vor sich hin. »In welcher Mannschaft spielt der denn?«

KAPITEL 6

Es war Kattas Idee gewesen.

»Und wenn es regnet?«

»Dann quetschen wir uns eben in eine Telefonzelle und spielen Schiffe versenken. Aber es wird nicht regnen«, hatte sie voller Überzeugung gesagt.

Nein, es regnet nicht, es ist bedeckt. Gestern hatte es immer wieder Regenschauer gegeben und heute Morgen war der Himmel bedrohlich bleigrau verhangen gewesen. Aber zum Nachmittag hatten sich die Wolken verzogen. Und den ganzen Tag ist kein Tropfen Regen gefallen. Das Gras ist inzwischen auch wieder trocken.

Fredrik hat in der Nacht mit offenem Hemd auf dem Balkon gestanden, in den strömenden Regen gestarrt und an Evelyn gedacht, die er bald wiederschen würde.

»Perfektes Brennballwetter!«, ruft Katta. »Nicht zu warm und nicht zu kalt.«

Wenn Katta Brennball spielen will, dann hat sich das Wetter gefälligst danach zu richten.

»Ist sie eine Wettergöttin, oder was?«, fragt Mattias und stellt einen Sixpack Cola auf den Boden.

»Nein, eine Hexe«, antwortet sie selbst. »Markiert die Eckpunkte.«

Die Jungen knüllen ihre T-Shirts und Jacken zusammen und

schreiten das Spielfeld ab. Victor und Mattias dürfen wählen. Aus purer Gemeinheit wählen sie zuerst Fredrik und Evelyn in verschiedene Mannschaften.

Am Abend vorher hatten sie sich zum ersten Mal seit dem Abend im Paradiso wieder gesehen. Fredrik hatte Angel breitgeschlagen, Evelyn ins Kino einzuladen. Und er wollte sich ihnen dann anschließen.

»Rein freundschaftlich«, hatte Fredrik gesagt. »Ich bezahle natürlich, für alle. Am besten bringst du Katta oder jemand anders mit. Sonst wirkt das irgendwie komisch.«

Als ob das was nützen würde, hatte Angel gedacht. Du wirkst auf jeden Fall komisch.

»Und lass sie aussuchen, welchen Film sie sehen möchte, damit es auch etwas ist, was sie mag.« Angel hatte »Ja, ja« geantwortet und aufgelegt.

Man merkte, dass Evelyn den Film ausgesucht hatte. Sie hatte sich für »Il Postino« entschieden, weil es in dem Film um Pablo Neruda ging. Angel konnte sich ein Seufzen nicht verkneifen.

»Du könntest dich ruhig ein bisschen mehr für Pablo Neruda interessieren«, hatte Evelyn vorwurfsvoll gesagt. Evelyn redete viel über Neruda, »unseren« Poeten. Nobelpreisträger. Sozialist. Er hatte das schon öfter gehört.

»Neruda ist tot«, hatte er geantwortet.

Fredrik hatte panisch nachgefragt, wer zum Teufel Neruda sei. Er wollte sich nicht ein zweites Mal als Trottel outen, wenn es sich vermeiden ließ.

Mit Tränen in den Augen waren Katta und Evelyn aus dem Kino gekommen und hatten sich sofort gefunden. Zu Angels großer Überraschung meinte Fredrik, dass er den Film fast so gut wie ein Spiel von Hammarby gefunden hätte. So kann es gehen, wenn man verliebt ist.

»Stimmt, das ist auch meistens zum Heulen«, hatte Katta schnippisch geantwortet und sich die Tränen abgewischt.

Die Mannschaften stellen sich auf. Victors Gruppe spielt zuerst außen. Fredrik ist der Brenner. Für den Fall, dass die Wartezeiten zu lang oder sie zwischendurch vom Durst überwältigt werden, hat Mattias in jeder Ecke eine Flasche Cola deponiert. Katta ist Punktrichterin. Weil sie so gewissenhaft ist. Und unbestechlich. Und außerdem schlägt sie wie ein Katapult, weit und hart.

Fredrik ist heute ein mieser Brenner. Als Evelyn im Schneckentempo die Eckpunkte umrundet, behauptet er, dass die Sonne blendet, und haut daneben.

»Wo ist denn hier Sonne? Es ist bewölkt!«, schreit Mattias.

Später wirft er sich wie ein angeschossener Frosch einen halben Meter neben die Brennplatte, und als er dann auch noch den Ball zu Evelyn zurückrollt, damit sie es noch mal versuchen kann, ist das Maß voll.

»Man hat nur drei Versuche«, brüllt Mattias.

»Aber, der letzte kann nicht gez…«

»Auch wenn man verknallt ist!«

Fredrik wird knallrot und verstummt. Angel und Katta kriegen sich nicht mehr ein vor Lachen.

»Los, geh schon in die andere Mannschaft«, sagt Mattias resigniert.

Hinterher kommt Evelyn zu Angel und Katta rübergeschlendert, die es sich im Gras gemütlich gemacht haben. Angel kaut auf einem Grashalm.

»Er ist total niedlich«, sagt Evelyn.

»Das kann man wohl sagen«, sagt Angel. »So hat er noch nie Brennball gespielt.«

Evelyn klemmt sich das Haar hinter die Ohren, zieht die Beine an und legt ihre Arme um die Knie.

»Er ist so romantisch.«

Angel und Katta sehen sich mit großen Augen an und dann zu Evelyn.

»Sag das noch mal. Hast du gerade gesagt, dass Fredrik romantisch ist? Interessierst du dich für Fußball?«

»Ich verstehe nicht ganz, was du meinst.«

»Warte ab, bis er dich zu einem Heimspiel von Hammarby mitschleppt. Fanta und Bratwurst in der Halbzeit, kastriert den Schiedsrichter und fliegende Bierdosen. Das ist Romantik«, sagt Angel. Evelyn lacht.

»Ihr seid ungerecht. Er hat mir Blumen geschickt, zweimal. Papa macht sich schon Sorgen, du kennst ihn ja. Er hält nichts von schwedischen Jungen. Seiner Meinung nach sind alle Schweden Waschlappen. Ach, ihr solltet mal mein Zimmer sehen. Meine Schwester ist total neidisch.«

Katta tut, als ob sie in Ohnmacht fällt.

»Waren Freikarten im Strauß versteckt?«, fragt sie und bringt sich wieder in eine aufrechte Sitzposition.

»Und was ist mit dir?«, fragt Angel neugierig. »Ist er der große Blonde, von dem du immer geträumt hast?«

»Weiß man's? Aber wer kann solchen Aufmerksamkeiten schon widerstehen?«

Evelyn lacht.

»Und außerdem ist er süß«, fügt sie noch hinzu.

Angel lacht still in sich hinein. Süß. Das war auch so ein Wort. Hoffentlich nannte ihn niemals jemand süß. Wenn sie wüsste, dass das mit den Rosen Angels Idee war.

Unglaublich, dass dieser moppelige Satansbraten es ausgerechnet auf eine Prinzessin wie Evelyn abgesehen hat. Und es tatsächlich schafft, ihre Sympathie zu erringen. Das ist zum Lachen. Saukomisch. Ausgerechnet Fredrik, der immer solche

Probleme mit Bräuten hatte. »Wir sind fast wie Brüder«, hatte Fredrik gesagt und hätte Angel gerne zu seinem großen Bruder gemacht. Aber das Gleichgewicht war ins Schwanken gekommen. Der kleine Bruder Fredrik war aus dem Schatten des großen Bruders herausgetreten. Sein Wunsch war in Erfüllung gegangen.

❖❖❖

Das Rauschen der Busse und Autos vom Drottningholmsvägen schlägt ihm entgegen, als er aus dem Hauseingang tritt. Er will nicht nach Hause. Aber länger bei Klara bleiben wollte er auch nicht.

Er war aus einem Impuls heraus zu ihr gegangen. Um zu testen, ob er willkommen war. Klara hatte ihn sofort reingebeten. Aber ihre Fragen hatten ihn gestört. Hinterher. In der Stille, nachdem sie miteinander geschlafen hatten. Er wollte Sex. Keine Fragen, was er machte, über seine Eltern, seine Wünsche. Seine Wünsche! Was sollte er darauf antworten? Als ob das von Bedeutung wäre.

»Du bist so hart«, hatte sie gesagt und seine Oberschenkel gestreichelt. »Aber du hast unglaublich weiche Haut. Und die liebe ich.«

Ihr Lächeln war zärtlich gewesen. Fragend.

Nein, er konnte nicht bleiben, sosehr er das Streicheln ihrer Hände auch genoss. Er wollte ihre Komplimente. Ihr in die erregten Augen schauen. Ihr Begehren spüren. Das normale Geplauder. Keine Fragen! Aber sie hatte gefragt und er hat ihr nicht geantwortet. Er will nicht, dass sie zu viel weiß.

Klara ist anders. Sie gehört nur ihm allein. Und er kann so tun, als würde er nur ihr allein gehören.

Sie ist eine eigene Welt, die mit nichts anderem zu tun hat. Weder mit Mama und Natalie noch mit Fredrik, Victor oder Katta. Vielleicht noch nicht einmal mit ihm. Mit ihr zusammen kann er sich einbilden, woanders herzukommen als aus Farsta. Klara ist ein geheimer Ort. Bei ihr ist es ruhig. Dort braucht er sich nicht zu verstellen. Er fühlt sich, als würde er weit draußen auf offener See schwimmen. Aber sobald er wieder in Strandnähe kommt, werfen die Wellen ihn wie einen Schiffbrüchigen an Land.

Ihre Fragen machen alles kaputt. Er will nicht an die Dinge außerhalb ihrer Wohnung, ihres Schlafzimmers, ihres breiten, weichen Bettes erinnert werden. Und als Allerletztes will er ihr von seiner Mutter erzählen. Sie hat nichts mit dem zu tun, was zwischen ihnen ist.

Katta hat Recht. Er bricht Herzen. Nicht, weil er es will oder weil er es sich vorgenommen hat. Es passiert einfach. Sie sind selber schuld. Er verspricht ihnen nie etwas. Er ist mit ihnen zusammen, enttäuscht sind sie erst hinterher. Wenn er nicht mehr will. Aber das ist nicht seine Schuld.

Die Nachmittagssonne spielt zwischen watteweichen Wolken, die über den Himmel treiben. Er fühlt sich rastlos und zufrieden zugleich. Sex am helllichten Tag. Direkt aus dem Bett ins Gewimmel. Im Bewusstsein, eben erst die Jeans angezogen zu haben, die gerade noch zerknüllt auf dem Boden lag. Und niemand ahnt, dass er vor wenigen Augenblicken noch kopflos vor Erregung war, weil eine Frau, eine erwachsene Frau, ihn begehrt hat. Er hat das Gefühl, in eine fremde Welt einzutreten. Als käme er von einem Ort, den die Menschen um ihn herum nicht kennen, von dessen Existenz sie nichts wissen. Sie sehen alle so gewöhnlich aus. Grau. Trist.

Er lässt sich durch die Stadt treiben. Statt am Fridhemsplan in die U-Bahn zu steigen, biegt er in die Handverkargatan ein.

Summt vor sich hin und pfeift, sieht sich die Schaufensterauslagen an. Er kann nach Klara nicht direkt nach Hause fahren. Das will er ganz für sich behalten, wie ein Geheimnis. Als ob er Angst hätte, dass es ihm anzusehen ist. So ein Gefühl hat er noch nie gehabt, nicht nach einem gewöhnlichen Beischlaf. Aber bei Klara. Die fast zehn Jahre älter ist als er. Klara Licht und Dunkel. Seine Mutter würde es wahrscheinlich riechen. Fredrik mit seinem Gehampel um Evelyn kommt ihm geradezu kindisch vor. Das hier ist etwas anderes. Klaras Herz kann man nicht brechen. Sie kann er nicht verletzen.

Und trotzdem musste er weg. Schnell.

Er läuft bis zum Sergels torg, der trotz des fortgeschrittenen Nachmittags immer noch erstaunlich bevölkert ist. Auf den Treppenstufen sitzen Leute und essen Eis, schauen sich das Treiben auf dem Platz an, Liebespaare. Die Wochenendshopper hasten mit Taschen beladen Richtung U-Bahn. Er mag diese Plätze, auf denen man Teil eines größeren Ganzen ist. Auf denen man sichtbar und anonym zugleich ist.

Die Tischtennisplatten sind von ein paar älteren Männern belegt und quer über den Platz fahren Inlineskater Slalom zwischen Getränkedosen. Springen über einen Kumpel, der zwischen zwei Stühlen liegt, landen weich und bahnen sich elegant einen Weg an den Passanten vorbei. Sie sind mörderisch schnell, ihre Technik ist fantastisch. Angel muss ans Tauchen denken. Er sieht ihnen eine Weile zu. Angel hat einmal Mattias' Inlineskates getestet und richtig Spaß daran gehabt, aber ein Paar Inlines sind einfach zu teuer. Er geht weiter zum Basketballfeld, hätte Lust auf ein Spiel. Ihm fällt auf, dass er seit dem einen Mal nicht wieder hier gewesen ist. Als *er* neben dem Spielfeld gestanden hat. Und verschwunden war, als Angel sich das nächste Mal umgedreht hatte.

Hinter ihm demonstriert eine Gruppe gegen das Regime im

Iran. Katta wäre wahrscheinlich eher dorthin gegangen, anstatt bewundernd hinter ein paar Rollschuhläufern herzugaffen. Als hätte er ein schlechtes Gewissen, stellt er sich zu den Demonstranten und hört ihnen mit halbem Ohr zu, bekommt ein Flugblatt in die Hand gedrückt. Eine Reichstagsabgeordnete der Grünen spricht. Als die Grüne von einer Band abgelöst wird, die arabischen Reggae spielt, strömen noch andere als nur Iraner zusammen. Klar hat er auch schon mal etwas darüber gelesen. Verstoß gegen Menschenrechte. Hinrichtungen. Hin und wieder liest sogar er die Zeitung. Meist die Gratis-Stadtzeitung, weil seine Mutter keine Zeitung abonniert hat. Aber im Sommer wird sie nicht gedruckt. Demonstrationen haben ihn noch nie interessiert. Man weiß nie so genau, wofür oder wogegen sie eigentlich sind. Was nicht heißen soll, dass ihn so etwas kalt lässt. Neulich waren ein paar Iraner aus Schweden ausgewiesen worden. Vermutlich in ihren sicheren Tod. Sie haben keine Chance, so viel hat er inzwischen auch begriffen. Die Skinheads und Neonazis machen ihm Angst, und er findet es furchtbar, dass die Regierung Jagd auf Flüchtlinge macht, die mit falschem Pass einreisen.

»Wenn jemand sich engagieren müsste, dann ja wohl du«, hatte Katta ihm empört vorgehalten.

Schon möglich. Aber es ist ihm irgendwie egal. Außerdem ist er kein Flüchtling. Er ist in Schweden geboren und mit schwedischer Milch und Cornflakes aufgewachsen. Genau genommen ist er nur ein halber Kanake. Nein, die Politik überließ er gerne Katta. Nicht auch noch das. Er hatte schon so genug um die Ohren. Interessiert sich vielleicht jemand dafür, wie es ihm geht? Er ist vor sich selbst auf der Flucht. Will weg. Aber wohin?

Er nimmt die U-Bahn nach Söder und geht in die nächstbeste schäbige Kneipe in der Östgötagatan. Bestellt ein Bier. Zum nächsten Bier kann er sich bestimmt einladen lassen, Typen, die sich unterhalten wollen, finden sich immer. Männer mit graublauen, schlaffen Tätowierungen auf der runzligen Haut. Angel zeigt ihnen seinen Adler und sie nicken anerkennend. Und dann fangen sie an zu erzählen. Von ihrer Zeit auf See, als Lastwagenfahrer, von Frauen, die sie geliebt haben und von denen sie verlassen wurden, von ihren mehr oder weniger verkrachten Existenzen. Er hört ihnen zu und lässt sich von ihren Worten und ihrer Aufmerksamkeit einlullen. Aus lauter Dankbarkeit, dass ihnen jemand zuhört, geben sie einem ein Bier aus. Oder zwei. Eine Hand wäscht die andere. Sie haben so viel mitzuteilen und so viele gute Ratschläge für einen jungen Mann an der Schwelle des Lebens. Das ist auch eine Art Erholung. Eine andere Welt. Zwischen unrasierten, vom Alkohol rotgesichtigen Männern. Männern, die nicht viel älter sind als er. Hier kennt ihn niemand. Hier kann er sich voll laufen lassen, ohne dass sich jemand einmischt. Wie oft hat er schon den Wunsch gehabt, sich um nichts mehr scheren zu müssen. Einfach abzuhauen. Woandershin. Er braucht dringend noch ein Bier. So lange trinken, bis er vom Hocker kippt. Er will nicht nach Hause, um nichts in der Welt. Überallhin, nur nicht nach Hause.

❖❖❖

Ohne darüber nachzudenken, habe ich eine alte Kassette eingelegt, die ich aufgenommen habe, als wir noch zusammenlebten. Salsa, Merengue, modernen und klassischen Tango. Alte, bittersüße Balladen. Große Worte der Verzweiflung und Liebe, die sich niemals erfüllt. Tragik an der Grenze zum Banalen.

Ich sehe Angel vor mir. Wie er tanzt, im Club. Er hat ein ausgeprägtes Gefühl für Rhythmus, und schon als kleiner Junge hat er sich immer gerade gehalten und den Blick nach vorne gerichtet. Er lernte schnell, man musste ihn einfach bewundern. Und ich war stolz auf ihn.

Es ist so leicht, sich in Erinnerungen zu verlieren. Ich habe keine Ahnung, welche Erinnerungen ihm wichtig sind und ob die Gegenwart eine besondere Bedeutung für ihn hat. Aber vielleicht die Zukunft. Warum sonst hat er sich die Mühe gemacht, herauszufinden, wo ich wohne?

Sein plötzliches Auftauchen weckt noch eine Menge anderer Erinnerungen in mir, die ich damals mühsam versucht habe zu vergessen, um weitermachen zu können. Und ich habe weitergemacht, aber habe ich wirklich vergessen? Nein. Warum auch? Schließlich war es nicht unsere gemeinsame Zeit, die ich vergessen wollte – sondern den Schmerz darüber, dass sie zu Ende war. Die Art, wie es endete. Und dass ich gleichzeitig auch noch Angel verlor.

Ich frage mich, wie viel Angel weiß. Ich frage mich, ob er wie ich Briefe bekommen hat. Inzwischen ist seit dem letzten Brief ziemlich viel Zeit vergangen – kann es schon ein Jahr her sein? Ich habe sie wieder hervorgeholt und lese sie, einen nach dem anderen. Sortiere sie. Zeilen, die berichten, was gewesen ist. Was hätte sein sollen. Vom Verzeihen. Manchmal kommen mir seine Worte so unwirklich vor. Dann wieder gehen sie mir so nah, dass ich sie am liebsten verbrennen würde. Jeder Brief für sich ist eine Ballade über die Liebe, die in einem Verrat verloren ging und am Ende nur ein Traum blieb.

Und in den Leerstellen zwischen den Zeilen ist Angel.

Ob ich ihm die Briefe jemals zeigen werde?

❖❖❖

Fredrik läuft wie ein eingesperrter Tiger in der Küche hin und her. Zwischendurch ruft er »Scheiße« oder »Verdammter Mist« oder was ihm sonst noch an intelligenten Äußerungen einfällt. »Und dann regnet es auch noch«, brummt er vor sich hin.

»Jetzt hock dich endlich hin, sonst hol ich die Zwangsjacke«, sagt Angel gereizt und setzt Kaffee auf. Starken Kaffee. Die Maschine brodelt und zischt, als ob sie erkältet wäre. Noch was, worum er sich kümmern muss. Wenn das Schloss an der Badezimmertür repariert ist, muss die Kaffeemaschine entkalkt werden.

Fredrik gehorcht brav. Er kaut an seinen Nägeln. Angel hat Fredrik schon in so mancher – meist miserabler – Verfassung erlebt. Aber so noch nie. Er hat was von einem mutierten Killervirus à la Stephen King.

Angel ist gespannt, was Fredrik von ihm will. Was in ihn gefahren ist. Er hat am Telefon ziemlich verzweifelt geklungen. Und dabei ging es nicht um Evelyn. Na ja, irgendwie schon, aber nicht direkt. Angel hatte nur Bahnhof verstanden.

»Ich stecke bis zum Hals in der Scheiße! Ich bin so ein Idiot!«, hatte Fredrik in den Hörer geflüstert. Aha, ist das was Neues? Angel hatte innerlich geflucht.

»Ich komme vorbei.«

»Nein, meine Alte ist zu Hause«, war Fredrik ihm ins Wort gefallen.

»Wollen wir uns in der Stadt treffen?«

»Nein, bist du wahnsinnig, da könnte uns jemand hören.«

»Verdammt noch mal, Fredrik! Das klingt ja, als hättest du eine Bank überfallen. Was ist passiert?!«

»Das kann ich dir jetzt nicht sagen.« Er hatte die Stimme noch mehr gesenkt. »Meine Mutter kann mich hören. Kann ich nicht zu dir kommen?«

Angel schenkt Kaffee ein.

»Es ist alles so bescheuert, Angel.«

»Das sagst du jetzt schon seit einer halben Stunde. Ich stimme dir ja zu, es ist bescheuert, aber wenn du es noch ein einziges Mal sagst, erwürge ich dich.«

»Sorry«, sagt er mit einem Blick, als hätte er das Finale der Fußball-WM verpasst.

»Jetzt rück schon raus damit«, sagt Angel gereizter als vorgesehen. Aber der Kerl kann einem wirklich den letzten Nerv rauben.

Fredrik zündet sich eine Zigarette an.

»Evelyn ist mit Abstand das Beste, was mir in meinem Leben begegnet ist«, setzt er an.

Angel seufzt still in sich hinein.

»Das Letzte, woran ich vor dem Einschlafen denke, ist sie. Das Erste, woran ich nach dem Aufwachen denke, ist sie.«

»Und wenn du isst oder dich anziehst oder auf dem Lokus sitzt, denkst du an sie.«

Fredrik wirft Angel einen wütenden Blick zu.

»Kapierst du denn nicht? Ich habe so was noch nie erlebt. Man weiß, wann einem die große Liebe begegnet.«

»Halleluja.«

»Sie begegnet einem nur einmal im Leben, Angel.«

Ah ja. Dazu konnte Angel nicht viel sagen. Entweder war sie ihm schon tausendmal begegnet oder noch nie. Und woran man sie erkennen soll, ist ihm auch nicht ganz klar.

»Wenn es den achten Himmel wirklich gibt, dann befinde ich mich gerade dort«, fährt Fredrik fort.

»Heißt das nicht siebter Himmel?«

»Ist doch egal. Ich fühle mich jedenfalls, als ob ich schwebe. Allein die Tatsache, dass es sie gibt, lässt mich alles in einem ganz neuen Licht sehen. In mir ist eine Glut, die mich vor Sehnsucht nach ihr verzehrt, als hätte sie in meinem Leben ein Feuer entzündet, von dessen Existenz ich bisher nichts gewusst habe. Ich sehe sie in jeder einzelnen Rose im Laden.«

»Amen. Der Poet hat gesprochen«, sagt Angel andächtig. Er hatte ja keine Ahnung, dass in Fredrik so große Worte schlummern. »Komm zur Sache.«

Fredrik nimmt die nächste Zigarette und klopft mit dem einem Ende auf den Tisch. Sieht Angel an und seufzt.

»Jetzt sag schon.« Angel geht diese Dramatik langsam, aber sicher auf den Senkel.

»Du hast doch gesagt, dass ich ihr den Hof machen soll. Und ich wusste nicht so genau, wie ich ihr zeigen sollte, wie sehr ich sie liebe. Also sind wir ins Kino gegangen, ich hab ihr kleine Briefe geschrieben« – Angel läuft ein Schauer über den Rücken – »und ihr Blumen geschickt.«

»Ja, sie hat davon erzählt. Das gefällt ihr wirklich. Was für ein Glück, dass du in einem Blumenladen und nicht in einer Autowerkstatt arbeitest. Über Bremsklötze hätte sie sich wahrscheinlich längst nicht so gefreut.«

»Genau da liegt das Problem.«

Fredrik steht auf und ruft mindestens eine Million Mal »Scheiße«. Angel kommt es fast so vor, als würde er Fredriks Herz orangerot durch den T-Shirt-Stoff leuchten sehen. Er wartet ungeduldig. Wenn das so weitergeht, braucht er auch gleich eine Zigarette. Oder eine Beruhigungstablette. Fredrik setzt sich wieder an den Tisch und rührt wie ein Wilder in seiner Tasse.

»Blumen kosten eine Stange Geld. Es ist der reinste Wahnsinn, aber die kleinste Rose kostet mindestens 15 Eier – das Stück! Wenn man nicht solche haben will, die nach einer Viertelstunde verwelken. Oh Scheiße, meine Eltern bringen mich um, wenn sie das erfahren!«

»Aber was hast du denn jetzt getan? Blumen zu verschenken ist doch kein Verbrechen?«

»Hörst du denn nicht, was ich sage! Die kosten tierisch viel

Geld. Ich habe jeden Tag ein paar Hunderter aus der Kasse geklaut. Ich dachte, dass es nicht auffallen würde. Um Evelyn Rosen schicken zu können.«

Angel glaubt einen Augenblick lang, Fredrik zum ersten Mal in nüchternem Zustand losheulen zu sehen. Aber stattdessen nimmt Fredrik einen tiefen Zug aus seiner Zigarette.

»Moment mal«, sagt Angel. »Irgendwas stimmt da nicht. Wo hast du die Rosen gekauft?«

»In Gubbängen.«

»In Gubbängen?«

»Da gibt es einen kleinen Blumenladen, auf dem Hügel.«

»Du klaust Geld in deinem Blumenladen, um in einem anderen Blumenladen Rosen zu kaufen, die du Evelyn schickst?«

Fredrik grinst dämlich.

»Du hättest sie wenigstens in deinem eigenen Laden kaufen können! Oder sie direkt dort klauen.«

»Das hat Eily auch gesagt.«

»Verdammt, Fredrik, du bist ja dümmer, als die Polizei erlaubt. Und Eily ist dir auf die Schliche gekommen?! Ist es das? Und jetzt bist du natürlich gefeuert.«

»Nein, nein, du kennst Eily nicht. ›Verdammter Sseisskerl‹, hat sie mich angebrüllt. ›Gibt es hier vielleisst nisst Rosen genug?!‹ Sie hat gesagt, dass sie mir die schönsten Sträuße gebunden hätte, die ich je gesehen hab. ›Iss bin vielleisst eine garsstige alte Ssiege, aber die Liebe, Fredrik, die kenne iss auch, du Unglücksrabe!‹ Ich wollte eben nicht, dass sie etwas davon erfährt. Sie kennt Papa und ich hatte Angst, dass er mich noch mehr aufziehen würde, wenn er erfährt, dass der Rosenkavalier verliebt ist. Nee, Angel, nicht auch noch Papa.«

Angel weiß nicht, was er sagen soll. Das ist unglaublich.

»Eily hat gesagt, dass ich unter einer Bedingung weiter bei ihr arbeiten kann«, sagt Fredrik. »Wenn sie das Geld bis spätestens Freitag zurückbekommt. Sonst brauch ich Montag nicht wieder aufzukreuzen. Ich sollte ihr dankbar sein, dass sie mich nicht anzeigt, hat sie gesagt.«

»Wie viel hast du aus der Kasse genommen?«

»Dreitausend.«

»Du hast für dreitausend Kronen Blumen verschenkt?«

Angel weiß nicht, ob er die Polizei oder einen Krankenwagen rufen soll. Fredrik sieht Angel betreten an.

»Nein, ich habe auch noch eine Kette mit einem Anhänger gekauft. Evelyn hat doch nächsten Samstag Geburtstag und ich wollte ihr gerne was Schönes schenken. Etwas Besonderes, was sie noch nie bekommen hat.«

Angel seufzt erleichtert.

»Dann gib die Kette doch einfach zurück. Wie viel hat sie gekostet?«

»Tausendfünfhundert.«

»Gut, steht nur noch die Hälfte aus.«

»Mit Gravur«, sagt Fredrik kleinlaut. »Tausendfünfhundert mit Gravur. Ich kann sie nicht zurückgeben. Ich habe das Datum und unsere Namen eingravieren lassen.«

»Bist du total übergeschnappt?!«

Jetzt hat Angel das Gefühl, selbst zum ersten Mal in nüchternem Zustand losheulen zu müssen. Obwohl er nicht ganz sicher ist, ob wegen Fredrik oder der Tatsache, mit so einem Volltrottel befreundet zu sein. Jemandem den Hof machen kann man auch, ohne sich zu ruinieren, würde er am liebsten sagen. Und eine oder ein paar Rosen reichen völlig. Lieber öfter als zu viel auf einmal. Die Sträuße, die Fredrik ihr geschickt hat, würden für einen normalen Menschen wahrscheinlich ein ganzes Leben lang reichen. Und dabei kennt er sie noch nicht einmal! Sie sind noch nicht einmal richtig zusammen!

»Mama und Papa kann ich ja wohl schlecht um Geld anhauen«, jammert Fredrik verzweifelt.

Von dem Killervirus ist nur noch eine klägliche Pfütze übrig, in der der Held herumspringt. Fredrik breitet die Arme aus und lässt sie schlapp auf den Tisch fallen, um gleich darauf nervös an den Fransen der Decke herumzufummeln.

»Wenn du gefeuert wirst, fliegt das Ganze so oder so auf. Und was meinst du wohl, was Evelyn sagt, wenn sie rauskriegt, dass jede einzelne Rose gestohlen ist?«

»Ich habe sie gekauft!«

»Ach ja, ich vergaß. Lieber, dummer Fredrik.«

»Ich weiß. Aber ich liebe sie doch.«

»Erzähl das der Polizei.«

Fredrik zuckt zusammen. Jetzt sieht er aus, als ob er obendrein auch noch die Olympischen Spiele verpasst hätte.

»Wir müssen das in Ordnung bringen, Angel.«

Wir? Angel weiß, dass Fredrik, wenn er »wir« sagt, eigentlich meint, dass Angel etwas in Ordnung bringen soll.

»Vielleicht gäbe es wirklich eine Möglichkeit«, sagt Angel nach einer weiteren Tasse Kaffee. Fredriks Zustand hat sich inzwischen etwas stabilisiert.

Das kann er mir nicht abschlagen, denkt Angel. Ich werde noch einmal dort hinfahren.

KAPITEL 7

Natalie quietscht vor Vergnügen, als Angel Donald Ducks Stimme nachahmt und mit der Hand durchs Badewasser fährt, dass es nur so schäumt und schwappt.

Angel bläst sich Schaum von der Nasenspitze.

»Das kitzelt wie verrückt«, sagt er und niest so, dass Schaumflocken auffliegen und wieder in die Badewanne sinken.

»Toll, ich auch«, ruft Natalie hingerissen und wirbelt noch mehr Schaum auf.

»He, Natalie, mein T-Shirt wird ganz nass!«

Sie lacht nur.

»Dann zieh es doch aus!«

»Ja, das hätte ich gleich zu Anfang machen sollen, du kleiner, gemeiner Fisch.«

Er zieht das T-Shirt über den Kopf und legt es neben sich auf den Boden.

»Pssst!«, sagt er zu Natalie und legt den Zeigefinger an die Lippen. »Hör mal!«

Natalie wird ganz still und starrt ihn mit weit aufgerissenen Augen an.

»Hörst du?«

Sie schüttelt andächtig den Kopf.

»Was denn?«, flüstert sie.

»Hörst du den Schaum knistern?«

»Jaaaa…«

»Das ist der Schaumschlürfer«, sagt er mit gedämpfter Stimme.

»Neee…«

»Doch, der kleine grüne Schaumschlürfer, der am liebsten Badeschaum in sich hineinmampft. Mmh, das ist aber ganz besonders guter Badeschaum heute, richtig gut, duftet der etwa nach Erdbeeren? Und da kommt der kleine Schaumschlürfer und ›schlupps‹ hat er deinen Zeh geschnappt.« Er schnappt nach ihrem Zeh und Natalie lacht kreischend.

Er bespritzt sie mit Wasser. Sie sieht unglaublich süß aus mit ihrem schwarzen Haar in dem weißen Schaum und der niedlichen Stupsnase. Und ihren fröhlichen, wachen Augen.

»Jetzt machen wir eine richtige Prinzessin aus dir«, sagt Angel und setzt ihr eine Hand voll Schaum auf den Kopf. »Sieh mal, wie hübsch du jetzt aussiehst.«

»Du sollst auch eine Krone haben! Darf ich?«

Er setzt sich entspannt vor die Wanne, legt die Unterarme auf die Schenkel und singt ihr was vor, während sie ihn mit Badeschaum krönt. Er singt gerne im Badezimmer, seine Stimme klingt zwischen den gekachelten Wänden kräftig und voll.

Mama kann es nicht lassen, einen Blick zu ihnen ins Badezimmer zu werfen. Sie stellt sich in den Türrahmen. Es ist schön, die beiden so zu sehen. Natalie badet schrecklich gern und macht einen rundum zufriedenen Eindruck, und Angel spielt und singt mit ihr und bringt ihr Lieder bei. Angel könnte wirklich was aus seiner Stimme machen, wenn er wollte. Außerdem kann er tanzen und hat Ausstrahlung, wenn er auf der Bühne steht. Manchmal erkennt sie sich selbst in ihm wieder, auch wenn aus der Bühnenkarriere, von der sie immer geträumt hat, nichts geworden ist.

»Du hast wirklich eine schöne Stimme«, sagt sie. »Willst du nicht wieder anfangen, im Club zu singen?«

»Vielleicht«, sagt er.

Er merkt, wie er sich verkrampft. Plötzlich ist er sich jeder Bewegung bewusst. Er fühlt sich beobachtet.

»Ich werde nie das Neujahrsfest vergessen. Du warst der absolute Star. Ein fantastischer Abend war das.«

Er hatte alte Lieder von Silvio Rodríguez gesungen, was an sich nichts Außergewöhnliches war. Er war vor Freunden und Bekannten aufgetreten, die begeistert applaudiert hatten.

»Die Mädchen waren völlig aus dem Häuschen«, sagt sie lachend. »Weißt du noch? Als ob du ein richtiger Star wärst! Mein Gott, war ich stolz!«

Ja, ja, Mama, schon gut. Du weißt nicht, wie aus dem Häuschen sie waren. Besonders Felicia, die mich noch in der Nacht verführt hat. Willst du es hören?

»Wir spielen gerade«, sagt Natalie ungeduldig und er ist froh, dass er seine Aufmerksamkeit wieder ihr zuwenden kann. »Ich bin Arielle«, sagt sie und fischt die kleine Seejungfrau aus dem Badewasser. »Du darfst Sebastian sein«, sagt sie und drückt ihm den Krebs Sebastian in die Hand. Mit verstellter, tiefer Stimme singt er die Titelmelodie aus dem Film. Natalie fällt mit ein.

Mama lehnt den Kopf gegen den Türpfosten und hört ihnen verträumt zu. Sie sieht Angel wieder auf der Bühne vor sich. Er hat wirklich Talent. Sie hatte damals so ausgelassen gefeiert wie schon seit langem nicht mehr. Außerdem war Silvester gewesen. Ein neues Jahr, neue Hoffnungen. Und Angel hatte mit ihr getanzt. Die anderen im Club hatten gejubelt – Mutter und Sohn zusammen, ein eingespieltes Paar, die besten Tänzer im Club. Seitdem hatten sie keinen Schritt mehr zusammen getanzt. Angel war wie ausgewechselt.

Sie sieht ihn an, wie er über den Wannenrand gebeugt auf dem Boden kniet und Sebastian spielt. Von seiner Ausstrahlung ist zu Hause nicht viel zu merken. Ganz im Gegenteil. Sie begreift das nicht, weiß nicht, was in seinem Kopf vor sich geht.

»Mama, kriege ich Saft und Kekse, wenn ich mit dem Baden fertig bin?«

»Aber sicher, mein Schatz.«

Angel steht auf und holt ein Handtuch und Natalies Bademantel.

»Dann bereite schon mal alles vor, wir sind gleich so weit«, sagt er.

»Ja, dann will ich mal«, sagt sie und verlässt das Badezimmer.

Angel dreht sich wieder zu Natalie um.

»Hopp, raus mit dir aus dem Stillen Ozean.«

»Stiller Ozean?«

»Das größte Meer der Welt«, erklärt Angel ihr. »Und dort gibt es Haie!«

Er taucht mit der Hand unter Wasser und schnappt nach ihr.

»Alle Badenden schwimmen voller Panik an den Strand. Und hopp!«, sagt er und hebt sie aus der Wanne.

»Sind alle Haie gefährlich?«

Angel setzt sich auf den Toilettendeckel wie immer, wenn er seine Schwester abtrocknet.

»Sag Mama, dass sie dir die Haare bürsten soll«, sagt er und reicht ihr die Bürste. Er gibt ihr einen Klaps auf den Po, worauf Natalie in ihrem gelben Bademantel und mit einem Handtuch um den Kopf gewickelt in die Küche trippelt.

»Na, wer kommt denn da?«, hört er seine Mutter sagen. »Ist das nicht Mamas kleiner Filmstar! Komm, Infanta.«

Angel räumt Natalies Sachen zusammen und stellt sich selbst unter die Dusche. Er muss zu Klara. Die Prinzessin ist gebadet und schön gemacht, jetzt ist der einsame Ritter an der Reihe. Er hat sich schon den ganzen Nachmittag nach Klara gesehnt. Er möchte seine Lippen zwischen ihren Brüsten begraben, seine Hände mit ihnen füllen. Sich in ihren geheimnisvollen Grotten auf die Suche begeben. Wie ein Strand möchte er von ihren Küssen überflutet werden. Er kommt. Und geht. Vielleicht übernachtet er ja diesmal bei ihr.

Er kann ihre Hände jetzt schon spüren. Die Feuchtigkeit ihres Körpers. Sein Schwanz richtet sich langsam auf. Er muss sich zwingen, sich nicht selbst zu befriedigen. Will warten. Bis er bei Klara Licht ist.

Am Anfang merkt er es gar nicht. Dass sie plötzlich im Badezimmer steht. Wie ein Schatten in den Dampfschwaden, die den Raum füllen. Aber er spürt den Windzug, der von der offenen Tür kommt. Kalte Luft zwischen den warmen Wasserstrahlen. Seine verfluchte Mutter! Sie weiß es genau. Sie weiß genau, wie ätzend er es findet, wenn sie einfach hereinplatzt.

»Raus hier!«

Sie sucht etwas im Badezimmerschrank.

»Siehst du nicht, dass ich dusche?«

»Ich bin nicht blind, Angelito«, antwortet sie lachend. »Willst du weg?«

Sie hat eine Haarspange im Mund und bürstet sich das Haar.

»Würdest du bitte rausgehen!«

»Hast du eine Verabredung?«, fragt sie neugierig und lacht wieder.

»Bürste dein Haar gefälligst draußen auf dem Flur!«

Der schützende Wasserdampf verflüchtigt sich langsam. Er zieht den Duschvorhang noch gründlicher zu. Mist, dass das Teil halb durchsichtig ist. Morgen repariert er das verflixte Schloss. Er dreht sich zur Wand, sodass er mit dem Rücken zu ihr steht. Das fehlte ihm noch, dass sie ihn mit einer Latte unter der Dusche sieht.

»Duftet das gut! Das muss aber eine besondere Verabredung sein.«

Hör auf. Jetzt geh schon. Er erträgt diese einschmeichelnde Stimme nicht. Als ob es sie irgendwas anginge. Als ob er ihr jemals davon erzählen würde. Er dreht das Wasser so heiß auf, dass es ihm fast die Haut verbrüht. Er will weg hier. Aber er kann nicht aus der Dusche, solange sie da draußen vor dem Badezimmerspiegel steht und so tut, als ob sie sich das Gesicht mit Feuchtigkeitscreme einschmiert. Sie ist dumm, wenn sie glaubt, dass er sie nicht durchschaut hat. Er weiß, dass sie ihn im Spiegel beobachtet. Seinen Rücken, die Beine, das Hinterteil. Schutzlos. Nackt.

»Du bist kräftig geworden«, sagt sie. »Ich glaube, du hast den Körper deines Vaters geerbt. Er war nur ein wenig größer als du.«

Was geht mich das an! Ich kann mich nicht erinnern. Das geht mir am Arsch vorbei.

»Du bist richtig hübsch geworden, Angelito. Bist du mit einem Mädchen verabredet?«

Er schrumpft. Sein Körper. Der gerade noch vor Verlangen nach Klaras Körper so erregt und zufrieden war.

»Würdest du jetzt bitte rausgehen!«

Warum ist er bloß so stur! Sie kann ihre Gereiztheit nur schwer im Zaum halten. Als ob er über sie zu bestimmen hätte. Warum sagt er nicht einfach, wohin er geht? Natürlich hat er eine Freundin – als ob sie das nicht wüsste! Er sieht mindestens so gut aus wie sein Vater. Und ähnelt ihm auch sonst ziemlich. Denkt mehr an sich als an sie. Nach allem, was sie für ihn getan hat. Als ob das so selbstverständlich wäre oder Spaß machen würde. Sie ist ihm vollkommen egal. Sie bleibt vor dem Spiegel stehen. Und dort wird sie stehen bleiben, bis sie eine Antwort von ihm bekommen hat. Sie hat ein Recht als Mutter zu erfahren, wohin er geht.

❖❖❖

Er liebt sie schweigend. Fast lautlos. Klara sieht, fühlt, spürt, wie sehr er genießt. Aber er schweigt. Es ist nur an seiner Atmung zu hören. Das ist ihr vorher schon aufgefallen. Als hätte er Angst, dass ihn jemand hören könnte. Bis zum Augenblick, wenn er kommt. Dann öffnet er alle Schleusen, als ob er Schmerzen hätte.

Manchmal klingt es fast wie ein Brummen. Ein dumpfes Donnergrollen aus der Tiefe seines Brustkorbs. Wenn sie ihn unvermittelt berührt. Danach kommen die Blitze und der Regen. Und dann die Ruhe nach dem Sturm.

Er bleibt jedes Mal ein klein wenig länger. Bleibt im Bett liegen und lässt sein Geschlecht an ihrem Schenkel langsam weich werden. Trinkt einen Tee, den sie gemacht hat. Sie streicht mit den Fingerspitzen über den Adler auf seinem Oberarm und er spannt automatisch die Muskeln an und lächelt. Es ist so leicht, sein Lächeln zu erwidern. In diesen Momenten ist er so weit entfernt vom Eroberer aus dem Paradiso.

»Das ist ein Adler«, hatte er ihr beim ersten Mal erklärt.

»Und du? Was bist du?«

Sie hatte damals keine Antwort bekommen. Und sie hatte es aufgegeben, Fragen zu stellen. Es gab nicht auf alles eine Antwort, das wusste sie. Trotzdem. Nach wie vor hatte sie nichts bekommen, das auch nur entfernt einer Antwort glich. Wie sollte sie sich verhalten? Nicht, dass sie auch nur eine Sekunde lang geglaubt hätte, geschweige denn sich wünschte, mit ihm zusammen zu sein. Er ist viel zu jung. Es ist gut so, wie es ist. Sie fühlt sich wohl in seiner Nähe. Mag seine glatte Haut. Sein Verlangen. Lieben ohne Vorbehalt. Sie lächelt in sich hinein. Doch, er ist süß. Aber weshalb kommt er zu ihr? Liebt sie schweigend, bleibt manchmal über Nacht, um dann wieder zu verschwinden?

❖❖❖

Als ich den Hausflur betrete, höre ich Stimmen. Sie kommen von oben. Als ich mich der Etage nähere, in der ich wohne, erkenne ich Astas Stimme.

»Sitzt du immer noch hier?«, sagt sie. »Das kann dauern, bis er kommt. Geh lieber raus und genieß das schöne Wetter.«

Du!, denke ich. Das musst du sein.

»Ich bin schon unterwegs«, rufe ich und rase los. Um ein Haar hätte ich dich umgerannt. Du sitzt auf der Treppe vor meiner Wohnungstür. Asta steht vor ihrer Tür und ist gerade dabei, aufzuschließen. Du stehst auf.

»Das ist Asta«, sage ich atemlos zu dir und dann zu Asta: »Und das ist Angel.«

»Ich weiß«, sagt sie lachend. »Wir haben uns schon vorgestellt. Gut, dass du kommst. Er sitzt schon seit ein paar Stunden hier und hat sicher Hunger.«

Du siehst etwas verloren aus und blickst abwechselnd an die Wand oder zu Boden. Asta mit ihrem eleganten Sommerhut und du mit dem Taschentuch um die Stirn.

Unsere erste Begegnung verläuft ganz anders, als ich sie mir vorgestellt habe.

»Na, dann ist ja alles gut, jetzt, wo er gekommen ist«, sagt Asta zu dir und ich frage mich, wie lange ihr euch schon unterhalten habt. Danach wendet sie sich an mich.

»Du solltest dich wirklich besser um deine Gäste kümmern. Vorgestern war er auch schon hier. Ohne mich wäre er wahrscheinlich längst verhungert.«

Ich sehe dich erstaunt an und du ziehst verlegen die Schultern hoch. »Hast du bei Asta gegessen?«

Du schüttelst den Kopf und Asta springt ein.

»Ich habe ihm eine Banane und ein paar Hefeschnecken rausgebracht. Er wollte sich partout nicht zum Essen einladen lassen. Dafür hat er mir geholfen, das Altpapier in den Hof runterzutragen.«

Du hast bis jetzt noch kein einziges Wort gesagt. Ich schließe die Tür auf und du folgst mir zögernd.

Du setzt dich an den Küchentisch. Ich gieße uns einen Kaffee ein. Die Cola steht immer noch im Kühlschrank. Später vielleicht, hast du gesagt. Früher konntest du dir nichts Besseres vorstellen. Aber du bist nicht mehr klein.

Bis jetzt hast du mich kaum angesehen. Ich meinerseits habe dich so ausgiebig in Augenschein genommen wie möglich, ohne dir das Gefühl zu geben, dass ich dich beobachte. Aber genau das tue ich. Ich will wissen, wie du aussiehst. Dich bewegst. Ich versuche, deine dunkelbraunen, ausweichenden Augen einzufangen. Ich sehe dein Haar an, deine Hände, die ich so oft in meinen gehalten habe, deine Arme, die mich so oft umarmt haben. Inzwischen sind sie kräftig und an den Unterarmen schwarz behaart.

Da sitzt du, geheimnisvoll, nervös, verwirrt. Oder irre ich mich? Woher will man wissen, was in einem anderen Menschen vor sich geht?

Ich weiß ebenso wenig wie du, was ich sagen soll. Wir sind zwei Menschen, die sich mal gekannt haben, die einander nahe gestanden haben. Jetzt sind wir Fremde an verschiedenen Enden eines Bandes, das so weit gedehnt worden ist, dass es nur zwei Möglichkeiten gibt. Entweder reißt es oder es zieht sich erneut zusammen.

Ich versuche herauszufinden, was du von mir willst. Aber du lässt nichts durchsickern. So viele Fragen, so viele Antworten. So viele Dinge, über die wir reden müssten. Über früher. Über heute. Über vorgestern und das, was morgen sein wird.

Du rührst in deiner Tasse und stopfst Kekse in dich hinein wie im Akkord. Etwas Richtiges zu essen wolltest du nicht. Als ich trotzdem etwas mache, schlingst du es gierig hinunter.

»Ich habe seit ein paar Tagen nichts gegessen«, sagst du entschuldigend.

Ich sehe dich erstaunt an. Seit mehreren Tagen?

»Na ja, schon, einen Hamburger und Chips, aber nichts Vernünftiges. Ich hatte keinen Nerv, was zu kochen. Das war gut. Danke.«

»Und was ist mit deiner Mutter?«, frage ich ihn. Es fällt mir extrem schwer, »deine Mutter« zu sagen. Nach so langer Zeit wundert es mich, dass diese beiden gewöhnlichen, selbstverständlichen Worte so auf der Zunge brennen. Du hörst am Ton, dass ich sie nur widerwillig ausspreche.

»Scheiß auf sie. Sie scheißt auch auf dich.«

Du sagst das völlig neutral. Wie eine Feststellung. Wie ein guter Rat von einem, der es besser weiß.

Danach schweigen wir wieder.

»Wer ist sie?«, fragst du mit einem Kopfnicken Richtung Flur.

»Asta?«, kann ich gerade noch sagen, als es an der Tür klingelt. Asta steht mit einem Panamahut in der Hand davor. Ich sehe sie verdutzt an.

»Den habe ich ihm versprochen.«

»Wem?«

»Na, dem Jungen.«

»Angel?«

»Wem sonst, Dummkopf. Hallo, Angel, huhu?!«

Du kommst in den Flur geschlendert und grinst mich verlegen an, als Asta dir den Hut überreicht. Ich bin völlig geplättet. Über was haben die beiden sich eigentlich alles unterhalten?

»Nimm das alte Ding. Es freut mich, wenn er wieder Verwendung findet. Er hat über vierzig Jahre auf dem Dachboden gelegen.«

Du setzt den alten Panamahut mit dem dunkelgrünen Hutband auf und begutachtest dich im Spiegel. Er steht dir wider Erwarten gut – wahrscheinlich muss man für so etwas siebzehn sein – und zum ersten Mal, seit du hier bist, machst du einen einigermaßen glücklichen Eindruck auf mich. Unter der Krempe ist dein Stirnband zu sehen. Ich kann mir ein Grinsen nicht verkneifen. Aber die Kombination ist nicht schlecht. So siehst du deinem Vater sogar ein kleines bisschen ähnlich.

Irgendwo auf dem Dachboden habe ich auch noch ein paar Panamahüte liegen. Ich habe sie aufbewahrt, wenn auch gut versteckt in einem Karton mit aussortierten Sachen aus einer Zeit, die mir so unendlich weit weg vorkommt. Ich würde dich am liebsten fragen, ob du dich noch daran erinnern kannst.

»Der ist wie für dich gemacht«, kommentiert Asta mit ihrer leicht knarrenden Stimme. »Jetzt siehst du fast aus wie mein guter alter Lars. Er war größer als du, heller natürlich auch und kräftiger. Na ja«, sagt sie lachend, »bleiben ja nicht mehr viele Ähnlichkeiten, aber jedenfalls steht er euch beiden gleich gut. Du bist ein fescher Junge! Asta la vista, wie ich zu sagen pflege!«

»Eine verrückte Alte«, sagst du anerkennend, als wir die Tür hinter uns zugezogen haben.

»Eine gute Freundin«, kläre ich ihn auf.

Nachdem Asta gegangen ist, scheinst du es plötzlich eilig zu haben. Du bindest deine Schuhe zu. Wirfst einen Blick in den Spiegel, rückst den Hut zurecht.

»Du musst mir helfen«, sagst du knapp.

Ich drehe mich um und unsere Blicke treffen sich im Spiegel. Es ist das erste Mal, dass du mir in die Augen siehst. Jetzt kommt es. Jetzt kommt das, worauf ich die ganze Zeit gewartet habe.

»Ich brauche ziemlich viel Geld.«

Mir wird eiskalt. Darum geht es also.

»Geld?«, sage ich, als wüsste ich nicht, was das ist.

»Ja, Geld. Ich brauche ziemlich viel Geld«, wiederholst du gereizt. Dein Blick weicht mir aus.

»Hast du deine Mutter schon gefragt?« Diesmal brennen die beiden Worte schon nicht mehr allzu sehr auf der Zunge.

Du schnaubst verächtlich.

»Willst du mir helfen oder nicht?«

»Ist was passiert?«

»Ich brauche Geld.«

»Angel, antworte mir. Ist was passiert?«

»Das geht dich nichts an.«

»Und ob mich das was angeht!«

»Vergiss es. Alles andere ist dir doch auch egal gewesen, misch dich da nicht ein!«

Wir starren uns an. Dein Atem geht schnell. Ich bin aufgewühlt. Was geht hier ab?! Nach all den Jahren kommst du bei mir reingeschneit und willst Geld von mir! Ist das alles? Deine Hände sind zu Fäusten geballt, dein Gesicht ist wie versteinert. Ich höre dich mehrmals leise »Scheiße« murmeln.

»Okay, Angel«, sage ich so ruhig, wie es mir möglich ist, Silbe für Silbe. »Du brauchst mir nicht zu sagen, worum es geht. Antworte mir nur mit Ja oder Nein. Ist was passiert?«

Du siehst mich mit schwarzen Augen an.

»Nein. Ein Freund von mir braucht das Geld.«

»Und wie viel ist ziemlich viel?«, frage ich mit erzwungener Ruhe.

»Viertausend.«

Ich lache ungewollt auf. Viertausend. Peanuts.

»Verdammt, warum lachst du? Glaubst du …?«

»Nein, beruhige dich«, sage ich. »Ich habe nur mit mehr gerechnet. Was passiert, wenn dein Freund die viertausend nicht kriegt?«

Wenn es wirklich dein Freund ist, denke ich.

»Kannst du mir helfen oder nicht?«, sagst du kalt. Ich sehe dir an, dass du wegwillst, dass du es keine Sekunde länger bei mir aushältst.

»Ich kann dir helfen. Du kriegst das Geld. Morgen.«

»Ich brauche es aber jetzt.«

»Morgen, Angel.«

»Jetzt!«

Eine unglaubliche Wut kocht in mir hoch. Da stehst du mit deiner frechen Klappe vor mir und redest auf diese Art mit mir. Das sieht dir ähnlich! Du siehst mich verächtlich an. Ich weiß, dass ich ein riskantes Spiel spiele. Ich rechne nicht damit, das Geld jemals wiederzusehen. Aber Angel, vielleicht. Für viertausend. Das wäre ein guter Preis. Ich bekomme schlagartig ein schlechtes Gewissen, weil ich so berechnend bin.

»Morgen oder gar nicht«, beharre ich.

Du stöhnst laut auf, machst auf dem Absatz kehrt und knallst die Tür hinter dir zu.

❖❖❖

Ich traue mich den ganzen Tag nicht aus dem Haus. Die Sonne brennt und ich sitze auf meinem Balkon und lese und schwitze. Mein Balkon ist nicht viel größer als ein Schuhkarton, in dem sich außer mir noch ein Tisch, zwei Stühle und eine Kanne Wasser drängeln. Ab und zu stehe ich auf und werfe einen Blick auf den Hofplatz runter in der Hoffnung, ihn kommen zu sehen Das Geld, acht Fünfhundertkronenscheine, liegt in einem Umschlag auf dem Tisch.

Meine Fantasie, was passiert sein könnte, fährt Karussell. Alles ist möglich. Alles kann verkehrt sein. Ich weiß nicht, was für ein Leben er heute führt. Und bin abwechselnd besorgt und stinkwütend.

Kurz vor fünf klingelt es an der Tür. Angel steht mit seinem Panamahut davor. Er betritt mit einem leichten Nicken die Wohnung. Ich mustere ihn. Im rechten Ohr hat er einen kleinen Ring. Über dem schwarzen T-Shirt trägt er ein locker fallendes Hemd. Breite Silberringe an den Daumen und den übrigen Fingern. Seine Augenbrauen stoßen über der Nasenwurzel beinahe zusammen. Braune Augen und schwarze Wimpern. Er ist nicht groß, hat aber eindeutig maskuline Züge. Man sieht ihm an, dass er trainiert. Er ist einer von vielen jungen Männern, die sich zum Verwechseln ähnlich sehen. Die in Trauben vor Kneipen oder auf Plätzen stehen und lärmend einen halben U-Bahn-Wagen einnehmen und die übrigen Fahrgäste nur durch ihre Erscheinung in Angst und Schrecken versetzen. Aber jetzt steht er allein vor mir mit seiner zerbrechlichen Männlichkeit, die hauptsächlich Ungeduld und Trotz ausstrahlt.

»Möchtest du was essen?«

Er schüttelt den Kopf.

»Sicher?«

Er zuckt mit den Schultern.

»Was hast du heute gemacht?«

»Nichts Besonderes.«

»Was hat dein Freund gesagt?«

»Nichts.«

»Weiß er, dass du hier bist?«

»Nein.«

Er steht starrköpfig vor mir und schaut überallhin, nur nicht zu mir. Ich hole den Umschlag. Aber ehe ich ihm das Geld aushändige, bitte ich ihn noch um seine Telefonnummer.

»Wir haben kein Telefon«, sagt er und mir geht die Luft aus. Ich weiß nicht, was ich sagen soll. Am liebsten würde ich ihn berühren. Meinen Arm um seine Schulter legen. Ihn in den Arm nehmen, ihn schütteln, um ihn zum Reden zu bringen.

Aber er schweigt. Er dreht an einem seiner Ringe an der rechten Hand und weicht meinem Blick aus. Das irritiert mich. Seine nonchalante Art, diesen Zug kenne ich nur zu gut. Ich will mehr wissen! Sag was, Angel! Antworte wenigstens auf meine Fragen!

»Willst du nicht reinkommen?«

»Ich muss wieder weg. Er braucht das Geld heute Abend.«

Wenn ich doch nur wüsste, was du denkst. Im Moment siehst du einfach nur traurig aus, wie du da im Flur stehst und darauf wartest, dass ich dir den Umschlag gebe.

»Ich meine ja nur, falls was sein sollte ... Melde dich, wann immer du willst.«

Er sieht einfach durch mich hindurch. Genauer gesagt, er sieht nirgendwohin. Seine dunkelbraunen Augen sind wie schwarze Höhlen, die ins Nichts führen.

Ich muss Geduld haben, sage ich mir. Warum sollte er mit mir reden? Wir sind Fremde füreinander. Das, was war, liegt lange zurück.

»Danke«, sagt er, nickt, faltet den Umschlag zusammen und schiebt ihn in die Gesäßtasche. Dann geht er.

Ich bin sicher, dass ich ihn nie wiedersehen werde. Die Geldübergabe hat stattgefunden, das Geschäft ist abgeschlossen.

❖❖❖

Als er nach Hause kommt, sitzen seine Mutter und Natalie aneinander gekuschelt auf dem braun gestreiften Sofa und sehen sich einen von seinen alten Walt-Disney-Filmen an. Er nickt ihnen kurz zu und zieht sich in sein Zimmer zurück. Natalies Bett verschwindet unter lauter Kuscheltieren. Mittendrin sitzt sein abgewetzter Leopard, das einzige Plüschtier, das er herübergerettet hat. Er legt ihn auf sein Bett.

Während er sich umzieht, hört er Aschenputtels tiefen Seufzer über ihre Stiefschwestern. Er nimmt zwei Fünfhundertkronenscheine und legt sie in die heimliche Schachtel im Schrank. Das dürfte für eine neue Kette reichen. Den Umschlag mit dem restlichen Geld schiebt er hinter den Hosenbund.

Auf dem Weg zur Tür ruft Natalie hinter ihm her:

»Guckst du mit uns zusammen?« Er lächelt sie an. Sie ist so süß, unverschämt süß, eine richtige kleine Prinzessin. Das sagt seine Mutter auch immer, denkt er und verkrampft sich.

»Jetzt nicht, ein andermal.«

»Wo hast du denn den Hut her?«, fragt Mama und ist in Gedanken schon wieder woanders: »Bring mir doch bitte die Fernsehzeitung.«

Er ist spät dran. Er geht an der Pizzeria vorbei und schielt unauffällig zu den alten Knackern, die wie immer dort sitzen und rauchen und Bier trinken. Läuft über die Brücke und die Treppe hoch. Sie sind oben auf dem Hügel verabredet. Fredrik ist nervös und ungeduldig.

»Du kommst spät«, sagt er gereizt. »Hast du das Geld?«

»Immer mit der Ruhe.« Angel zieht den Umschlag hinter dem Hosenbund hervor. »Dreitausend«, sagt er. Fredrik zählt nach.

»Klasse. Wie hast du das gemacht?! Du bist ein echter Freund. Ich weiß gar nicht, wie ich dir danken soll. Erst Evelyn und jetzt das hier. Fluppe?«

Angel schüttelt den Kopf. Fredrik reicht ihm ein Bier. Mit der Bierdose in der Hand machen sie sich auf den Weg zu den anderen in der Bergsenke.

»Dreitausend«, sagt Fredrik. »Wo hast du die aufgetrieben? Du bist doch auch nicht sonderlich gut bei Kasse, oder?«

Angel zieht die Schultern hoch.

»Stimmt, reich bin ich nicht«, sagt er. Vor wenigen Stunden war die andere Welt zum Greifen nah gewesen. Die Welt, die genauso gut seine hätte sein können. Die Einrichtung bei Gustav war so ähnlich wie zu Hause und trotzdem so anders. Er konnte gar nicht genau benennen, woran es lag. Es waren nicht die Gegenstände an sich, mehr die Atmosphäre. Es lag in der Luft. Alles hatte seinen Platz. Es herrschte Ordnung. Etwas Anderes. Nicht nur das Nötigste. Er hat sich viel zu oft nur mit dem Nötigsten begnügen müssen.

»Wo hast du die dreitausend so schnell aufgetrieben?«

Langsam wird Angel ungehalten. Er will nicht reden. Einfach nur schweigen. Nachdenken. Am liebsten an gar nichts denken.

»Kontakte«, sagt er und hört Fredrik imponiert Luft einsaugen.

❖❖❖

Die Ordnung wiederhergestellt. Fredrik hat sein Geld bekommen und behält seinen Job. Alles vergeben und vergessen. Eily aus dem Blumenladen glücklich und zufrieden. Fredrik erleichtert. Gestern hatte Evelyn Geburtstag. Sie hat sich unendlich über die Kette mit dem Anhänger gefreut und Fredrik ist knallrot geworden, als sie ihn vor allen anderen Gästen geküsst hat. Es war nicht zu übersehen, wie verknallt die beiden sind. Alles war wieder gut.

Angel war genervt gewesen. Immerhin hatten die beiden es ihm zu verdanken. Ohne ihn wäre der Geburtstag für Fredrik gelaufen gewesen. Ohne ihn hätten Evelyn und Fredrik sich niemals kennen gelernt.

Angel schmeißt einen Stein den Hang hinunter. Wahrscheinlich war sowieso alles seine Schuld, von Anfang bis Ende. Warum nicht? Der Stein landet irgendwo zwischen den Bäumen und schreckt ein Reh auf, das mit eleganten Sprüngen über Steine und Wurzeln verschwindet. Erstaunlich, dass sie so nah an die Häuser herankommen. Eigentlich hatte er vorgehabt, bei Fredrik vorbeizuschauen. Aber am Fuß der Treppe hatte er es sich anders überlegt und war zu ihrer Bergsenke abgebogen. Was hätte es für einen Sinn, Fredrik zu besuchen. Er hätte lieber bei Victor anrufen sollen. Jetzt kann er sich nicht mehr dazu aufraffen. Mit Victor zusammen muss er sich nicht groß verstellen. Wenn er seine Ruhe haben will, muss er Victor nur auffordern, ihn zu zeichnen. Victor ist dann tief in Konzentration versunken, während sein Blick zwischen Angel und dem Zeichenblock hin- und herspringt. Es fasziniert ihn jedes Mal von neuem, Stück für Stück aus einer Bleistiftspitze hervorzuwachsen. Ein paar der besten Zeichnungen, seine eigenen Favoriten, liegen in der Schachtel in seinem Kleiderschrank. Eins, aber nur eins, hat er sogar aufgehängt. Um Victor eine Freude zu machen.

Viertausend Kronen. Einfach so. Es war ganz leicht gewesen. Er weiß nicht, ob er noch einmal dorthin gehen wird. Von dem zusätzlichen Tausender, den er sich erschwindelt hat, wollte er sich eigentlich eine neue Kette kaufen. Aber das ist unmöglich. Ein Geschenk lässt sich nicht durch etwas ersetzen, das man selbst kauft. Das wäre nicht das Gleiche. Aber um eine neue Kette konnte er wohl auch schlecht bitten. Das würde nicht zählen. Zwischendurch ärgert es ihn richtig, dass er ihn auf dem Sergels torg gesehen hat. Im ersten Moment hatte er sich einfach nur gefreut. Bis die Gedanken anfingen zu mahlen. Er hatte Lust gehabt, ihn zu treffen. Und jetzt? Wie würde es jetzt weitergehen?

Er fährt sich mit den Händen durchs Haar. Er kriegt keine Ordnung in das, was geschehen ist. Von hier oben kann er über ganz Farsta sehen, am grauen Telia-Turm vor der weiß schimmernden Kuppel vom Globen vorbei bis zur Stadt, die stumm im Hintergrund zu erahnen ist. Wie eine Theaterkulisse, hinter der lauter Geheimnisse verborgen sind. Am besten einfach mitspielen, die Bühne überqueren und dann verschwinden. Als ob man nie existiert hätte. Eine kleine Nebenrolle, die sich problemlos streichen lässt.

Er hatte auf der Geburtstagsfeier mehr getrunken als sonst. Gesoffen. Wie es eigentlich gar nicht seine Art ist, auf Fredriks lächerlich pubertäre Weise. Und irgendwann war er einfach abgehauen. Klara Licht und Dunkel war nicht zu Hause gewesen. Er war erst spätnachts nach Hause gegangen. Hatte sich in sein Zimmer geschlichen, damit Natalie nicht aufwachte und seine saure Alkoholfahne roch.

Klara Licht und Dunkel. Dort gehört er eigentlich hin. Und in die Kneipen in Söder zu den fremden jungen und alten Männern, die wahre und unwahre Geschichten aus dem Leben erzählen.

Er hatte ignoriert, dass Fredrik mit ihm reden, sich für seine Hilfe bedanken wollte. Mit ihm anstoßen wollte. Ihm erzählen, wie happy er war und wie fantastisch das Leben sein konnte. Enttäuscht hatte Fredrik sich zurückgezogen. Angel war anders als sonst und das verunsicherte ihn.

»Du bist mein bester Freund, Angel. Und daran wird auch Evelyn nichts ändern«, hatte er ihm sagen wollen. Und dass es halb so wild sei, dass Angel ihm immer die Mädchen vor der Nase weggeschnappt hätte, auf die Fredrik scharf gewesen war. Angel konnte schließlich nichts dafür, dass sie lieber ihn wollten als Fredrik. Das wollte er ihm sagen.

Manchmal kommt Angel Fredrik fast gleichgültig, gefühlskalt vor. Wie gestern bei dem Fest. Da hat Angel Fredrik überhaupt nicht beachtet und ist herumstolziert wie ein Gockel. Cool. Überlegen. Und mit einem Mal war er verschwunden.

Irgendwann im Laufe des Festes hatte Angel Fredrik angesehen und gedacht, dass er so einen wie ihn noch vor wenigen Jahren nach allen Regeln der Kunst fertig gemacht hätte. Ohne mit der Wimper zu zucken. Und wenn er nicht getan hätte, was Angel von ihm verlangte, hätte es Schläge gesetzt. Jetzt war er mit so einem befreundet. Obwohl Angel wohl eher Fredriks Freund war als umgekehrt. All das ging Angel durch den Kopf, als er Fredrik und Evelyn rumturteln sah. Danach war er gegangen.

Farsta sieht von hier oben wirklich öde aus. Die U-Bahn-Gleise. Das Blechdach über der Haltestelle. Das dunkle Haus des Sports mit den endlosen Reihen hoher, schmaler Fenster. Undurchdringlich. Ein Schild zeigt, wo es zur Säuglings- und Kleinkinderfürsorgestelle geht. Es sieht fast so aus, als ob man direkt in die Tiefgarage geführt wird. Da fragt man sich doch wirklich, ob das hier der Ort ist, an dem man alt werden will. Er, Katta und Fredrik. Und Victor und Mattias. Und die anderen. Klar, es gibt Schlimmeres. Hier ist es wenigstens grün, mit vielen Bäumen, und auch die Häuser stehen nicht so dicht gedrängt.

Angel wirft noch mehr Steine den Berg hinunter. Der Rausch der letzten Nacht sitzt ihm noch in den Knochen. Wandert in sauren Stößen die Kehle hoch. Wie schnell man doch vergisst, wie grauenvoll so ein Kater ist. Er hat sich wie das letzte Arschloch benommen. Er war eindeutig eifersüchtig gewesen. Auf Fredrik. Auf die ganze verrottete Welt. Warum gönnte er Fredrik nicht einfach sein Glück? Wenn Fredrik eifersüchtig auf Angel ist, findet er das lächerlich. Aber, was soll's. Ungerecht ist es trotzdem. Ich habe Bräute, aber Fredrik hat eine Freundin. Evelyn. Er hat eine ältere Schwester und eine Wohnung in der siebten Etage mit Aussicht. Urlaub auf den Kanaren, Rhodos und in Eilat. Da war Fredrik sogar mal zum Schnorcheln. Und er hat einen Vater, der ihm einen Sommerjob besorgt, und sei es nur in einem Blumenladen. Und was hat er? Er fährt mit Fredriks alter Gurke Reklame aus. Aber in ein paar Wochen fahren Mama, Natalie und er nach Amsterdam. Davon reden sie schon mehrere Jahre, jetzt soll es endlich in die Tat umgesetzt werden. Und natürlich hat er Katta. Von der er früher einmal geglaubt hat, dass sie genauso leicht rumzukriegen wäre wie eine Marina oder Sofia. Aber sie hatte ihn kaltblütig abblitzen lassen. Damals war er schrecklich gekränkt gewesen, aber inzwischen ist er froh darüber. Heute können sie gemeinsam darüber lachen. Und nicht zu vergessen Victor. Der immer da ist, wenn Angel ihn braucht. Victor mit seinen vierzehn Zentimetern! Typisch für ihn, so etwas zu sagen. Solche Fragen zu stellen.

Und wenn Fredrik nicht in gleicher Weise Angels Freund war wie umgekehrt, dann lag das nur daran, dass Angel ihn nicht wirklich ernst nehmen konnte.

Jedenfalls hat er nicht mehr das Bedürfnis, ihn zu trietzen, so wie er es früher getan hätte. Damals. Vor ungefähr drei Jahren. Als die eine Hälfte der Menschheit aus Schwanzlutschern und die andere aus gewöhnlichen Idioten bestand. Chico war natürlich eine Ausnahme. Genauso Taco, Kid, Samuel und ein paar andere, die mit zur Clique gehörten.

Hin und wieder sieht er sie noch mal. Im Kungsträdgården, auf dem Sergels torg, in Rinkeby. Sie gehen ihm aus dem Weg. Selbst Chico. Angel war abgehauen. Hatte sie verraten.

Angel war nie wirklich einer von ihnen gewesen. Er hat nicht ihre Sprache gesprochen. Nicht den richtigen Jargon beherrscht. Den man nur verinnerlicht, wenn man ihn rund um die Uhr hört und nichts anderes kennt. Nichts unterscheidet die Menschen so deutlich voneinander wie ihre Sprache. Er kam von außen, aus Farsta. Gründe finden sich immer, einem von außen Kommenden misstrauisch gegenüberzutreten, auch wenn er genau wie sie ein Kanake ist. Es gibt auch weiße Kanaken. Aber die kommen nicht von außen.

Er hatte es Chico zu verdanken, dass er akzeptiert wurde. Chico hatte ihn, wie er es nannte, adoptiert. Einen kleinen, ausgehungerten, unerschrockenen, willigen Dreizehnjährigen, der scharf auf Abenteuer und Bräute war Das war Etwas Anderes als der spießige Club.

Angel schiebt den Pulloverärmel hoch. Der Adler schwebt über seinen Oberarm. Wenn er die Muskeln anspannt, bewegen die Flügel sich ganz leicht. Er streicht mit den Fingerkuppen über den Raubvogel. Er ist klein. Seine Arme waren damals noch ziemlich dünn, für einen größeren war kein Platz gewesen.

»So klein, wie der ist, muss das ein Falke sein«, hatte Chico gesagt.

Angel hatte innerlich aufgeschrien: Er gefällt Chico nicht! Falsch. Zu klein. Hässlich. Das soll ein Adler sein, Chico. Das ist ein Adler!

»Dafür sind Falken schneller«, hatte Chico hinzugefügt und ihm durchs Haar gewuschelt.

»Und schöner«, hatte Samuel ihn aufgezogen.

Danach war Angel mehrere Monate mit dem Gefühl herumgelaufen, versagt zu haben, bis er sich an den Vogel gewöhnt hatte. Ob Falke oder Adler spielte keine Rolle. Es war seiner, und er würde bis zu seinem Tod dort schweben. Und es war genauso einer, wie Chico ihn hatte, nur kleiner.

Aber er blieb immer nur die halbe Portion, die höchstens die Weicheier südlich von Söder einschüchterte. Nichts Großartiges.

Er wohnte auf der falschen Seite der Stadt und verlor Chico irgendwann aus den Augen. Aber vielleicht war es auch umgekehrt gewesen. Er würde lügen, wenn er behauptete, dass es ihm egal gewesen wäre. Chico hatte sich um ihn gekümmert. Er hat Angel beigebracht, was er selbst gelernt hatte. In der Schule des Lebens, wie er sagte. Ziemlich lächerlich eigentlich, ging Angel inzwischen manchmal durch den Kopf. Aber nicht damals, mit dreizehn oder vierzehn Jahren, da war heilig, was Chico sagte.

Manchmal vermisste Angel das alles. Chicos unbegreifliche Zuneigung zu ihm. Unter Chicos Augen hatte er gelernt, Anabolika zu schlucken, zu saufen und zu vögeln. Aber er war keiner von ihnen. Und würde es auch niemals werden, egal wie sehr er sich anstrengte. Angel war ein zufälliger Besucher in Rinkeby, der auf dem Marktplatz zufällig Chico getroffen hatte, als er vom Club nach Hause wollte. Die im Club – Evelyn und Sara zum Beispiel – waren ganz anders. Das wusste Chico. Trotzdem hatte er Angel vor seinen Freunden in Schutz genommen.

Letztes Jahr beim Wasserfestival hatte er Chico und die anderen wiedergesehen. Die Tiger. Wie sie kleine Jungs ausraubten, sie umzingelten und ihnen Angst einjagten. Sich ein paar Scheine von ihnen erpressten. Da war Angel zum ersten Mal aufgegangen, dass Chico ein verirrter Tiger war, auf der endlosen Wanderung durch einen Dschungel, den er selbst erfunden hatte, einen Dschungel, in dem er sich auskannte, den er aber nicht verstand. Sie wollten alle Tiger sein. Aber Tiger sind keine Herdentiere. Chico, Samuel, Taco, Kid und die anderen zogen zusammen los, im Rudel, und jagten wie Löwen, obwohl sie Tiger waren. Keiner wusste, wann sie sich gegenseitig anfallen würden.

Angel steht auf. Er fängt an, sich selbst zu nerven. Das ist alles so weit weg. So vieles ist weit weg. Aber zu Katta ist es ganz nah.

Katta ist auch anders. Sie unterscheidet sich von allen, auch von Angel. Sie ist etwas ganz Eigenes. Er muss unbedingt mit ihr übers Anderssein reden. Später.

KAPITEL 8

Gummiball. So nennt Katta Natalie. Es ist nicht schwer nachzuvollziehen, warum. Ein paar Meter vor ihnen hüpft Natalie mit wippenden Zöpfen und schwingendem Rock. Eine hüpfende Prinzessin.

»Wenn sie wirklich eine Prinzessin ist, bin ich ja mal neugierig, was für einen Prinzen sie mal abbekommt«, sagt Katta.

»Und wenn ich ein Prinz wäre – was für eine Prinzessin würde ich abkriegen?«

Katta lacht.

»Solche Prinzessinnen gibt es nicht. Überhaupt, du bist ein Engel und kein Prinz, Angelito.«

Da ist es schon wieder. Angelito. Er muss ihr sagen, dass sie damit aufhören soll.

»Ich hab noch nie was von verheirateten Engeln gehört«, sagt Angel mit einem trübsinnigen Lächeln.

»Natürlich nicht«, antwortet sie. »Aber was ist daran schon erstrebenswert? Eigentlich. Das kann doch nicht der Sinn des Lebens sein.«

Vielleicht, vielleicht auch nicht. Engel sein aber auch nicht.

»Aber noch geschehen Zeichen und Wunder. Ich habe ein Kilo abgenommen!«

»Ist das etwa der Sinn des Lebens? Abnehmen? Für wen machst du das eigentlich?«

»Ja, ja, ja, auch ich bin käuflich. Reden wir von was anderem.«

Angel und Katta haben es nicht eilig. Katta summt *Love me, love me, say that you love me, fool me, fool me, go on and fool me* vor sich hin. Es ist schön, bei wolkenverhangenem Himmel herumzuschlendern, wenn es so warm ist. Von dem Regen am Morgen sind nur ein paar Pfützen in den Schlaglöchern zurückgeblieben. Natalie treibt die beiden an. Angel hat ihr von den ausgestopften Tieren erzählt. Und von dem Wal, in den man hineingehen kann. Von dem Dinosaurierskelett.

Der Vorschlag war allerdings von Katta gekommen. Angel hatte morgens nach dem ersten Blick aus dem Fenster gleich die Segel gestrichen. Siffwetter. Grau. Trist. Seine Mutter war zur Arbeit gegangen und Natalie hatte zwischen den Betten auf dem Boden gespielt und gewartet, dass er endlich aufstehen würde.

Natalie hüpft ihnen entgegen.

»Ist das das natürliche Museum?! Das ist aber groß«, sagt sie und greift nach Angels Hand, als sie die breite Steintreppe zum Naturhistorischen Reichsmuseum hochgehen. Er kennt diese Aufregung, die von ihrer Hand auf ihn überströmt. Das Kribbeln im Bauch, nicht genau zu wissen, was einen erwartet. Die Spannung, es herauszufinden.

Es ist so einfach, sie glücklich zu machen.

Natalie kann es kaum erwarten, bis sie die Eintrittskarte gelöst haben. Angel klebt ihr die kleine Marke auf die Stirn. Da ist sie gut sichtbar.

»Ich kann mich gar nicht erinnern, wann ich das letzte Mal hier war«, sagt er zu Katta. Das ist gelogen, denkt er im gleichen Augenblick. Natürlich weiß ich es. Ich weiß es ganz genau.

Natalie ist ihnen immer ein paar Schritte voraus. Ruft sie. Hinein in den riesigen Saal mit viereinhalb Milliarden Jahren Evolutionsgeschichte. Und er fängt an zu erzählen. Zu erklären. Wie die Dinge zusammenhängen. Die Erde mit der Sonne. Die

Vulkane und die Berge. Die Wanderung der Kontinente über die Erde. Die Bewegung der Meere. Vom Sauerstoff, der die Voraussetzung allen Lebens auf der Erde ist. Von den ersten Pflanzen und Lebewesen. Kambrium, Silur, Devon, eigenartige Namen für unfassbare Zeitabschnitte, die zu einem anderen Planeten als der Erde zu gehören scheinen. Natalie hört aufmerksam zu und fragt und zeigt.

»Du wärst ein guter Vater!«, sagt Katta amüsiert.

»Ja, er ist super, nicht?!«, sagt Natalie mit Nachdruck.

Angel schaut in die Scheibe des Ausstellungskastens und sieht ein Kindergesicht. In Natalies Alter. Hier hat er gestanden. So viele Male. Vor den Tieren, den Landschaften. Und hat dieselben Dinge erzählt bekommen und sich ungeduldig gewunden, wenn die Erklärungen zu lang wurden. Ihre Hände auf seinen Schultern. Ihre Stimmen ganz nah an seinem Ohr, wenn sie sich zu ihm herabbeugten. Jetzt ist nicht mehr nur ein einsames Kindergesicht in dem Glas zu sehen, daneben spiegelt sich noch ein zweites.

»Guck mal, hier!«, ruft Natalie. »Angel, komm!«

Er folgt ihr durch die Säle, die Treppe hinunter in die Polarausstellung, sieht sich abwesend Alke, Seehunde und Pinguine an oder was immer sie ihm gerade zeigt. Zwischendurch ruft sie »Oh, ist der süß« oder »Die Armen«. Und weiter geht's. Immer ungeduldiger. Ihr Mitteilungsbedürfnis lässt nach und er läuft mechanisch hinter ihr her und antwortet nur knapp auf ihre Fragen. Er folgt ihr mit dem Blick. Das könnte er sein, der durch die Säle rennt und guckt und fragt und die langweiligen Sachen einfach links liegen lässt.

»Mein Gott, ich bin völlig fertig! Fragt sie immer so viel?«, sagt Katta stöhnend. »Ist man so, wenn man klein ist? Warst du auch so?«

Ja. Ja! Ich war auch so. Genau hier.

»Nicht, dass ich wüsste«, sagt er. »Aber wenn, habe ich garantiert intelligentere Fragen gestellt«, sagt er im Versuch, witzig zu sein. Aber es ist nicht witzig, einfach nur dämlich.

»Ätztyp«, zischt Katta ihn an. »Trifft sie ihren Vater zwischendurch?«, fragt sie unvermittelt.

»Klar.«

Katta sieht sich ein Walross an, das sich über eine künstliche Eiskante wälzt.

»Und du?«, fragt sie weiter.

»Na sicher. Wenn er Natalie besucht. Er ist in Ordnung.«

»Ich meine deinen Vater.«

Er starrt die massigen Walrösser an. Metergroße Brocken. So plump an Land. Manchmal sammeln sie sich zu Tausenden, liegen dicht aneinander gedrängt da. Man muss sich vor ihnen in Acht nehmen. Sie könnten gefährlich werden, nicht, weil sie so angriffslustig sind, sondern wegen ihrer Größe, ihrer Masse. Der Eisbär ist da ganz anders. Ein einsamer Wanderer. Scharfe Zähne. Raubgierig, immer auf der Jagd. Frisst gerne ein Seehundjunges zum Mittagessen. Und hin und wieder einen Polarforscher.

»Er wohnt nicht hier.«

»Hast du ihn noch nie gesehen?«

Er geht zum nächsten Schaukasten weiter. Eine neue Eislandschaft. Eingefroren, trocken. Albatrosse. Irgendeine dämliche Lachmöwe. Vielleicht auch Mantelmöwe. Mantelmöwen sind größer und haben entenähnliche Füße. Aber was soll's. Katta stellt sich neben ihn. Natalie hört sich gerade Tierstimmen über einen Telefonhörer an. Konzentriert. Sieht sie nicht. Er muss Zeit gewinnen.

»Ich habe mich das schon öfter gefragt«, fährt sie fort. »Du redest nie über deinen Vater.«

Was gibt es da zu sagen?!

»Weißt du, dass wir uns jetzt schon drei Jahre kennen und ich noch nicht einmal weiß, wie er heißt.«

Das weiß ich selbst nicht. Doch, ich weiß es. Natürlich weiß ich es. Und ich weiß, dass du es nicht weißt. Ach Scheiße, nichts weiß ich.

»Was willst du wissen?«, sagt er, ohne sie anzusehen. »Er existiert nicht.«

Natalie hängt den Hörer ein und kommt auf sie zugehüpft.

»Wo ist der Wal? Ich will jetzt den Wal sehen.«

Sie zieht ihn hinter sich her. Warum hat er ihr so viel darüber erzählt? So was Besonderes ist er nun auch wieder nicht. Außerdem ist er nachgemacht, den echten gibt es schon lange nicht mehr. Aber Natalie steht mit offenem Mund davor, unsicher, ob sie wirklich in das große Maul hineingehen soll. Angel nickt und sie verschwindet zögernd im Inneren des Wals.

»Was soll das heißen?«, hakt Katta nach. »Das ist vielleicht nicht der richtige Ort für so eine Frage, aber – ist er tot?«

Hör auf, Katta. Ich will nicht. Will nicht darüber reden. Aber das kann er ihr nicht sagen. Dann kommen nur neue Fragen. Der Wal umschließt sie. Die Geräusche hallen dumpf von den Wänden wider. Er will keine Fragen. Will keine Antworten. Natalie hält seine Hand umklammert. Oder er ihre?

»Nein, er ist nicht tot.«

»Wo ist er dann?«

Verschlungen. Im dunklen Bauch des Wals. Im dunklen Bauch des Wals ist es warm. Sicher. In seinem Magen rumort es. Ihm wird schwindelig. Jetzt drückt er wirklich Natalies Hand. Hier haben sie auch gestanden. Fasziniert von der Größe des Tieres. Das ihm jetzt so klein vorkommt, mit einem Mal so eng.

»Er lebt nicht in Schweden«, sagt er.

Ihm bricht der Schweiß aus. Der Wal erdrückt ihn. Er will das nicht. Versteht nicht, warum es ihn ausgerechnet jetzt überfällt. Vor seinen Augen verschwimmt es. Natalie berührt mit den Fingerspitzen die Innenseite des Wals, schielt zu ihm rüber, als ob es ihr unheimlich wäre. Ihm wird heiß. Ein feuchter Film legt sich über seinen Körper. *Fool me, fool me, go on and fool me.*

Hinter den Augenlidern pocht es. Er befreit seine Hand aus Natalies Griff.

»Katta, kannst du kurz auf Natalie aufpassen? Ich muss … ich muss mal wohin.«

Er läuft eilig durch die Säle. Die Treppen hoch. An den Vögeln vorbei und durch die tropische Abteilung. Die Savannenlandschaften. Um ihn herum ausgestopfte Raubtiere mit starren Augen. Er zittert. Sein Puls rast. Was ist nur los mit ihm? Nichts von dem, was Katta gesagt hat, ist neu! Die Gedanken. Die sich aufdrängen. Ihn auffressen. Seit diesem verflixten, unseligen Tag auf dem Sergels torg, als er völlig überraschend neben dem Basketballfeld gestanden hat. Ich habe ihn gesehen, er hat mich angesehen, wir haben uns direkt in die Augen geschaut, es ließ sich nicht vermeiden.

Wo ist er? Die vielen Säle. Er ist so oft hier gewesen. Trotzdem hat er sich jetzt verfranst. Was will er eigentlich hier oben?! Zwischen den Raubtieren! Er läuft wieder nach unten. Da drüben ist der Schaukasten mit den Raubvögeln, links sind die Kassen. Noch eine Treppe weiter nach unten, an den Aufbewahrungsschränken vorbei, auf die Toilette.

Er sinkt auf den Klodeckel. Danach haben sie sich getroffen. Mehrmals. Er bereut es, hätte niemals dorthin gehen dürfen. Die Kette ist weg. Vergiss sie. Die tausend Kronen liegen unangetastet in der Schachtel im Schrank. Er will sie nicht haben, kann sie nicht ausgeben, egal für was.

Irgendwo über ihm spazieren Natalie und Katta durch die Säle, schauen sich die Tiere an und plaudern miteinander.

Angel versucht sich zu konzentrieren. Er ist auf die Toilette gegangen, weil er muss. Darum ist er hier. Weil er pinkeln muss. Nichts anderes.

❖❖❖

Das richtige Fernsehwetter. Es gießt in Strömen. Das Spielfilmangebot ist die Rettung für den öden Samstag. Der Gedanke, rauszumüssen, um ICA-Magazine mit Gutscheinen für Windeln und Tiefkühl-Piroggen auszuteilen, ist ihm zuwider. Aber es wird ihm wohl nichts anderes übrig bleiben. Später.

Angel bekommt von der Filmintrige nur die Hälfte mit. Drei Filme nacheinander haben zu einer gewissen Sättigung geführt. Das war ein schöner Tag. Er hat den ganzen Nachmittag ausgestreckt auf dem durchgesessenen Sofa gelegen. Der Himmel ist so zugezogen, dass er die Stehlampe anmachen musste. Natalie war den ganzen Tag bei einer Freundin. Seine Mutter hat sich zwischendurch immer wieder zu ihm aufs Sofa gesetzt und mit ihm zusammen ferngesehen. Sie hat ihm Tee gekocht. Ihm einen Teller mit Broten hingestellt. Sie haben sich unterhalten und sie hat ihn gefragt, ob er nicht Lust hätte, mit ihr in eine Vorstellung von Riverdance zu gehen. Er hat ihre Stimme gehört, als sie telefonierte. Sie ist Weltmeisterin im Telefonieren. Heute fand er es sogar angenehm, so dazuliegen und im Hintergrund ihre Stimme zu hören. Zwischendurch hat er sie ermahnt, wenn sie zu laut gelacht hat. Dann hat sie ihm mit einem liebevollen Blick zu verstehen gegeben, dass sie verstanden hat, und hat die Stimme gesenkt. Sie kann ziemlich exaltiert sein, aber heute hat ihn das nicht weiter gestört. Zwischendurch hat sie sogar seine Füße massiert, ohne dass es ihm etwas ausgemacht hat. Wie früher, als er noch kleiner war und beim Einschlafen seine Füße auf ihren Schoß gelegt hat. Er hätte sich gerne mit ihr über früher unterhalten. Wo die Situation schon mal so entspannt war. Aber er weiß, dass sie das nicht will.

Sie beendet ein weiteres Telefongespräch. Er hört sie ins Badezimmer gehen und wieder herauskommen. Er steht auf, um sich eine Tasse Tee aus der Küche zu holen. Sie steht vor dem Flurspiegel und hält sich eine Bluse vor. Er sieht sie erstaunt an.

»Kannst du heute Abend auf Natalie aufpassen?«, fragt sie.

»Aber ich wollte ...«

»Maritza hat angerufen. Ich habe sie so lange nicht mehr gesehen. Wie sieht das aus?« Sie dreht sich zu ihm um. »Bitte«, sagt sie mit ihrer einschmeichelndsten Stimme. Der man so schlecht widerstehen kann. »Mir zuliebe.«

Sie senkt die Stimme.

»Sie hat jemanden eingeladen, den ich kennen lernen soll. Vielleicht ziehe ich doch lieber die hier an?«

Soll sie sich doch eine Einkaufstüte umhängen. Ist ihm doch egal, was sie für Maritza anzieht. Oder für diesen Typen, wer immer er auch sein mag.

»Nimm die blaue.«

Sie tut, was er sagt.

»Maritza möchte, dass ich nächste Woche mit ihr zusammen nach Gotland fahre. Sie hat dort über einen Arbeitskollegen ein Ferienhäuschen bekommen, das wir billig mieten können.«

»Und Amsterdam?«

»Die Gelegenheit kann ich mir nicht entgehen lassen. Gotland ist viel billiger. Und es ist auf alle Fälle besser für Natalie, aufs Land zu kommen, als in so eine chaotische Großstadt.«

Sie macht eine Pause, reißt die Augen auf und schminkt sich die Wimpern. Angel fragt sich jedes Mal, warum sie den Mund aufreißt, wenn sie die Wimpern schminkt. Er glotzt in ihren offenen Mund. Hat er richtig gehört?

»Und du arbeitest ja schließlich«, sagt der Mund im Spiegel. »Bedauerlich. Aber dein Job geht vor.«

Es war also noch nicht einmal vorgesehen, dass er mitfährt. Nicht einmal das.

»Letztes Jahr hast du auch schon gesagt, dass wir nach Amsterdam fahren wollen. Wir reden schon seit Jahren davon. Ich kann mir freinehmen. Ich teile schließlich nur Reklame aus. Das kann jeder Idiot. Ich kann Victor fragen.«

»Victor ist also ein Idiot?«, sagt sie mit einem sanften Lächeln.

Er begreift nicht, warum ihn das so aufregt. Eigentlich hat er nie daran geglaubt. Das ist wie mit dem Fahrrad. Nächstes Jahr, hieß es immer wieder. Und er ist weiter auf seinem lahmen Schrotthaufen durch die Gegend geeiert. Letztes Frühjahr hat er Fredrik schließlich für fünfhundert Kronen sein altes Rad abgekauft. 2000 ICA-Magazine. Oder die Fußballfreizeiten, zu denen er nie mitfahren durfte. Natalie hatte ihren Eiskunstlauf und nicht zu vergessen die Reitschule. Jaaa, wenn dein Vater was beisteuern würde, dann. Als ob Angel etwas dafür könnte! *Sie haben Geld, ich nicht, frag sie*. Das hatte er immer wieder von ihr zu hören gekriegt, als er klein war.

»Und wer hat das Fahrrad gekauft?«, fragt er so leise, dass sie es kaum hört. Sie hat es nie angesprochen. Als wäre ihr gar nicht aufgefallen, dass er ein neues Rad hat.

»Sei nicht so nachtragend. Die Dinge ändern sich, so ist das nun mal. Man kann das Vergangene nicht ewig mit sich herumschleppen. Man muss den Blick nach vorne richten. Das solltest du als beinahe erwachsener Mensch eigentlich verstehen.«

Sie geht zum Schrank und sucht nach einem breitkrempigen Hut.

»Worauf?«, fragt er.

»Was hast du gesagt?«

»Worauf soll man seinen Blick richten? Als ob es etwas zu sehen gäbe!«

»Jetzt stell dich nicht dumm, Angelito, mein Engel. Du hast das ganze Leben noch vor dir. Im Gegensatz zu mir. Man wird nicht unbedingt schöner als Mutter«, sagt sie lachend und probiert den Hut auf. »Du siehst ja, wie ich mich schminken und ausstaffieren muss!«

Was für ein Leben? Sag es mir! Was ist mit dem anderen Leben! Von dem du nie sprichst. Du bist doch diejenige, die die Vergangenheit einfach begraben hat.

»Du hast nur geblufft«, sagt er. »Du kennst überhaupt niemanden in Amsterdam.«

Sie lacht leise. Gereizt. Sieht sich im Spiegel an.

»Sei nicht albern, Angel. Warum sollte ich mir so etwas ausdenken?«

Weil du auch früher schon gelogen hast. Zum Beispiel, dass er nie mehr hat von sich hören lassen. Dass du nichts wüsstest. Dass er nichts mit mir zu tun haben wollte. Ich weiß, dass das nicht wahr ist!

»Im Ernst, Angel. Was soll ich bloß mit dir anfangen. Du hast Angelica doch selbst kennen gelernt. Sie hat uns vor ein paar Jahren hier besucht, erinnerst du dich nicht mehr daran? Ist dir aufgefallen, dass ihr den gleichen Namen habt?«

Fluchtalarm!, würde Katta jetzt schreien. Soll die blöde Schnepfe doch heißen, wie sie will.

Fahrt nach Gotland. Ist ihm doch egal. Im Augenblick würde er sowieso am liebsten allein sein.

Sie geht mit dem Gesicht nah an den Spiegel und schminkt sich die Lippen.

»Sehe ich gut aus?«

Billig. Er nickt. Hau schon ab. Geh zu Maritza und diesem Typen. Nach Patricio, Natalies Vater, hat er sie nie wieder zusammen mit einem Mann gesehen. Aber er wusste von ihnen. Hat von ihnen gehört. Es war ihm immer egal gewesen, er hat gedacht, dass es gut für sie wäre. Für sie alle drei, wenn sie einen Mann finden würde. Das war jetzt anders. Sie weiß nicht, dass er weiß. Von Raoul. Dass sie mit ihm zusammen ist. Es war keine Absicht gewesen, aber er hatte es von Sara und Evelyn erfahren. Sie hatten abrupt ihre Unterhaltung abgebrochen, als er in die Küche kam. Aber er hatte genug gehört. Ihnen war es peinlich, ihm war es peinlich. Und ausgerechnet mit Felicia hatte er geschlafen. Raouls Tochter. Wie viele andere wussten noch davon?

»Sorg dafür, dass Natalie badet, bevor sie ins Bett geht.«

Sie beugt sich vor, um ihm einen Abschiedskuss auf die Wange zu geben. Er zuckt zurück. Dreht sich weg.

»Nicht böse sein, Angelito.«

Böse?! Er war verdammt noch mal nicht böse. Hau ab. Verschwinde. Geh zu Maritza. Und komm nicht nach Hause. Ich zieh aus. Bin ich dein verflixter Babysitter, oder was?

»Wir können ja nächstes Jahr fahren.«

Garantiert nicht. Mit dir fahr ich nirgendwo mehr hin.

Natalie kuschelt sich unter die Decke. Ihre Plüschtiere sind auf Angels Bett umgezogen. »Da haben sie es gut«, hat sie gesagt. »Aber Donald muss bei mir bleiben, sonst fühlt er sich so allein.«

Er gibt ihr einen Gutenachtkuss. Als er gehen will, bittet sie ihn, was zu singen.

»Kannst du nicht das singen, das Mama nicht mag. Jetzt kann sie uns doch nicht hören. Bitte!?«

Sie hat Mamas schöne Augen.

»Das von den Seeräubern«, bettelt sie.

Er kann ihr nicht sagen, dass ihn das Lied traurig macht. Kleine Natalie. Du würdest es nicht verstehen. Du weißt ja nicht, woher es kommt. Wer es ihm beigebracht hat. Natürlich wird er von den Seeräubern singen. Das Lied ist wie ein geheimer Ort, den er gefahrlos mit Natalie betreten kann. Er streichelt ihr übers Haar und fängt an zu singen:

»Ich bin Pirat und Herr über die Meere … *donde todos respetan mi voz.*«

Sie ist schnell eingeschlafen. Er bleibt noch eine Weile auf der Bettkante sitzen, streichelt ihre Wange. Seine kleine Schwester. Vielleicht der einzige Mensch, den er wirklich liebt. Neben ihr ragt Donalds Schnabel unter der Decke hervor.

Als er aufsteht um zu gehen, wird Natalie kurz wach.

»Nicht die Tür zumachen«, murmelt sie, dreht sich auf die Seite und ist schon wieder eingeschlafen.

Nein. Keine verschlossenen Türen. Nie mehr verschlossene Türen. Versprochen. Er hört immer noch ihr Weinen, Schreien, ihre Verzweiflung. Als sie noch kleiner und ungehorsam gewesen war. Oder etwas gemacht hatte, das Mama gegen den Strich ging. Gekleckert. In die Hose gemacht. Zu lange aus dem falschen Grund geweint. Ihre Schreie hinter der verschlossenen Tür. Die Klinke außer Reichweite. Dort blieb sie, bis sie keine Kraft mehr zum Weinen hatte. Und Angel hatte sich hinter den Fernsehgeräuschen verschanzt, die Lautstärke hochgedreht, um sie nicht hören zu müssen. Am liebsten hätte er selbst laut geschrien. Mama hatte ihm streng verboten, zu ihr zu gehen. »Sie muss lernen, das versteht ein großer und lieber Junge wie du doch sicher«, sagte sie jedes Mal und strich ihm dabei über den Kopf. Und er hatte genickt, ohne zu verstehen. »Komm und hilf mir!« Und er war hinter ihr her in die Küche getrottet und hatte getan, was sie von ihm verlangte, und ordentlich den Tisch gedeckt.

❖❖❖

Ich habe die Hoffnung inzwischen aufgegeben. Es ist jetzt über eine Woche her, dass er das Geld abgeholt hat. Das war es, was er wollte. Brauchte. Asta hat sich nach ihm erkundigt. Der flotte junge Mann, wie sie sagt. Mir ist schon klar, dass sie weiß, wer er ist.

Es wäre ein Einfaches herauszukriegen, wo er wohnt. Aber was sollte ich ihm nach so vielen Jahren sagen? Hier bin ich, Angel. Komm. Ich habe dich vermisst. Ich habe so viel an dich gedacht.

Wo das noch nicht einmal die Wahrheit ist.

Ich hatte ihn im hintersten Winkel eines Zimmers verstaut. Die Wohnung ist wahrscheinlich noch immer voller Dinge, die mich an damals erinnern. Es kann durchaus passieren, dass mir beim Ausmisten der Speisekammer eine Zeichnung von ihm in die Hände fällt. Ganz davon abgesehen sind immer auch Bilder von ihm dabei, wenn ich alte Fotoalben durchblättere. Natürlich. Ich stoße ständig auf ihn. Es hat Tage gegeben, da hat mich die Wucht der Erinnerungen überrumpelt.

Es war vorbei. Seit etlichen Jahren. Ich hatte damals keine Chance gehabt. Habe daneben gestanden und zusehen müssen, wie sie gingen. Ich konnte alles sagen, aber niemand hat auf mich gehört. Ich durfte alles glauben und denken, aber nichts verlangen. Ich war machtlos. Auf einmal gehörte ich nicht mehr dazu. Und ihn hat sowieso nie jemand gefragt, was er wollte.

Er muss sich doch gefragt haben, wo ich abgeblieben bin.

Hier kehrt langsam wieder der Alltag ein. Er ist gekommen und wieder gegangen. Wie ein Windstoß. Wie ein Schatten aus der Vergangenheit. Ein Engel, der das Zimmer durchquert hat und über den Balkon verschwunden ist.

Natürlich war es kindisch zu glauben, ich könnte ihn mit viertausend Kronen zurückkaufen! Zu glauben, dass etwas, das man verloren, verraten hatte, so einfach zurückzugewinnen wäre! Gerade so, als ob man in einem Haufen Krimskrams plötzlich etwas wiederfindet, das lange verschwunden gewesen ist, und sagt: Da ist es ja wieder! Wie ich danach gesucht habe!

Jetzt bin ich derjenige, der sich verraten fühlt.

Es ist an der Zeit, der Wahrheit ins Auge zu blicken. Er hat mich in einem verzweifelten Augenblick aufgesucht. Völlig in Ordnung. Und völlig berechtigt. Das war das Mindeste, das er von mir verlangen konnte.

An diesem Abend backe ich einen Kuchen. Asta hat sicher

nichts gegen eine Partie Schach einzuwenden. Ich trete ins Treppenhaus und schließe die Tür ab. Als ich mich umdrehe, sehe ich ihn die Treppe hochkommen.

Mit dem Kuchenteller in der Hand stehe ich da und komme völlig aus dem Konzept. Er begrüßt mich mit einem wortlosen Nicken.

Ich habe noch nie einen Siebzehnjährigen mit Regenschirm gesehen. Angel macht da keine Ausnahme, er ist klitschnass. Das Wasser tropft ihm aus den Haaren ins Gesicht.

Während ich Kaffee aufsetze und den Tisch decke, schlendert er durch die Wohnung. Du wirst keine Spuren von dir finden, denke ich. Dein Foto habe ich nach ein paar Jahren weggeräumt. Genauso den gedrechselten Kerzenhalter, den du mir mal zu Weihnachten geschenkt hast. »Von einem schwarzen für einen hellen Kopf«, hattest du mit einem Lötkolben hineingebrannt. Plötzlich fallen mir all die Worte wieder ein. Die Namen, die wir füreinander hatten. Heller Kopf. Prinz. Knallkopf. Monster. Schludrian. Idiot. Kotzbrocken. So viele Namen. Wie soll ich dich jetzt nennen? Die alten Worte haben keine Gültigkeit mehr.

Letztes Mal hat er still dagesessen. Jetzt bewegt er sich wie ein neugieriges, schüchternes Tier durch die Räume. Es ist schon seltsam, was für Vorstellungen man sich macht. Ich habe mich gefragt, ob er mich umarmen oder zuschlagen würde. Nichts von alledem. Erst hat er um Geld gebeten. Jetzt herrscht Schweigen. Alles, was mir im Laufe der letzten Wochen durch den Kopf gegangen ist, alle Fragen, die ich gern gestellt hätte, alles, was ich so gern gewusst hätte – jetzt, wo er mir am Küchentisch gegenübersitzt, weiß ich nicht, wo ich anfangen soll.

Ich stecke mir eine Zigarette an.

»Du hast also immer noch nicht aufgehört«, kommentiert er. Das angedeutete Lächeln löst sich schnell wieder auf.

»Nein. Es ist hoffnungslos. Aber du rauchst nicht, hoffe ich.«

»Nur wenn ich voll bin. Nee, ich mach nur Spaß. Aber jetzt würde ich gerne eine rauchen. Darf ich?«

Eine? Nachdem er erst einmal angefangen hat, raucht er gleich mehrere. Kurz hintereinander. Natürlich. Völlig mit meiner eigenen Nervosität beschäftigt, habe ich mir gar nicht bewusst gemacht, dass er noch angespannter sein dürfte als ich.

»Ist die Sache mit deinem Freund wieder in Ordnung?«

»Klar«, sagt er knapp.

Womit das Thema abgehakt wäre. Er weicht meinem Blick aus. Macht auf unnahbar. Das gibt mir wenigstens die Möglichkeit, ihn in Ruhe zu betrachten.

»Gemütlich ist es bei dir«, sagt er. »Wohnst du alleine?«

Ich muss innerlich grinsen. Natürlich hast du dir das Schlafzimmer angesehen.

»Ja. Aber ich lebe nicht allein, falls du das meinst. Wir haben getrennte Wohnungen. Und selbst? Bist du mit jemandem zusammen?«

Er leert seinen Kaffeebecher. Holt die Kanne. Schenkt uns beiden nach. Anstatt sich wieder hinzusetzen, nimmt er seinen Becher und setzt seine Wanderung durch die Wohnung fort.

»Und, wer ist es?«, fragt er laut aus dem Wohnzimmer.

Ich kann mir beim besten Willen nicht vorstellen, dass er gekommen ist, um sich nach meinem Befinden zu erkundigen.

»Dass du den behalten hast«, sagt er, als ich ins Wohnzimmer komme. Hat er zu guter Letzt also doch noch etwas gefunden.

»Tja, zufälligerweise mag ich den Film. Außerdem ist es praktisch, wenn Kinderbesuch kommt.«

Er hält das »Dschungelbuch« in der Hand. Öffnet das Etui und nimmt die Kassette heraus.

»Guck mal! Da steht immer noch mein Name. Was für eine Kritzelschrift, das kann man ja kaum lesen.«

»Na ja, du warst damals noch nicht sehr alt. Ich nehme mal

an, dass du inzwischen schöner schreibst. Gehst du eigentlich aufs Gymnasium?«

Er dreht die Videokassette hin und her. Fährt mit dem Finger an der Regalreihe mit Filmen entlang und verschafft sich einen schnellen Überblick, was ich sonst noch so habe.

»Lass ihn uns angucken!«

Er sieht sich im Wohnzimmer um.

»Hast du keinen Fernseher?«

Ich nicke in Richtung eines hohen Schrankes zwischen den Regalen. Vorsichtig öffnet er die Türen vom Fernseher und Videoapparat und nickt anerkennend.

Mit ein paar geübten Handgriffen bedient er das Gerät. Während des Films raucht er keine einzige Zigarette. Gibt kurze Kommentare zu den Szenen, die er besonders komisch findet. Ich bekomme nicht viel von dem Film mit. Bin mit meinen Gedanken ganz woanders. Meistens bei Angel. Er sitzt in der Sofaecke. Dort habe ich ihn so oft sitzen sehen. Und jetzt schieben sich vor meinem inneren Auge verschiedene Ausgaben von ihm übereinander. Der rastlose Sechsjährige, der nachdenkliche Zehnjährige – und der neue, fremde und doch so seltsam vertraute Siebzehnjährige.

Als der Film zu Ende ist, sagt er, dass er gehen muss. Ich würde ihn gern fragen, ob er vorhat, wieder zu kommen.

»Grüß Asta«, ist das Letzte, was er sagt.

Die einzigen Fragen, auf die er geantwortet hat, sind die, die ich nicht gestellt habe.

KAPITEL 9

Ich schrecke aus dem Schlaf hoch. Das Telefon! Ich bin mit einem Satz aus dem Bett. Schnappe meine Brille. Der Wecker geht zu Boden und fängt an zu piepen. Es ist halb drei. Halb drei! Wer ruft um diese Zeit an? Ich höre kaum, was die Stimme am anderen Ende sagt. Begreife nicht. Maria-Jugendabteilung im Sankt Görans Krankenhaus?

»Ihr Sohn ist bei uns.«

Sohn? Ich habe keinen Sohn! Die Stimme leiert eine Telefonnummer herunter. Doch, die ist korrekt.

»Diese Nummer hat er uns gegeben. Aber womöglich stimmt sie nicht. Entschuldigen Sie, wenn wir Sie geweckt haben …«

»Moment«, schreie ich in den Hörer.

Angel! Das muss Angel sein.

»Wie heißt er? Das wissen Sie nicht?! Na gut, wie sieht er aus?« Mein Gehirn ist auf einen Schlag hellwach. »Wie geht es ihm?«

»Keine Gefahr«, sagt die Stimme. »Er hat nur zu viel getrunken.«

Nur?! Sie haben ihn unterhalb der Brücke an der Sankt Eriksgatan gefunden. Was hat er da gemacht? Nein, nein, keine Drogen. Nur die gewöhnliche Alltagskost. Alltagskost?!

»Ich komme, so schnell ich kann.«

Im Taxi zurück nach Hause sitzt er gegen das Fenster gelehnt da. Seine Augenlider hängen bleischwer herab und sein Kopf schwankt im Takt mit den Bewegungen des Wagens. Der Fahrer hatte uns misstrauisch beäugt, als ich Angel aus dem Sprechzimmer herausbugsiert habe. Jetzt beobachtet er uns permanent beunruhigt im Rückspiegel. Die von der Maria-Jugendabteilung meinten, dass er sich ausgekotzt hätte, aber ich rechne mit dem Schlimmsten. Habe dem Fahrer bereits volle Erstattung der Reinigungskosten zugesagt für den Fall, dass ein Unglück passieren sollte. Der Fahrer hat den Kopf geschüttelt und gemeint, das wäre nicht das Problem, das Schlimmste wäre der Geruch. Der ginge nicht wieder raus. Erst nachdem ich ihm obendrein auch noch ein saftiges Trinkgeld versprochen habe, hat er eingewilligt.

Als ich die Wagentür öffne, fällt Angel mir fast entgegen. Während ich versuche, ihn zu stützen, begleiche ich die Taxirechnung und gebe ihm sein saftiges Wuchertrinkgeld.

»Ich wäre Ihnen sehr verbunden, wenn Sie mir wenigstens helfen würden, ihn bis vor die Haustür zu bringen.«

Er seufzt. Ich fluche innerlich.

»Ich komme auch für die Reinigung auf, falls es nötig sein sollte!«

Nur widerstrebend kommt er meiner Bitte nach. Ich hoffe inständig, dass ihm morgen der Pudel irgendeiner piekfeinen Dame den Sitz voll pissen möge.

Ich bugsiere ihn ins Schlafzimmer und lade ihn auf dem Bett ab. Angel ist übler dran, als ich dachte. Er ist kaum bei Bewusstsein. Die eine Wange ist bis zur Schläfe hoch aufgeschrammt und auf der Stirn hat er ein paar Kratzer. Sein Pullover ist am Ärmel gerissen und er hat eine kräftige Rötung am Arm, direkt unter dem kleinen, tätowierten Adler, der mir vorher noch gar nicht aufgefallen ist. Er muss ziemlich heftig gefallen sein.

Plötzlich fängt er an zu würgen. Aber sein Magen ist leer. Bei jeder Kontraktion zittert sein ganzer Körper und er gibt ein trockenes, krampfartiges Husten von sich. Der Anfall ist genauso schlagartig vorbei, wie er gekommen ist. Er schläft ein.

Während ich ihn ausziehe und bettfertig mache, frage ich mich, ob er wohl weiß, wo er ist. Keine Ahnung, wie sie meine Telefonnummer aus ihm herausbekommen haben. Wann hat er sich die eingeprägt?

Ich schlage mein Nachtlager auf dem Sofa auf. Aber ich bin hellwach, mir fehlt die innere Ruhe, um einschlafen zu können. Es ist gespenstisch draußen. Die Bäume sind ganz still und die Straßen wie leer gefegt. Nur hin und wieder ist das schwache Rauschen eines einzelnen Fahrzeugs auf der Durchgangsstraße zu hören. Die Baumkronen heben sich schwarz vor dem allmählich heller werdenden Himmel ab. Der Vogelgesang ist für diese Saison verstummt. Bis auf das Krächzen der Krähen, die mit der Dämmerung erwachen.

Ich setze mich auf die Bettkante und nehme seine Hand. Streiche über seine unversehrte Wange. Glücklicherweise hat das Personal von Marias-Jugendabteilung die Wunde gereinigt. Ich halte seine Hand und könnte losheulen. Mein Kind. Was ist mit dir los? Ich küsse ihn vorsichtig auf die Stirn. So wie er jede Nacht nach dem Einschlafen geküsst werden wollte. Als Schutz gegen das Böse. Es hat anscheinend nichts genützt, warum sonst liegt er hier? Wie betäubt. Verletzt.

Genauso hatte ich seine Hand gehalten, als er als kleiner Junge ins Krankenhaus musste. Als die Hirnhautentzündung ihn in ihren Klauen hatte. Über vierzig Grad Fieber. Drei schlaflose Tage und Nächte. Die ständige Unruhe. Danach war er über den Berg.

Und trotzdem habe ich ihn verloren. Sie haben ihn mir weggenommen. Er gehörte doch auch zu mir! Ich war doch auch sein

Vater. Sein Brustkorb hebt und senkt sich. Trotzdem. Ich kann es nicht lassen und fühle seinen Puls.

Wie oft habe ich so an seinem Bett gesessen? Und er hat immer meine Hand gesucht, wollte mit seiner Hand in meiner einschlafen. Sicherheit. Hände, Küsse, nicht die Tür zumachen, brennendes Licht, freier Zugang zu unserem Bett, ganz dicht an José oder mich gekuschelt. Auf der Suche nach einem festen Halt. Was ist passiert?

Das Vergessen ist ein Betrüger. Es hat einen leichten Schlaf und erwacht beim leisesten Geräusch, sieht sich verschlafen um. Dann schüttelt es seine Trägheit ab, macht ein paar prüfende Schritte, erwacht zum Leben, sprengt den, in dem es geschlummert hat, begeistert, endlich ans Licht zu kommen. Rasend, dass es eingeschlossen war. Und es stürzt sich auf alles, das greifbar ist.

Ich fange an, für ihn zu singen. Ohne zu wissen, ob er mich hört. Alle alten Lieder, die ich damals gesungen habe. Als er noch mein Sohn war. Als ich noch sein Vater war.

Ich blicke in sein Gesicht. Versuche von seinen Lippen zu lesen. Er schwitzt. Ich hole ein Handtuch und eine Schüssel mit kaltem Wasser. Sitze lange neben ihm und tupfe seine Stirn ab. Jedes Mal, wenn das kühle Handtuch seine Haut berührt, dreht er den Kopf zur Seite. Wimmert.

Ich werde mich morgen bei der Arbeit entschuldigen müssen.

Mein Sohn? Ja, das könnte man fast sagen.

❖❖❖

Ich schleiche auf Zehenspitzen durch die Wohnung. Ich habe nicht viel geschlafen und trotzdem bin ich schon um halb acht aufgewacht. Angel schläft tief und fest. Die Blessuren in seinem

Gesicht sehen bei Tageslicht schon nicht mehr so gefährlich aus. Das lag heute Nacht sicher daran, dass ich so besorgt war. Gerade eben habe ich mit Claes gesprochen.

»Rate mal, wer bei mir übernachtet hat.«

»Muss ich eifersüchtig sein?«, hat er lachend gefragt.

»Nein, überhaupt nicht. Es ist Angel. Er schläft. Und das wird er wohl noch den Rest des Tages tun.«

Ich habe ihm alles erzählt. Wir haben vereinbart, dass er mich heute Abend anruft, sobald er aus den Schären zurück ist.

Ich habe Angels Sachen in die Waschmaschine gesteckt. Zwischendurch sehe ich nach ihm. Ich weiß nicht, was ich machen soll. Ich fühle mich leer. Es ist so ungewohnt. Mir geht durch den Kopf, dass ich eigentlich seine Mutter verständigen müsste. Kein Telefon, hat Angel gesagt. Aber als ich im Telefonbuch nachschlage, finde ich sofort ihren Namen und ihre Nummer.

Niemand da.

In mir fängt es an zu brodeln. Das ist mal wieder typisch. So verdammt typisch! Wo ist die Liste? Die Liste mit all ihren Sünden, die ich vor etlichen Jahren erstellt habe. Seitenweise ihre Verfehlungen. Vernachlässigungen. Wortbrüche. Es kommt mir wie gestern vor.

Alles bricht wieder über mich herein. Alle Wortbrüche. Alle Lügen. Ich dachte, ich hätte das hinter mir gelassen. Sie soll sich endlich ihrer Verantwortung stellen! In der Beziehung ist sie keinen Deut besser als José.

Angel schlägt die Augen auf. Zieht die Decke ans Kinn. Was macht sie hier?

»Gustav ist nur kurz einkaufen«, sagt Asta, als ob sie seine Gedanken lesen würde. »Er hat mich gebeten, nach dir zu sehen.«

Es ist warm. Das Bettzeug klebt ihm am Körper. Er kann sich nicht rühren.

»Hast du gut geschlafen?«

Er nickt. Sieht sie an, als ob sie eine Fremde wäre. Das Zimmer kommt ihm vertraut vor. Fremd und zugleich vertraut. Asta beugt sich über ihn und streicht ihm eine Haarsträhne aus der Stirn.

»Du schwitzt ja ganz schön, Junge. Kümmert er sich auch ordentlich um dich?«

Angel nickt.

»Natürlich tut er das«, sagt sie ruhig. »Ich mache mir mal wieder unnötig Sorgen. Das lässt einen nie mehr los, wenn man mal eigene Kinder gehabt hat.«

Sie setzt sich auf einen Stuhl und nimmt ihre Häkelarbeit aus der Handtasche. Sein Blick wandert still durchs Zimmer. Bleibt an Details hängen. Begibt sich weiter bis zur nächsten Haltestelle. Ruht ein wenig aus. Einiges kennt er noch von damals. Anderes ist neu. Er hätte gerne ein Glas Wasser. Aber sein Körper weigert sich. Er ist so müde. Sein Mund ist trocken. Die Kehle wie zugeschnürt. Die Welt um ihn herum scheint unwirklich und nur in seinem Kopf zu existieren. Als ob die Zeit stehen geblieben wäre. Stille. Ihre Blicke treffen sich. Wie kann sie häkeln, ohne hinzugucken?

»Damit ich was zu tun habe«, sagt sie und wickelt mehr Faden vom Knäuel ab. »Und die Kirche freut sich immer über Topflappen für den Weihnachtsbasar. Meine Kinder haben schon lange keine Verwendung mehr dafür. ›Wir haben jetzt schon für jeden Wochentag einen Topflappen, Mama‹, sagen sie.«

Hat sie Kinder? Enkel?

»Aber ich nähe auch eine Menge. Gustavs Patchworkdecke zum Beispiel. Gar nicht so übel, was? Aber ich komme nur noch selten dazu, man braucht so viel Platz. So eine Häkelarbeit ist da viel handlicher. Also wirklich, hier sitze ich und plaudere. Das wird dich wohl kaum interessieren.«

Angel versucht zu lächeln. Stimmt, es interessiert ihn nicht.

Aber es ist schön, ihre Stimme zu hören. Das Geräusch lenkt seine Gedanken ab. Sein Körper ist ganz leicht, schwerelos. Sein Blut ist salzig wie das Meer. Seine Haut ist der Sand, die Rippen Felsen, sein Haar und die Muskeln sind Seegras und das Skelett Korallen. Und in dieser Welt schwebt er und wird von den sanften Bewegungen der Unterwasserströmungen gewiegt. Geboren werden, atmen und sterben. Wieder geboren werden und atmen. Er lässt sich zu den Grotten treiben, die ihn aufsaugen, immer weiter in sich hineinsaugen. Eine Welt voller Spalten, Aushöhlungen, leerer Räume. Die Dunkelheit legt sich um das Licht, das immer schwächer wird. An der Mündung der Grotte sieht man nur noch einzelne Lichtreflexe. Er schwimmt weiter in die endlosen Grotten hinein, in die Nacht, und die Wände der Grotte verschlucken alle Geräusche, der Druck steigt, der Sauerstoff nimmt ab. Die Fische bewegen sich langsam, hier wächst nichts mehr, hier kann nichts mehr leben, er braucht nicht mehr zu atmen, und das ist gut so, erholsam.

Er wacht auf. Schnappt nach Luft. Asta ist nicht mehr da. Der Stuhl neben dem Bett ist leer. Kein Laut. Niemand da. Ihm ist nach Schreien zu Mute.

❖❖❖

Ich weiß nicht, was ich tun soll. Er will nichts essen. Er will nichts trinken. Er schweigt. Liegt still im Bett wie ein Vogeljunges, das sich ängstlich und verlassen in die Ecke seines Nestes drückt. Die meiste Zeit hat er die Augen geschlossen. Aber zwischendurch öffnet er sie und folgt mir mit einem Blick, als würde er alles voller Wachsamkeit beobachten. Danach schläft er wieder eine Weile. Wird wieder wach.

Ich frage ihn, wo seine Mutter ist.

Keine Antwort.

Ich versuche mit ihm zu reden. Frage. Bohre nach. Nichts. Ich weiß nicht einmal, ob er mich überhaupt hört.

Bitte, Angel, sag doch was!

Ich sitze fast den ganzen Tag bei ihm im Schlafzimmer. Notiere die kleinste Veränderung. Tupfe ihm den Schweiß von der Stirn, wenn er schläft. Was ist passiert, worüber du nicht reden kannst?! Hat es etwas mit den viertausend Kronen zu tun? Bist du wirklich gestürzt – oder bist du in eine Schlägerei geraten? Hat dir jemand wehgetan?

Mein Gott! Natürlich hat dir jemand wehgetan!

Ich bin einer von ihnen.

»Und was soll ich jetzt machen?«, frage ich Claes, als er abends anruft. Angel hat den ganzen Tag über keinen Mucks gesagt. Er hat sich nicht aus dem Bett gerührt. Muss er denn nicht irgendwann mal aufs Klo?!

»Achte drauf, dass er genügend trinkt. Das ist jetzt das Wichtigste.« Ich höre seiner Stimme an, wie übertrieben er meine Sorge findet. »Und lass ihn in Ruhe schlafen. Wie ich dich kenne, stellst du mal wieder zu viele Fragen«, fügt er lachend hinzu.

»Aber irgendwas muss doch passiert sein!«

Was ist passiert?

Als ich am nächsten Morgen nach einer weiteren Nacht mit wenig Schlaf auf dem Sofa aufwache, sitzt Angel in meinem Morgenmantel in der Küche. Er hat Kaffee aufgesetzt. Und Saft eingeschenkt. Ein paar Butterbrote geschmiert. Woher diese plötzliche Aktivität?! Das Radio flüstert leise. Die Zeitung liegt ausgebreitet vor ihm auf dem Tisch. Ihm gegenüber steht eine Tasse. Für mich?

»Ich wollte dich nicht wecken«, sagt er leise.

Oh. Er kann also sprechen. Er sieht blass aus. Seine Augen

sind matt. Ich selbst fühle mich schmuddlig. Müde. Unrasiert. Die letzten Tage habe ich mehr gequalmt als sonst.

Ich strecke mich nach der Kaffeekanne auf der Spüle. Als ich mich umdrehe, fällt mir fast die Kanne aus der Hand. Der Anblick, der sich mir bietet, ist so alt und sollte längst vergessen und ausradiert sein! Es ist, als ob José vor mir sitzt. Ich stelle die Kanne mit einem Knall auf den Tisch. Wende mich ab. Stütze mich auf die Spüle und kneife die Augen zu. Atme aus. Das muss an der Erschöpfung liegen. José. José?

»Was ist los?«, fragt Angel erstaunt.

»Nichts«, murmele ich und massiere mir mit Daumen und Zeigefinger die Nasenwurzel. »Ich … Das ist der Blutdruck, das habe ich morgens manchmal«, lüge ich.

»Du solltest aufhören zu rauchen!«, sagt er mit einem Lachen.

Ich grinse ironisch in mich hinein. Wenn du wüsstest. Jedenfalls scheint er gute Laune zu haben. Schön.

Dass mir das nicht eher aufgefallen ist. Dass ich das nicht eher gemerkt habe. Wie ähnlich sie sich sind. Sind sie das wirklich? Wahrscheinlich liegt es am Morgenmantel. An dem Frühstück. Dem Küchentisch. Derselbe verflixte Küchentisch. Von dem ich mich schon längst hätte trennen sollen. Die Szene ist so alt und so vertraut. Ich will das nicht. Ich will José nicht vor mir sehen. Das ertrage ich nicht.

Angel steht auf. Nimmt die Kaffeekanne.

»Komm, setz dich.« Er schenkt mir Kaffee ein.

Wie aufmerksam er auf einmal ist.

Verzeih mir, Angel, würde ich am liebsten sagen. Aber ich möchte, dass du gehst. Geh! Verzeih mir. Ihr seid euch nicht ähnlich. Wirklich nicht. Das ist mein Hirngespinst. Es war alles zu viel. Zu wenig Schlaf, zu viele Sorgen. Zu viele Fragen.

Angel kaut in aller Ruhe sein Butterbrot. Schenkt mir ein kleines Lächeln. Sagt nichts. In dem gelben Morgenmantel wirkt sein hellbrauner Teint noch dunkler. Der Morgenmantel ist ihm zu groß, er schlägt Falten über der Brust. Angel hat die Ärmel hochgekrempelt. Er sieht so klein aus. Armer Junge, denke ich, während meine Gedanken hin und her springen. Ich könnte auf der Stelle losheulen. Verdammt. Ich brauche eine Zigarette. Aber jetzt rauchen, als erste Tat am Morgen, vor einem Siebzehnjährigen? Ich sollte mit gutem Beispiel vorangehen.

Ich zünde mir eine Zigarette an. Angel schüttelt den Kopf.

Warum schüttelt er den Kopf? Wie ist er neulich Nacht bei mir aufgekreuzt? Sturzbetrunken und zerschlagen. Wir müssen unbedingt miteinander reden.

»Es ist doch hoffentlich in Ordnung, dass ich den Morgenmantel genommen habe?«, fragt er vorsichtig.

Wie einfach plötzlich alles zu sein scheint. Nein, das macht nichts. Gar nichts. Alles, was mir gehört, ist auch deins, Angel. Ich bin hier. Und du sitzt da, als ob es gestern gewesen wäre. Nur ein wenig größer, ein wenig älter. Viel älter. Mein Gott, wie ich dich vermisst habe. Was ist passiert? Erzähl!

Ich will es nicht wissen.

Zum Glück geht er gleich darauf duschen. Das gibt mir eine Atempause. Ich zwinge ein Stück Brot mit Käse herunter. Trinke zwei Tassen Kaffee, in großen Schlucken. Rauche noch eine Zigarette. Er hat Recht, ich muss aufhören. Das nehme ich mir seit fünfzehn Jahren vor.

Ich lege ihm die gewaschenen Sachen hin. Asta hat den Riss in seinem Pullover geflickt.

❖❖❖

»Hola, Victor hier. Wo steckst du? Wo hast du dich die letzten Tage rumgetrieben? Fredrik hat auch schon versucht, dich zu er-

reichen. Er ist völlig fertig mit den Nerven. Irgendwas ist passiert. Melde dich!«

Das Piepsen des Anrufbeantworters hallt durch die Wohnung. Oh ja, es ist verdammt viel passiert! Als ob er das nicht selber wüsste! Er zieht den Pullover aus. Schleudert die Schuhe gegen die Wohnungstür.

Nach Victor folgt Katta. Und dann wieder Fredrik. Zum dritten Mal. Worum geht es diesmal? Was soll er dieses Mal für ihn deichseln? Er ist Fredriks jammerige Stimme leid. Seine verfluchte Hilflosigkeit.

»Angel! Ich muss mit dir reden! Sofort!«

Ruf woanders an, verdammt noch mal! Einen Dienst habenden Freund. Oder Pfarrer, was weiß ich! Er steht immer noch im Flur, als es wieder klingelt. Aber er geht nicht ran. Lässt den Anrufbeantworter anspringen.

»Es tu mamá. Ich habe schon mehrmals angerufen. Warum meldest du dich nicht? Ich mache mir langsam Sorgen. Die Nummer hängt an der Pinnwand. Hier ist es einfach wunderbar und wir …«

Er zieht den Telefonstecker raus. Soll sie doch auf ihrem Gotland hocken und sich Sorgen machen. Sich mit Maritza zusammen amüsieren.

Als er bei Gustav weggegangen ist, war er noch ganz ruhig. Jetzt nicht mehr.

Er schaltet die Anlage ein. Dreht die Lautstärke hoch. Die Musik dröhnt durch die Räume. Er reißt sich die Kleider vom Leib und läuft durch die Wohnung. Von seinem und Natalies Zimmer ins Wohnzimmer. Zurück ins Schlafzimmer. Danach in die Küche. Er holt eine Schachtel Zigaretten. Raucht. Läuft herum. Diese ätzende Wohnung. Die hässlichen Möbel, all die Deckchen und der ganze überflüssige Krimskrams. Er will ein eigenes Zimmer. Platz für sich. Um allein sein zu können. Früher hat er das Alleinsein gehasst. Inzwischen sucht er die Einsamkeit zu seiner eigenen Verwunderung immer öfter. Ein einsamer Wolf.

Die Nachrichten auf dem Anrufbeantworter. Eigentlich sollte es ihn doch freuen, dass sie ihn unbedingt sehen wollen? Aber es ist ihm nur lästig. Der Club, Fredrik, die Tanzerei, Katta, seine Mutter, sie vor allen Dingen, selbst Victor, alle sind sie lästig. Schluss, das war das letzte Mal, dass er zu Gustav gegangen ist. Es hat keinen Sinn.

Chico. Manchmal vermisst er Chico. So wie jetzt. Er war direkt. Unkompliziert. Scheiß auf sie, hätte er gesagt, fahren wir nach Kopenhagen. Saufen und ficken. Einmal hatten sie das tatsächlich getan und waren einfach abgehauen. An einem Donnerstag, mit dem Nachtzug. Auf einer Fahrkarte. Angel hatte sich im Liegewagenabteil hinter ein paar Taschen und Decken auf der Gepäckablage versteckt, bis der Schaffner die Fahrscheine kontrolliert hatte. Es war verdammt eng gewesen, sich eine Pritsche zu teilen. Chico hatte ihm Selbstgebrannten eingeflößt, bis er endlich eingeschlafen war. Was für eine Reise! Niemals würde er das Rütteln des Zuges vergessen, als er dösig neben Chico lag und einzuschlafen versuchte. Sie waren unterwegs, nur er und Chico, auf dem Weg nach Kopenhagen, das war wie eine Reise zum Mond. Und nicht zu wissen, ob sie vielleicht in Mjölby aus dem Zug geschmissen würden. Es lief alles anders als geplant. Das Tivoli hatte die Saison beendet und war geschlossen. Sie hatten kaum Geld. Sie gingen in Geschäfte und schlenderten planlos die Einkaufsmeile rauf und runter, an den Kanälen entlang in die Havnegade und zum Västra stranden. Im Café Sommersko teilten sie sich zwischen schwarz gekleideten Snobs ein Bier. Sie redeten, wurden hungrig und müde. Vertrieben sich die Zeit in einem Sexshop. Stopften sich kiloweise mit Pizza voll, in einem Restaurant in der Einkaufsmeile, in der man für einen Festpreis so viel essen konnte, wie man wollte. Aber aus dem Saufen und Ficken war nichts geworden. Sie waren noch am selben Abend mit dem Zug zurückgefahren. Aber die Hauptsache war, dass er und Chico zusammen weg gewesen waren.

Er legt eine andere Platte auf. Ruhige Musik. Filmmusik. »The Big Blue«. Die Sehnsucht nach dem Meer.

Das einzige Meer, das er kennt, ist die Ostsee zwischen Altstadt und Gröna Lund. Aber was ist das schon für ein Meer?! Ein kleiner Zipfel der Ostsee.

Eigentlich weiß er nicht einmal genau, wie Meer riecht. Da ist nur eine ganz schwache Erinnerung. Von Reisen aus einer Zeit, die so weit zurückliegt, dass sie kaum wirklich zu sein scheint. Aber er weiß, dass er dort gewesen ist. Es gibt Fotos, die das beweisen.

Er holt die Schachtel aus dem Schrank. Unter den Zeitschriften und Zeitungsartikeln und Victors Zeichnungen liegt das Foto. Klein und schmächtig mit einem Schaumrand um die Füße steht er im flachen Wasser. Acht, neun Jahre vielleicht, das weiß er nicht mehr so genau. Die Taucherbrille mit dem Schnorchel in die Stirn geschoben. Hinter ihm glitzert eine unendliche Fläche von türkisfarbenem Wasser. Der Sand ist fast weiß. Seine Haut braun gebrannt und vom Salz und vor Feuchtigkeit glänzend. Er blinzelt in die Sonne und versucht gleichzeitig zu lächeln.

Er hatte sich vorgenommen, Gustav darauf anzusprechen. Auf die Reisen. Ob er sich daran erinnert. Ob sie nicht vielleicht! Wie damals?! Verreisen. Hurghada. Malta. Sizilien. Aber er hat geschwiegen oder über andere Dinge gesprochen.

Er hat sich das Foto oft angeschaut – und die wenigen anderen, die es noch gibt – und die Düfte heraufzubeschwören versucht. Er weiß, dass Meer nach Tang, Salz und irgendwie frisch riecht; aber das sind leere Worte. Er weiß, dass es am Meer meistens windig ist, eine warme Brise, peitschende Stürme.

Er zittert. Ein Beben geht durch seinen Körper. Er drückt seinen harten Schwanz, hält ihn, streichelt ihn. Zur Hölle mit Fredrik und Victor. Sie werden sich eben noch ein wenig gedulden müssen. Er lässt die Schachtel auf dem Boden stehen. Die Fotos über das Bett verstreut. Er steigt in seine Jeans, zieht einen Pullover an, legt sich die Jacke über die Schultern und macht sich auf den Weg.

Klara sieht ihn erstaunt an, als sie die Tür öffnet.

Dios mío! Er kann seinen Blick gar nicht wieder von ihr losreißen. Klara Licht und Dunkel. Morgendämmerung und Abenddämmerung. Die schönsten Stunden des Tages. So hat er sie noch nie gesehen. Ungeschminkt. Alltagsgrau. Und da ist noch Etwas Anderes.

Sie kann das Lächeln nicht zurückhalten. Er ist atemlos, als ob er gerannt wäre. Man sieht es ihm sofort an. Was er will. Ganz davon abgesehen ist das doch wohl der einzige Grund, aus dem er kommt. Was ist mit seiner Wange? Sie ist ganz zerkratzt.

»Du scheinst es aber ganz schön eilig zu haben.«

»Äh, nein, ich war zufällig in der Nähe und da habe ich gedacht …« Er bricht den Satz ab. Das klingt völlig bescheuert. Und was er gedacht hat, kann er nicht sagen.

»Jaa, was hast du gedacht …?«

»Dass ich ja mal kurz reinschauen könnte.«

»Auf ein Schwätzchen? Küss mich, Karlsson«, sagt sie lachend.

»Ich heiße nicht Karlsson, aber küssen würde ich dich trotzdem gern.«

»Das glaube ich ohne weiteres«, sagt sie, dreht ihm den Rücken zu und verschwindet in der Küche.

Wenn ich darf, denkt er. Klara Licht und Dunkel. Du bist so schön.

Außer einem langen weißen T-Shirt hat sie nichts an. Der weite Halsausschnitt ist über die Schulter gerutscht. Beim Gehen bewegen sich ihre nackten Schenkel ganz leicht. Er mag das kräftige, feste Fleisch, das in ein Paar schmale, gleichmäßige Waden und zierliche Füße übergeht. Er schließt die Augen.

Kaffee? Er will jetzt keinen Kaffee.

Aber sie hat schon Wasser aufgesetzt und die Kanne herausgeholt. Er steht im Türrahmen zur Küche und folgt ihren Bewegungen. Sie bewegt sich, als wäre er gar nicht da. Ihre Brust hebt sich, als sie sich nach der Dose mit dem Kaffee streckt. Ihr Haar ist zerzaust, als wäre sie erst vor kurzem aufgestanden.

»Zucker?«, fragt sie. Er nickt.

»Milch?« Er schüttelt den Kopf.

»Ständer?« Er nickt.

Das hat sie nicht gesagt. Aber so ist es. Kaffee mit Ständer. Das Paradies in der Hölle.

Als sie ihm die Tasse reicht, macht er einen Schritt auf sie zu, und plötzlich ist er ganz verwirrt. Der Duft von frischem Kaffee. Der Duft ihres unparfümierten Körpers. Ihrer Küche. Ihres Schlafzimmers. Er traut sich nicht, ihre Hand zu berühren, die die Tasse hält. Aber sie berührt seine. Legt beide Hände um die Tasse und seine Hand. Zieht ihn zu sich. Gibt ihm einen sanften Kuss auf die unversehrte Wange. Mit einer Hand wandert sie über seinen Körper und es ist ihm peinlich, als ihre Finger plötzlich seinen Schritt streifen. Als hätte er nur das eine im Kopf. Als gäbe es nichts anderes. Aber was sollte das sonst sein?

Oh, *dios mío*, er will sie berühren. Seine Hand in ihren Slip schieben. Sich mit dem Finger zu ihrem Geheimnis vortasten, er spürt es bereits, nichts macht ihn so geil, so glücklich, als vorsichtig, langsam mit dem Finger in einem Mädchen zu kreisen, die wunderbar glatte und warme und feuchte Innenseite ihrer Scheide zu fühlen. Aber er tut es nicht. Nicht hier. Nicht mit Klara. Sie soll ihn verführen. Bestimmen, wann es so weit ist. Und sie ist es. Sie ist es, die führt. Seine Hand. Zu ihrem warmen Geschlecht. Und dann gleitet er tatsächlich mit seinem Finger in sie hinein, es ist weich und fest zugleich und glatt, wie seine Eichel, wenn er einen Steifen hat und scharf ist. Genauso. Seidenweich. Empfindlich. Es gibt nichts Vergleichbares auf der Welt.

Klara legt ihre Hand über seine Hand. Dem Rhythmus folgend. Langsam, damit er es ganz langsam macht. Wie ein stiller Sonnenregen. Sehnsucht. In ihm steckt so viel Sehnsucht. Die sie mit jeder Faser ihres Körpers spürt. Die Sehnsucht soll nicht zu schnell zu Ende sein, weil darauf Leere folgt. Als ob sie es fühlen würde, schiebt sie ihn von sich. Und lacht. Wie lacht sie? Zärtlich? Nachsichtig? Gierig? Er weiß es nicht. Er hat noch nie eine Frau wie sie gesehen. Er weiß nicht, wer sie ist. Weiß nichts über sie. Bestimmt hat sie von sich erzählt. Hat sie? Egal. Jetzt ist er hier. Er erwidert ihr Lächeln. Die feuchte Fantasie hat ihn aufgeheizt. Wie einen schlafenden Vulkan. Er hat keine Eile.

»*Mortuus in anima, curam gero cutis*«.

Er sieht sie fragend an. Muss sie ausgerechnet jetzt mit ihren Lateinkenntnissen prahlen. Was will sie ihm damit sagen? Er hasst solche Spielchen, oder wie immer man das nennen will.

»Latein«, sagt sie.

»Ja und?«

»Ich musste gerade daran denken.«

»Und was heißt das?«

»Warte«, sagt sie, geht ins andere Zimmer und schiebt eine CD ein. »Hör zu!«, ruft sie.

Eine kräftiger Choral strömt in die Küche. Im nächsten Augenblick wird die Musik leiser, die Worte sind nur noch geflüstert. Seltsam, will er gerade sagen, als sie auf ihn zukommt.

»Komm, ich wollte immer schon mal zu dem Stück lieben.«

Die Chorstimme schwillt wieder an und stürzt sich über die Musik, eine Sturmflut von Tönen. Sie geht vor ihm. Komm. Er zieht den Pullover aus, die Jeans, komm, sie greift nach seiner Hand, nach beiden Händen, füllt sie mit ihren Brüsten, streift ihm die Boxershorts ab, er hat sich noch nie so nackt gefühlt wie in diesem Augenblick. Sein Körper pocht, die Musik hat etwas

Bedrohliches. Sie verstummt. Um gleich darauf mit einem Paukenschlag wieder einzusetzen. Das gleiche Stück, immer wieder, überschwemmt den Raum, das Bett, sie beide, hämmert ihm ein, komm. Sie zieht ihn über sich. Sein Atem geht immer heftiger, das ist nicht er, die Musik macht ihn ganz kirre, sie macht ihm Angst, er weiß kaum noch, was er tut, aber es ist, als ob alles eins wäre, er, die Musik, der Chor, Klara, nein, sie wahrscheinlich nicht. Sie kniet sich über ihn, zieht ihn immer tiefer hinein in ihre Welt und schließt ihre Muschel um seinen Schwanz, wie ein Sandkorn dringt er in sie ein, es ist zum Verzweifeln schön, denn er weiß, dass es bald vorbei ist, und er will so gerne noch ein bisschen bleiben.

»Eigenartig« ist das Erste, was er sagt, nachdem er aufs Kissen zurücksinkt. Ausatmet. Sein Herz rast noch immer. Klara schaltet mit der Fernbedienung die Musik ab, die in der plötzlich eintretenden Stille nachhallt. Oder in ihm. Oder zwischen ihnen. So fühlt es sich jedenfalls an. Das ist alles verdammt eigenartig.

Sie setzt sich neben ihn.

»Carmina Burana, erster Satz.«

Er kann sich ein Lachen nicht verkneifen. Klara auch nicht. Ihre Brüste hüpfen auf und ab, als sie lacht.

»Der erste Satz? Und wann kommt der zweite?!«, schreit er fast zwischen den Lachattacken, die gar nicht aufhören wollen. Sie lachen sich den Rausch aus den Knochen.

»Was singen sie?«

»Tja, da wirst du wohl Latein lernen müssen«, sagt sie stichelnd.

»Hör auf.«

»Ist ja schon gut, ich kann auch kein Latein. Ich habe die Strophen auswendig gelernt. Im Textheft ist eine englische Übersetzung. Ich liebe diese Musik.«

»Erzähl schon«, sagt er. »Worum geht es da?«

Sie schüttelt den Kopf. Nein, sie will es ihm nicht verraten. Sie holt die CD.

»Bitte schön. Nimm sie mit.«

Wie soll er die CD jemals wieder anhören können?

»Und hör dir alle Sätze an!«

»Und was soll ich währenddessen machen?«

»Das Gleiche«, sagt sie und grinst.

»Allein?!«

»Warum nicht?«

»Das meinst du nicht ernst, Klara. Ich …«

Fast hätte er es gesagt. Es wäre ihm beinahe rausgerutscht. Er hätte es fast gesagt. Er ist selbst ganz überrascht. Für den Bruchteil einer Sekunde hatte es ihm auf den Lippen gelegen. Ich liebe dich. Oh, *dios mío*. Es hätte nicht viel gefehlt, dass er es gesagt hätte.

Wie ruhig er daliegt. Aufs Laken gegossen, völlig entspannt. Eine Hand hinterm Nacken, die andere streicht zerstreut über den Brustkorb. Sie malt einen unsichtbaren Kreis um seinen Nabel. Folgt mit dem Finger einem einzelnen dünnen Haar, das sich mit seinen Brüdern um das Geschlecht vereinigt. Das sich eingerollt hat und schläft. Es bewegt sich ganz leicht, als sie sich ihm nähert. Aber Angel liegt ganz still da und lässt sie in aller Ruhe ihre Muster zeichnen.

»Ich würde gerne tauchen lernen«, sagt er völlig unvermittelt.

Klara horcht auf. Sieht ihn an. Sein Blick ist an die Decke gerichtet. Offen und klar.

»Ich würde mir gerne die Fische und Korallen anschauen. Es gibt so viele wunderbare Dinge in den Tiefen des Meeres. Es ist unglaublich, das kannst du dir kaum vorstellen. Das Meer müsste natürlich warm sein und das Wasser klar.«

In klarem Wasser, denkt er und lächelt in sich hinein. Er würde es gerne mit ihr zusammen machen. Sie wenigstens mal mit zum Flatensee nehmen. Mit ihr zusammen schwimmen gehen. An einem lauen Sommerabend auf dem Steg neben ihr liegen und die Körper trocknen lassen. Klara rührt sich nicht. Sie liegt neben ihm und stützt sich auf den Ellbogen. Sagt nichts. Betrachtet seinen flachen Bauch, auf dem immer noch Spuren seiner Erregung zu sehen sind, berührt seine Haut mit den Fingerkuppen, liebkost die weiche Innenseite seiner Schenkel. Ein Zittern läuft durch seinen Körper. Mit wachsendem Staunen hört sie ihn weiterreden.

»Ich habe über etwas nachgedacht. Das Meer ist doch überall. Die Erde, die Kontinente also, schwimmen sozusagen im Meer. Das Meer ist also quasi das Fruchtwasser der Erde. Und die Strände stelle ich mir als die Gebärmutter der Erde vor.«

Zum ersten Mal in Angels Gesellschaft weiß sie nicht, was sie sagen soll. Er hat noch nie über solche Dinge gesprochen. Er lacht und sieht sie mit funkelnden Augen an.

»Sie haben die unglaublichsten Namen. Seemaus zum Beispiel.«

Das wollte er sich eigentlich für Katta aufsparen, irgendwann, das hätte ihr gefallen, aber was soll's, es konnten ruhig auch noch andere wissen.

»Seemaus«, sagt sie kichernd. »Hast du dabei an mich gedacht?«

»Vielleicht. Aber auch wieder nicht. Die Seemaus ist ein Vielborster, aus der Familie der Egel und Regenwürmer.«

»Das klingt eher nach dir«, sagt sie und schnipst mit ihrem Zeigefinger gegen seinen Schwanz. Reflexartig legt Angel schützend die Hand davor.

»Vorsicht! Der Vielborster hat goldfarbene Borsten«, fährt er fort. »Und die hast du, nicht ich.«

Er dreht sich auf den Bauch und schiebt sich zwischen ihre Beine. Zwirbelt ein paar blonde Schamhaare zwischen den Fingern und berührt sie ganz vorsichtig.

»Der lateinische Name ist Aphrodite acule… aculeata oder wie das ausgesprochen wird.«

Sie schwillt ganz langsam. Er ist völlig entspannt und genießt ihr Genießen, als er sie streichelt. In ihm ist keine Begierde. Es genügt ihm, sie anzuschauen, sie zu hören. Ein bisschen mit der Zunge zu schmecken. Das ist auch eine Art von Genuss. Er legt sich neben sie.

Sie reden lange. Über die eigenartigen Wesen im Meer, über die er anscheinend eine Menge weiß. Sie über ihre Reisen zu Meeren, an denen er niemals gewesen ist. Sie soll ihm immer mehr erzählen. Von den Farben. Den Wellen. Dem Wind.

»Und warum machst du keinen Tauchkurs?«, fragt sie.

»Das geht nicht.«

»Warum nicht? Du wünschst dir doch nichts sehnlicher als das«, sagt sie und streicht ihm über die Stirn.

Sie glaubt doch nicht etwa, dass er ihr den wahren Grund sagen würde? Er zuckt mit den Schultern.

»Weil es eben nicht geht.«

»Natürlich geht es! Es werden jede Menge Tauchkurse angeboten …«

»Nein«, sagt er, »es geht nicht.«

Klara spürt, wie sich seine Haut plötzlich verändert. Als hätte sie sich an einer Qualle verbrannt. Sie hätte es wissen müssen, aber sie hatte nicht mehr daran gedacht. Ihr ist klar, dass sie die Chance verspielt hat. Warum sollte es heute anders sein, als sonst. Er ist noch so jung, das darf sie nicht vergessen.

Angel starrt an die Decke.

»Was ist eigentlich mit deiner Wange passiert?«, fragt sie zärtlich und legt den Handrücken an seine Schläfe.

»Nichts Besonderes. Ich bin gefallen. Kommt vor.«

Er lächelt, aber das Lächeln ist steif und gekünstelt und verschwindet sofort wieder aus seinem Gesicht.

»Ich mach uns eine Kleinigkeit zu essen«, sagt sie und steigt aus dem Bett. »Bleib ruhig liegen.«

KAPITEL 10

Am liebsten möchte er gar nicht wieder zurück nach Farsta. Er hatte es fast vergessen. Victor, Fredrik und Katta. Als ob sie nicht länger existierten. Aber als er nach Hause kommt, sind sie wieder auf dem Anrufbeantworter und erinnern ihn daran, wo er hingehört. Zu welcher Sorte er gehört. Der Gedanke lässt ihn nicht mehr los. Er muss bei nächster Gelegenheit mit Katta darüber reden.

Klara. Gustav. Farsta. Da liegen Welten dazwischen. Seine Mutter und Natalie. Der Club. Lauter kleine Planeten, die durchs All schwirren. Und er ist der Weltraum, in dem sie rotieren. In einem unendlichen Raum ohne Anfang und Ende. Die Abstände dort sind groß.

Wie viele Nächte ist er weg gewesen? Drei? Vier? Was spielt das für eine Rolle. Am liebsten wäre er noch länger bei Klara Licht und Dunkel geblieben.

Er hatte sich vor den Schaufenstern des Tauchladens herumgedrückt, bevor er die letzten Meter nach Hause gegangen war, und sehnsüchtig die Tauchanzüge mit den grünen Einsätzen betrachtet, die Pressluftgeräte, die dunkellila Flossen, die Bleigurte, die Tauchcomputer. Tausende von Kronen.

Er hatte Klara von seinem Traum erzählt. Sie war die Erste, die davon erfuhr. Ihm war plötzlich ganz mulmig geworden, als er im Nieselregen vor dem Schaufenster gestanden hatte. Zwanzig Meter von zu Hause entfernt. In seinem Traum. Zwischen Klara und seinem Zuhause. Das es fast nicht mehr gab.

Was hatte er eigentlich gesagt?

Gustav hatte er jedenfalls nicht erwähnt.

Es riecht muffig in der Wohnung. Verlassen. Die Topfpflanzen hängen schlaff herunter. Während er ihnen Wasser gibt, hört er Manuel aus dem Club auf den Anrufbeantworter sprechen.

»Ja, ja, ja«, schreit er durch die Wohnung. »Ich weiß, ich bin ein paarmal nacheinander nicht zur Probe erschienen.« Du brauchst es nicht zu wiederholen, denkt er. Ich weiß, wie wichtig meine Anwesenheit ist. Ja, man soll sich abmelden, wenn man verhindert ist.

»Nicht einmal du, Angel, kannst dir alles erlauben«, beendet ein empörter Manuel seine Mitteilung.

Wie soll er ihm erklären, warum ihm die Proben zwischendurch scheißegal sind? Er hat tausend Gründe zu kommen oder wegzubleiben. Das ist doch lachhaft. Wenn jemand da ist, wenn es drauf ankommt, dann ja wohl er. Und überhaupt, was wäre die Gruppe ohne ihn?

Zögernd packt er seine Tasche. Wenn es nur nicht so weit weg wäre. Wie viele Stunden, Tage, Wochen hat er in der U-Bahn von Farsta nach Rinkeby und zurück vertrödelt! Und wozu das alles?

»Du bist spät dran«, murmelt Manuel, als Angel kommt. »Aber wenigstens bist du gekommen. Wir müssen hinterher miteinander reden.«

Ja, ja, und worüber? Was soll er sagen? Dass er mit einer zehn Jahre älteren Frau gevögelt hat? Dass er sich hat voll laufen lassen und bei einem Schwulen übernachtet hat, den sie nicht kennen? Dass er keinen Bock hat, gleichzeitig mit seiner Mutter im Club zu sein? Dass er immer öfter keine Lust hat? Dass er das Ganze sinnlos findet? Fahr zur Hölle, Manuel. Das geht dich nichts an. *La familia.* Wo sich einer um den anderen kümmert. Leeres Gewäsch.

Manuel ruft die Gruppe zusammen, indem er ein paarmal kurz in die Hände klatscht. Evelyn ist schon da. Sie unterhält sich mit Sara und fängt einen strengen Blick von Manuel ein. Sie verstummen. Evelyn winkt Angel zu. Gibt ihm mit einer Grimasse zu verstehen, dass Manuel stocksauer ist und dass er sich ja ruhig verhalten soll. Angel ist nicht danach, sich ruhig zu verhalten. Aber er weiß, dass ihm nichts anderes übrig bleibt.

Wie üblich sind zu wenig Jungen da. Angel muss wie ein Hund rackern. Manuel ist der reinste Sklaventreiber. Das kannst du besser! Ein Tänzer wie du macht solche Fehler nicht! Konzentration! Alles hängt von dir ab, Angel! Immer er. Der so leicht lernt. Der alles kann. Wir müssen uns aufeinander verlassen können! Sagt Manuel, der eifersüchtig seine Stellung verteidigt und die Gruppe und Angel als Aushängeschild benutzt. Er ist mein Bester, sagt Manuel und legt den Arm um Angels Schulter. Wenn es ihm passt, ja.

In der Pause gehen sie in die Küche. Angel ist wütend.

»*Hijo de puta*«, zischt er so leise, dass nur Evelyn ihn hört. »Was ist bloß mit Manuel los?! Er hat wegen jeder Kleinigkeit was auszusetzen!«

»Du weißt doch, wie er ist«, versucht Evelyn ihn zu beruhigen. »Du warst zu oft weg, und jetzt ist es nicht mehr lange bis zu dem Fest.«

»*No me importa un pito!* Ich habe diese Feste derart satt!«

Ihm ist völlig schleierhaft, wie er auf dasselbe Fest wie seine Mutter, Felicia und Raoul gehen soll.

»Du hast doch wohl nicht die Kulturtage im Kulturhaus vergessen? Das Fest im August soll die Generalprobe dafür sein.«

Was für Kulturtage? Das war ihm vollkommen entfallen.

»Das ist doch immer der gleiche Einheitsbrei«, sagt er genervt. »Fünftausend Tanzgruppen, Gesangsgruppen, Kindergruppen, Indianergruppen, Salsagruppen, Friedensgruppen, Piroggengruppen, Kebabgruppen, eine Million Kanaken und drei eingeheiratete Schweden. Kommt einem das nicht irgendwie bekannt vor?«

»Der Minister für Einwanderungsfragen kommt.«

»Warum nicht gleich der UN-Generalsekretär«, sagt er trocken.

Evelyn lacht.

»Was erwartest du eigentlich? Entdeckt zu werden?! Darf ich Ihnen Angel präsentieren, *El Bailarín del Cielo*«, sagt sie ironisch.

Er schnaubt.

»Ich brauch eine Fluppe«, sagt er. »Kommst du mit raus?« Er nickt in Richtung Küchentür. Auf dem Weg nach draußen schnorrt er eine Zigarette von Sara, die ihm eine kleine Schachtel Prince light rüberwirft.

Angel und Evelyn stellen sich neben den Müllraum. Er weiß, dass er sich nach Fredrik erkundigen sollte. Aber er will nichts davon hören. Wenn sie erzählen möchte, wird sie es schon tun. Die Tür hinter ihnen geht auf.

»Hier stehst du also!«

Angel sieht Evelyn an und verdreht die Augen.

»Und was habe ich wegen der Raucherei gesagt! Ich will mit dir reden.«

»Später«, sagt Angel. Manuel seufzt und schließt die Tür.

»Der nervt vielleicht.«

»Du bist ungerecht. Er mag dich«, sagt Evelyn.

»Vielleicht zu sehr«, sagt Angel. »Es ist wohl das Beste, wenn ich jetzt reingeh. Aber ich habe keine Lust. Das ist die pure Wahrheit. Ich hab keine Lust, Evelyn.«

»Wie sieht's aus, heute Abend im Paradiso? Oder hast du dazu auch keine Lust?«

Was soll er darauf antworten? Nein. Ja. All die Gedanken

und Lieder, die ihm im Kopf herumschwirren. Aus denen nichts wird. Mit denen man nichts anfangen kann. Ihm fehlen so viele Worte. Löcher. Wie Löcher im Hirn. Obwohl, es sind gar nicht die Worte! Es sind die Gedanken, die fehlen. Die ihm entgleiten. Man weiß, dass sie da sind, aber sie müssen erst gedacht oder formuliert werden, bevor sie wirklich werden. Aber wie soll man sie formulieren, wenn man nicht weiß, wie sie ausgesprochen werden. Ob sie womöglich anders klingen als im Kopf, wenn sie den Mund verlassen? Liebe zum Beispiel. Oder Hass? Was dann? Und wenn man gar nichts sagt. Was passiert dann?

»Nein, ich mach es mir zu Hause gemütlich und lese Neruda«, sagt er grinsend.

»Du? Wer's glaubt, wird selig! Mit wem, wenn man fragen darf?«

Mit niemandem. Die zweite pure Wahrheit. Er tritt die Zigarette mit der Hacke aus. Heute wird es einen schönen Abendhimmel geben. Dunkel klar. Kann man das so sagen? Evelyn weiß das bestimmt. Sie liebt Worte.

»Was ist das schönste Wort, das du kennst?«, fragt er, ohne zu überlegen.

Evelyn sieht ihn erstaunt an.

»›Ich liebe dich‹, gilt nicht«, fügt er schnell hinzu.

Sie schaut verträumt an den Himmel, während sie nachdenkt.

»Zitronengras, glaube ich«, sagt sie kurz darauf. »Zitronengras«, wiederholt sie langsam. »Das kann man gleichzeitig riechen und schmecken und fühlen. Es ist gelb und grün, weich und frisch, alles zugleich. Probier es mal, sprich es aus. Und irgendwie ist es gleichzeitig schwedisch und ausländisch. Oder weder noch. Und deins?«

»Etwas Anderes«, sagt er.

»Ja, das hab ich mir gedacht. Aber was?«

Ja, was? Warum hat er diese idiotische Frage gestellt. Er hätte sich doch denken können, dass sie ihm eine Retourkutsche schicken würde. Er überlegt. Irgendwas wird ihm doch einfallen, womit er sie zufrieden stellen kann. An spanischen, schwedischen und englischen Worten mangelt es ihm nicht. Mit einem Mal erinnert er sich ganz deutlich. Wie sie mit den Worten gespielt haben. Aus Peter Pan wurde Pater Pen. Aus Mickey Mouse Mauke Mies. Er hatte jahrelang darüber gelacht. Und reden, reden sollte man. Es aussprechen. Wenigstens versuchen. Auch, wenn es schwer fiel. Auch, wenn es wehtat. Sagte Gustav. Aber man kann nicht über alles reden. Da hat Gustav Unrecht gehabt, verflixt Unrecht. Es gibt gewöhnliche Wörter. Ausgefallene Wörter. Gefährliche Wörter. Leise. Einsame Wörter. Es gibt zu viele Wörter. Nein, zu viele Gedanken, für die einem die Wörter fehlen. Im Moment fühlt er sich einfach nur ausgelaugt. Bald muss ihm was einfallen.

»Seemaus, vielleicht.«

Evelyn seufzt.

»Ich dachte, *ich liebe dich* gilt nicht. Lass dir was Besseres einfallen.«

Die Tür geht auf.

»Wir wollen weitermachen«, sagt Manuel und sieht Angel vorwurfsvoll an.

Schmerz vergeht. Aber wenn er bleibt, wächst er. Hatte Gustav das nicht gesagt? Steckt der Schmerz in den Worten?

Manuel hat alles gut durchgeplant. Die Abfolge der Tänze. Er hat eine Band engagiert, die live spielen wird. Evelyns Mutter singt. Sie wird die Lola Flores des Clubs genannt. Sie wollen zu einer Mischung aus Lola-Flores-Liedern tanzen; *Pena, penita, pena, Adoro, Que me coma el tigre* und zum Schluss *La Bomba Gitana*. Angel hat die Lieder schon tausendmal gehört. Er soll die Hauptrolle in Adoro tanzen. Ausgerechnet. Das ist kein gewöhnlicher Tanz. »Improvisation, Angel«, sagt Manuel und sieht Angel herausfordernd an. Und zum ersten Mal ist Angel nicht sicher, ob er will. Eigentlich liebt er diese Lieder. Und die Texte. Lola Flores' Art zu singen.

Nach der Probe zieht Angel sich eilig um. Er will nicht mit Manuel über die ausgefallenen Proben diskutieren. Über seine Pläne, die er mit Angel hat. Er verabschiedet sich noch nicht einmal von Evelyn, die wie immer mit Sara zusammengluckt. Ob Fredrik heute Abend wohl auch ins Paradiso geht?

In der Tür stößt er mit Victor zusammen, der auch gerade auf dem Abflug ist.

»Lebst du noch? Wo hast du gesteckt?!«

»Und was machst du hier?«, kontert Angel. Fluchtalarm!, hört er Kattas Stimme in seinem Innern.

»Ich hatte gerade ein Gespräch mit Enrique. Er hat mich gefragt, ob ich nicht Lust hätte, Hilfstrainer für seine Knirpsmannschaft zu werden. Assistent Victor Donoso, wenn ich bitten darf.« Victor lacht. »Willst du nach Hause?«

Doch, das hatte er vor.

»Kannst du zwei Sekunden warten? Ich muss nur noch kurz mit Evelyn sprechen.«

Angel hatte sich darauf eingestellt, den Walkman aufzusetzen und wenigstens einen kurzen Moment seine Ruhe zu haben. In die dunklen Tunnel hinauszustarren. Den Leuten beim Ein- und Aussteigen zuzusehen. Aber vielleicht war es ja auch ganz nett, die Bahnfahrt mit Victor zu verplaudern.

»So, das wäre geklärt!«, sagt Victor, als er zurückkommt. Sie machen sich auf den Weg zur U-Bahn-Station.

»Was?«

»Ich habe Fredrik versprochen, heute Abend ein Auge auf Evelyn zu haben. Also, ich meine, darauf zu achten, dass niemand anderes ein Auge auf Evelyn wirft, du weißt schon. Auf sie kann ich mich verlassen. Aber nicht auf all die *muchachos cali-*

entes, die sich da rumtreiben«, sagt er und lacht. »Man weiß ja, wie die Latinos so sind.«

Und selbst, würde Angel am liebsten fragen. Warum bist du nicht so? Du baggerst nie jemanden an. Victor spannt seine Armmuskulatur und lacht:

»Ich werde ihr Bodyguard sein und sie mit meinem eigenen Blut verteidigen. Was mir hoffentlich erspart bleibt. Kommst du auch?«

»Ins Paradiso?« Angel schüttelt den Kopf. »Nein, keinen Bock.«

»Muss ich mir Sorgen machen? Du lässt doch sonst keine Gelegenheit aus?!«

Angel grinst schief. Victor will es wirklich wissen.

Die Bahn rollt in die Station ein. Sie setzen sich im vorderen Wagen auf zwei gegenüberliegende Plätze.

»Hast du Fredrik mal wieder gesehen?«

Nein. Habe ich nicht. Dazu habe ich auch keine Lust. Wozu soll das gut sein? Angel zuckt mit den Schultern.

»Du solltest dich bei ihm melden. Er scheint völlig durch den Wind zu sein.«

»Wie kommt's, hat Hammarby mal wieder verloren?«

Victor lacht.

»Nein. Er hat seine Unschuld verloren. Glaube ich wenigstens. Er ist doch noch unschuldig? Oder war es vielmehr. Vor ein paar Tagen ist er bei Evelyn gewesen. Ich weiß zwar nicht, was passiert ist, aber seitdem läuft er wie paralysiert durch die Gegend. Vielleicht ist das der Kulturschock! Er hat jedenfalls mehrmals versucht, dich anzurufen.«

»Ich weiß«, murmelt Angel.

»Wo bist du überhaupt gewesen?«

Als Angel nicht antwortet, zieht Victor die Augenbrauen hoch. Er klopft Angel auf den Oberschenkel.

»Eine Braut natürlich.«

Angel sieht Victor provozierend an.

»Gib's zu! Wer ist es?«

»Ja, es ist eine Braut«, sagt Angel und schaut nach draußen. Er begegnet Victors Blick im Fenster. »Du kennst sie nicht.«

»Spielt keine Rolle. Erzähl schon. Was treibt ihr so? Wo wohnt sie?«

Verdammt, warum hat er das gesagt. Genau das wollte er vermeiden. Das geht Victor nichts an.

»Na, wird's bald!«

»Da gibt es nicht viel zu erzählen«, sagt er.

»Okay.« Victor lehnt sich gefrustet zurück. »Verstehe.«

Nein, tust du nicht!

Victor sagt nichts mehr, schaut woandershin. Sein Blick flackert hin und her. Zwischendurch heftet er sich auf Angel. Musternd. Angel kennt diesen Blick. Als ob Victor etwas ganz Bestimmtes von ihm erwartet.

»Ist sie hübsch?«, fragt er schließlich nach einer langen Pause.

Angel muss grinsen.

»Was glaubst du wohl?«, antwortet er müde.

Das würde eine lange Bahnfahrt werden.

Angel ist erleichtert, als sie sich Farsta nähern. Er will seine Ruhe haben. Aber ihm ist auch klar, dass er sich dringend bei Fredrik melden muss. Sonst wird Fredrik sauer. Wenn er das nicht längst ist. Angel ahnt schon, wo der Hund begraben liegt. Fredrik bringt sicher Dosenbier mit, das er in sich aufsaugt wie ein Schwamm. So verzweifelt, wie er am Telefon klang. Und dann fängt er wieder an zu heulen und will wissen, was an ihm auszusetzen ist. Ätzend. Aber aufs Paradiso hat er auch keine Lust. Dann schon lieber Fredrik. Wozu sind schließlich Freunde da. Obwohl Katta ihm jetzt endeutig lieber wäre. Sie hätte er fast vergessen. Gemieden, würde sie sagen, garantiert. Vielleicht liegt sie gar nicht so falsch damit.

Sie steigen aus der Bahn. Schlendern planlos zwischen den Häuserblocks von Farstas Zentrum herum. Ach verdammt! Plötzlich fällt ihm wieder ein, dass seine Mutter und Natalie morgen Abend nach Hause kommen. Natalie wird sich in seine Arme schmeißen. Am liebsten würde er sich vor Natalies begeistertem Geschnatter über Pferde und Schafe und alles, was sie auf Gotland gemacht haben, drücken. Dabei ist Natalie gar nicht das Problem. Das eigentliche Problem ist seine Mutter. Er kann inzwischen nicht mehr nachvollziehen, warum es ihm damals so wichtig war, wieder zu ihr zu ziehen.

»Kommst du mit zum Training?«, fragt Victor. »Ich muss nur noch mal kurz nach Hause, bevor ich ins Studio geh.«

»Hast du sie noch alle! Manuel ist den reinsten Militärdrill gefahren. Ich bin völlig fertig. Mir langt es für heute.«

»Jetzt komm schon«, sagt Victor enttäuscht. »Du bist schon ewig nicht mitgekommen.«

»Morgen, versprochen! Ich kann jetzt nicht …«

»Jedes Mal das Gleiche«, fällt Victor ihm ins Wort. Er klingt genervt. »Kann nicht, will nicht, hab keine Zeit. Das sagst du dauernd. Du hättest mich ruhig fragen können, was ich in der Zwischenzeit gemacht habe, als du abgetaucht warst, was auch immer du getrieben hast. Wahrscheinlich wieder eine Braut flachgelegt.«

Wenn es so einfach wäre.

»Und wann warst du das letzte Mal zum Essen bei uns? Mama wundert sich schon und ich weiß nicht, was ich ihr sagen soll.«

Kannst du dich noch an Gustav erinnern, Victor? Du hast ihn getroffen. Mindestens einmal. Ich habe ein Foto gesehen, auf dem du auch drauf warst. Du hast schräg hinter mir gestanden. Wir waren noch klein, elf, zwölf vielleicht. Es war im Club. Keine Ahnung, was Gustav dort gemacht hat.

»Morgen Abend, versprochen.«

❖❖❖

Ich muss ununterbrochen an ihn denken. Was passiert sein könnte. Weshalb bei ihm zu Hause niemand ans Telefon geht. Wo seine Mutter steckt.

Ja, wo steckt sie, verdammt noch mal? Ich habe die Liste ihrer an Angel begangenen Vergehen wiedergefunden und sie auf den neusten Stand gebracht. Letzter Eintrag: die Nacht neulich! Ich möchte mir nicht einmal vorstellen, was in der Zeit dazwischen alles vorgefallen ist.

Ich habe daneben gestanden und konnte nur zusehen, wie Angel von einem Tag auf den anderen wieder zu seiner Mutter zog. Natürlich hatte er sie schrecklich vermisst. Er wusste nicht, was José und ich wussten.

Ich weiß. Angel ist siebzehn, bald achtzehn, und kommt allein zurecht. Wenn es nur nicht so typisch wäre! Angel hat sie mir gegenüber mit keiner Silbe erwähnt und ich habe mich nicht zu fragen getraut.

Claes wirtschaftet in der Küche herum und bereitet das Abendessen vor. Es fällt mir schwer, meine Gedanken zusammenzuhalten. Angel hat eine merkwürdige Leere hinterlassen, nachdem er gestern gegangen ist. Und ich bin unsicher, ob er zurückkommen wird. Claes ist die Geduld in Person. Er pfeift unbeschwert, während er den Tisch deckt. Schenkt mir einen Drink ein und gibt mir einen Kuss auf die Wange. Bittet mich, den Wein zu entkorken.

Wie viel habe ich Claes eigentlich erzählt? Von Angel. Von José. Die ganze Geschichte, natürlich. Aber nicht die ganze Wahrheit. Ich habe es so erzählt, als wäre es nur eine Geschichte. Mit Anfang, Spannungsbogen und Ende. Ein Bruchteil des gesamten Lebens auf der Erde. Ein Leben unter Milliarden Leben. Das den Gang der Welt nicht verändert, aber einzelne Menschen beeinflusst. So werde ich es erzählt haben. Ein Stückchen hier, ein Stückchen da, aber in einer logischen Reihenfolge, die nicht der Wirklichkeit entspricht. Genauso, wie Claes mir von seinem Leben erzählt hat. Zusammenfassend. Konstatierend. Erklärend. Aber nie ganz der Wahrheit entsprechend.

Im Augenblick befinde ich mich im Brennpunkt der Geschichte und muss mir widerstrebend eingestehen, dass ich mir etliches zurechtgebogen habe. Um weitermachen zu können. Damit es möglich für mich wurde, Claes zu begegnen, einen neuen Mann in mein Leben zu lassen. Um die Trauer bewältigen zu können.

Claes deckt den Tisch, an dem José, Angel und ich so oft zusammen gesessen haben. An dem Angel erst gestern gesessen hat. Und angefangen hat zu erzählen. Fragen zu stellen. Ich werde das Gefühl nicht los, dass ich zu viel gesagt habe. Wer kann abschätzen, wie viel ein anderer wissen sollte?

»Ich habe auch Briefe bekommen«, hatte Angel leise gesagt. »Aber das ist schon lange her.«

Mir kam sofort der gehässige Gedanke, dass seine Mutter die Briefe wahrscheinlich abgefangen und entsorgt hat. Wie damals, als Angel nach einem Wochenende bei ihr nach Hause kam und erzählte, dass seine Urlaubsfotos von unserer gemeinsamen Reise, die er mit einer Einwegkamera gemacht und zum Zeigen mitgenommen hatte, weg und unauffindbar seien. Oder dass sie Angel nichts von meinen Versuchen, Kontakt zu ihm aufzunehmen, erzählt hat. Ich habe es verdrängt. Die Angriffe waren gegen mich gerichtet, gegen mich hatte sie etwas. Gegen die ganze Idee, sozusagen. Warum sollte es Angel nicht genauso ergangen sein wie mir? Die Briefe, die am Anfang noch in kurzen Abständen kamen, dann immer seltener, bis sie schließlich ganz ausblieben. José, wie konntest du aufhören, ihm zu schreiben? Ist dir denn nicht klar, was du damit angerichtet hast?! Du hast hier in Schweden auch einen Sohn! Obwohl das typisch für ihn wäre. Aufzugeben, nicht durchzuhalten.

Es stellte sich heraus, dass die Briefe an Angel eher ausgeblieben waren als die an mich. Wenn es tatsächlich stimmte.

»Warum habt ihr Schluss gemacht?«, fragte Angel mich, als er aus der Dusche kam. Ich bin ihm die Antwort schuldig geblieben.

Was hätte ich antworten sollen? Dass wir nie aufgehört haben, einander zu lieben? Dass die Enttäuschungen sich zu sehr gehäuft hatten? Dass das Leben uns unter seinem Gewicht erdrückt hat?

Ich habe Angel nichts davon gesagt, dass er zwei Halbgeschwister in Chile hat.

Alle Briefe, die er geschrieben hat! Wollte er damit meine Gefühle für ihn am Leben halten?! All die Worte. Die mich buchstäblich zum Kochen gebracht haben. Da sitzt er in San Antonio in Chile und schreibt, dass er mich eigentlich immer noch liebt!

Ich habe Claes diese Briefe bisher nicht gezeigt. Jetzt hole ich sie. Ich schiebe die Teller und Gläser beiseite und breite die Briefe und Postkarten zwischen uns aus. Claes sieht mich erstaunt an. So viele?!

»Lies sie«, sage ich.

»Warum sollte ich?«

»Damit du verstehst.«

»Was soll ich verstehen?«, fragt er.

Ich habe nicht auf seine Briefe geantwortet. Doch, am Anfang schon, zugegeben. Ich konnte nicht widerstehen. Hatte die Hoffnung noch nicht ganz aufgegeben. Ich schrieb zurück und berichtete ihm, was ich über Angel wusste. Was bald verschwindend wenig war. Also fing ich an, mir Sachen auszudenken. Um José nicht zu beunruhigen! Ich log und schrieb ihm, dass Angel und ich regelmäßig Kontakt hätten.

Dabei hatte Gabriela mir untersagt, mit ihm zu sprechen. Ein paarmal hab ich ihn von der Schule abgeholt. Für ein paar gestohlene Nachmittagsstunden, wenn sie bei der Arbeit war. Ich habe mich erkundigt, wann im Club Aufführungen stattfanden, um dorthin zu fahren. Aber es war zwecklos. Es klappte einmal. Schon beim nächsten Mal brachte sie ihn weg, ehe er mich gesehen hatte. Und ich gab auf. Stellte die Anrufe und die Besuche ein.

Ich habe genau das getan, was ich so verabscheue. Ich habe ein Kind verraten. »Das ist nicht deine Schuld«, sagt Claes. »Er ist nicht dein Kind.« Aber wessen Schuld ist es sonst?! Und mein Kind? Nein, vielleicht nicht. Aber was gibt den Ausschlag, zu wem ein Kind gehört?

Wie durch Watte höre ich Claes sagen: »Warum glaubst du, dass du ihn verraten hast? Was ist mit José, der sich bis ans andere Ende der Welt verdrückt hat? Oder mit seiner Mutter, die ihn manipuliert und ihm Unwahrheiten eingeflüstert und sich selbst immer am meisten bemitleidet hat?«

Doch, ich höre, was er sagt. Er hat ja Recht, wirklich. Aber andererseits auch wieder nicht. Angel hatte sich für mich entschieden. Und ich habe ihn verraten.

Verzeih mir! Ich wusste nicht, dass das Gefühl immer noch so stark ist.

Wie kann man jemanden lieben, den man verraten hat?

Claes sieht mich ruhig an.

»Genau das ist es«, sagt er. »Da hast du die Antwort.«

Er scheint erstaunt darüber, dass ich nicht verstehe, was er damit meint. Er steht auf und räumt den Tisch ab. Und als er mir erklärt, was er meint, komme ich mir fast ein bisschen dumm vor, weil die Antwort so simpel ist. »Genau das ist mit José passiert«, höre ich ihn aus der Küche sagen. »Genau das, was du jetzt fühlst. Wird es nicht langsam Zeit, das zu begreifen?«

Ja, wahrscheinlich.

»Kinder verzeihen ihren Eltern. Wenn die Eltern es zulassen.«

Seit wann ist Claes Experte in Kinderfragen?

»Ich bin nicht sein Vater.«

Claes schüttelt resigniert den Kopf und lächelt.

»Manchmal bist du ein hoffnungsloser Fall, weißt du das? Du bist so loyal, dass es fast schon wehtut. Wer hat eben noch behauptet, er sei wie ein Vater für ihn? Ich frage ja nur.« Er zieht ironisch die Augenbrauen hoch.

Ich schiebe die Briefe zusammen. In einigen Umschlägen stecken Fotos. Von seinen neuen Kindern; ein süßes kleines Mädchen und ein genauso süßer, etwas älterer Junge vor dem kleinen Haus, in dem er wohnt. José mit seiner Frau, Mariluz, einer Freundin aus seiner Kindheit. Absurderweise Bilder von José und, wie er schrieb, seinem besten Freund Javier. Er musste es mir erzählen, an wen sollte er sich sonst wenden? Als ob ich hören wollte, was sie zusammen trieben. Ich frage mich, wie viel Mariluz weiß. José machte so weiter wie bisher. Verrät die, die er gewählt hat. Jeder Brief endet mit einem *Ich werde dich immer lieben*. Weiß Javier davon?

Ich lege die Briefe in den Sekretär zurück. Vielleicht sollte ich mich davon befreien. Aber ausgerechnet jetzt, wo Angel …? Soll ich ihm die Fotos zeigen? Ich weiß es nicht. Ich sehe mir die Briefstempel an und frage mich, ob José noch dort wohnt. Zu Claes sage ich, dass er die Briefe jederzeit lesen kann.

KAPITEL 11

Ich hab mich bis auf die Knochen blamiert«, sind Fredriks erste Worte.

Das ist ja ganz was Neues. Fredrik hält ihm eine Plastiktüte mit Bierdosen hin.

»So schlimm?«, fragt Angel grinsend und geht in die Küche. Fredrik nickt finster.

Es ist noch warm genug, um draußen zu sitzen. Angel trägt die Tasche raus auf den Rasen.

»Willst du einen Toast?«

Während Angel den Sandwichgrill aufstellt und sich um die Toaste kümmert, läuft Fredrik wie ein aufgescheuchtes Huhn im Wohnzimmer hin und her. Er steckt sich einen Glimmstängel an.

»Was ist das hier?«, fragt er, als Angel ins Wohnzimmer kommt. Fredrik hält Klaras CD in der Hand. Angel tut unbeteiligt und geht an Fredrik vorbei nach draußen. Er hatte sie aufgelegt, nachdem er nach Hause gekommen war, und sich alle Sätze angehört. Schon beim ersten Paukenschlag hatte er einen Steifen bekommen.

»Bring einen Aschenbecher mit raus«, ruft er anstelle einer Antwort. Wie konnte er so dämlich sein, die CD offen liegen zu lassen. Fredrik war der Letzte, mit dem er seine Fantasie teilen wollte. Nein, stimmt nicht, die Letzte war seine Mutter. Die CD muss schnellstens wieder in die Schachtel in seinem Schrank. Damit seine Mutter sie ja nicht in die Finger bekommt.

Fredrik trottet hinter Angel her auf den Rasenplatz. Er sieht auf die Uhr. Bald ist Evelyn im Paradiso. Welche Ironie, dass es ausgerechnet Paradiso heißt.

»Was heißt eigentlich Hölle auf Spanisch?«

»*Infierno*. Warum?«, fragt Angel überrascht.

»Vom Paradiso zum Infierno. Lass mal ein Bier rüberwachsen.«

»Eigentlich heißt es *paraíso*«, klärt Angel ihn auf. »Paradiso wird es wahrscheinlich nur genannt, damit die Schweden es auch verstehen.«

»Scheiß drauf. Ich brauch jetzt sowieso kein Spanisch mehr zu lernen.«

Immer das gleiche Spiel, denkt Angel. Er ist ein Weltmeister im Um-den-heißen-Brei-Reden. Seufzt und starrt mit feuchten Hundeaugen vor sich hin. *Und du bist ein Weltmeister im Dich-Drücken,* hört er Katta sagen. Es scheint jedenfalls ganz offensichtlich um Evelyn zu gehen.

»Ich war sicher, dass du auch ins Paradiso gehen würdest«, sagt Fredrik.

Angel antwortet nicht und fängt an, seine Entscheidung zu bereuen. Er sieht den Abend schon deutlich vor sich. Fredrik, das sinkende U-Boot. Sein pessimistischer Weltschmerz, während er ein Bier nach dem anderen in sich hineinschüttet. Mit Sicherheit wird auch der eine oder andere Schluchzer nicht fehlen. Hoffentlich auch der eine oder andere Lacher. Und seine Aufgabe wird es sein, ihn aufzupäppeln. Die Vorstellung wird damit enden, dass Fredrik auf dem Sofa übernachtet.

»Und warum gehst du nicht?«, fragt Angel.

»Kann nicht.«

»Aber Evelyn ist doch auch da. Victor hat erzählt, dass du ihn gebeten hast, Evelyn im Auge zu behalten. Wozu?«

»Prost!«, sagt Fredrik und nimmt einen Schluck. »Es begann im Paradies und endet in der Hölle.«

Fredrik trommelt mit der Hand gegen die Bierdose. Beißt sich auf die Lippe. Zwinkert mit den Augen. Heult er etwa jetzt schon?, denkt Angel. Die Lage scheint wirklich ernst zu sein. Das kennt er zur Genüge. Mit dem Unterschied, dass Fredrik diesmal nüchtern ist.

Angel braucht dringend Bewegung. Er geht in die Küche und nimmt Popmais aus dem Schrank, setzt einen Topf mit Öl und dem Mais auf die Platte und wartet, bis die Maiskörner in der Ölfolter anfangen zu wimmern und gegen den Deckel springen.

»Jetzt reiß dich aber mal zusammen«, sagt Angel, als er wieder nach draußen kommt und die Schüssel mit Popcorn auf den Tisch stellt. Fredrik grapscht sich eine Hand voll. »Worum geht es?«

»Ich weiß nicht, Angel. Du musst mir versprechen, nicht zu lachen.«

Ganz schlecht. Das heißt meistens, dass man genau das tun wird. Angel grinst ihn schief an.

»Wie soll ich das versprechen können?«

»Versprich es einfach, ist das denn so schwer?«

»Okay, okay, okay, *Misery Man*. Hat Hammarby verloren?«

»Wie witzig.«

»Oder hast du wieder was aus der Tageskasse abgezweigt?«

»Hör auf, Angel. Das ist wirklich nicht komisch. Apropos«, sagt Fredrik und zückt sein Portmonee, »hier ist die erste Rate. Tausend Kronen. Danke fürs Leihen. Den Rest kriegst du, wenn ich meinen nächsten Lohn bekomme.«

Angel hält plötzlich zwei Fünfhundertkronenscheine in der Hand. Jetzt hat er schon zweitausend. Geld, von dem er nicht weiß, was er damit anfangen soll. Er will es nicht haben. Das ist nicht sein Geld. Das Geld gehört Gustav. Selbst wenn er wollte – es würde nicht weit reichen. Für einen guten Nasstauchanzug, mehr nicht. Eine neue Jacke, Sportschuhe, einen Abend in Gröna Lund, ein Computerspiel, irgendwas würde er sicher damit machen können. Klara zum Essen einladen! In ein richtig schickes Restaurant. Eine hervorragende Idee. Weiße Tischtücher und Kerzen. Kellner, die einem aufwarten. Völlig frei aus der Karte wählen können. Drinks. Champagner, ja, warum nicht Champagner! Bei dem Gedanken schlägt sein Herz schneller. Dass ihm das nicht eher eingefallen ist. Das wäre doch genau das Richtige. Er steckt die Scheine ein.

Aus dem Augenwinkel sieht er Fredrik die nächste Zigarette anzünden.

»Was heißt hier, weiß ich nicht? Warum bist du dann überhaupt hier, wenn du es nicht weißt?«

»Ich weiß nur nicht, wie …«

»Raus mit der Sprache!« Angel vermutet das Schlimmste. Das sähe Fredrik ähnlich. Er weiß wahrscheinlich kaum, wie man ein Kondom überzieht, und hat sich garantiert noch nie mit einem Kondom einen runtergeholt. Es könnte einen ja jemand dabei erwischen! Und leere Kondompackungen in der Nachttischschublade oder im Mülleimer finden.

»Was versuchst du mir zu sagen? Oder nicht zu sagen. Glaubst du, dass du Evelyn geschwängert hast?«

»Wenn es das nur wäre.«

Angel traut seinen Ohren nicht.

»Was soll das heißen?«

»Ich habe nicht mal die Chance gehabt, sie zu schwängern.«

»Drück dich gefälligst verständlich aus.«

»Versprich, nicht zu lachen.«

Angel flucht innerlich. Verdreht übertrieben die Augen, damit Fredrik es sieht. Fredrik kann einen wirklich zum Wahnsinn treiben.

»Brauchst du noch ein Bier, bevor du endlich sagen kannst, worum es geht? Oder besser gleich eine ganze Palette, wenn wir schon dabei sind?«, sagt er ironisch. Aber Fredrik hat gerade keinen Sinn für Ironie. Er kippt den Rest Bier herunter und macht eine neue Dose auf.

»Schwanger ist sie also nicht?«, sagt Angel.

»Nein, garantiert nicht. So viel ist sicher. Das ist aber auch das Einzige, was ich weiß.«

Jetzt, denkt Angel, jetzt fängt er an zu flennen. Aber das tut Fredrik nicht. Er sieht einfach nur niedergeschlagen aus. Nimmt einen Zug. Es ist ihm ein Rätsel, wie ein Mensch so viel qualmen und so schnell trinken kann. Fredrik ist wirklich ein nervöses Hemd. Und ab und zu ist er verflixt anstrengend. Wenn er so dasitzt. Unglücklich. Fordernd. Bettelnd. Ein Häufchen Elend.

Fredrik nimmt Anlauf.

»Evelyn und ich wollten uns treffen«, setzt er an. »Bei ihr zu Hause. Du findet das sicher komisch, aber …«

Verdammt noch mal, Fredrik. Ich werde nicht lachen. Nicht mal grinsen.

»Weißt du noch, als ich Evelyn das erste Mal begegnet bin und nicht mal gemerkt habe, dass ich eine Latte hatte, und eine Ladung an die Hauswand gespritzt habe, erinnerst du dich?«

Angel nickt.

»Klar!«, sagt er grinsend. »Solche Sachen vergisst man nicht.«

Fredrik lacht resigniert.

»Stimmt, solche Sachen bleiben haften.« Danach guckt er genauso trübsinnig aus der Wäsche wie vorher. »Äh, also, ich muss zugeben, auch wenn du es vielleicht nicht glaubst, Angel, aber ich habe noch nie … das ist oder vielmehr wäre das erste Mal gewesen …« Fredrik verstummt.

Jetzt kann Angel sich doch nicht mehr beherrschen. Er muss einfach grinsen.

»Das war mir schon klar.«

»Ach so, ah ja«, sagt Fredrik mit eingeschnapptem Blick auf Angel. »Jedenfalls, ich hab mich in die U-Bahn gesetzt und bin nach Rinkeby rausgefahren. Sie hatte mir eine genaue Wegbeschreibung gegeben, wie ich gehen musste, du weißt schon, ich war ja noch nie dort.«

Erspar mir die Details, denkt Angel. Ich kenne den Weg, du Dödel.

»Degerbygränd 16!«, sagt Fredrik plötzlich so laut, dass Angel zusammenfährt. »Das Schlimmste, was passieren konnte, ist im Degerbygränd 16 passiert!«

»Was ist mit Hammarbys Niederlage im Schwedischen Pokalspiel?«

»Läster nicht.« Jetzt muss selbst Fredrik lachen. »Das hier ist ernster.«

Fredrik sieht aus wie ein punktierter Fußball. Raus aus dem Spiel. Neuer Ball, bitte.

»Du bist immer noch nicht damit rausgerückt, was eigentlich passiert ist. Außer dass es mit Evelyn zu tun hat, dass sie kein Kind kriegt, dass sie dich geil macht …«

»Hör auf, sag so was nicht!«, unterbricht Fredrik ihn wutschnaubend. »Geil! Das klingt so billig. Ich bin nicht geil, ich liebe sie!«

»Na dann, prost«, sagt Angel und spürt, wie das Bier in seinem Kopf den ersten Doppelsalto schlägt. Fredrik funkelt ihn wütend an. Danach herrscht erst einmal Schweigen. Popcornknirschen zwischen den Zähnen. Angel schnappt sich einen Glimmstängel. Irgendwas muss er machen. Fredrik scheint sich nicht durchringen zu können. Und er hat keine Lust mehr, ihm jeden Popel einzeln aus der Nase zu ziehen. Angel blickt an den Himmel hoch. Doch, er ist wirklich dunkel klar. Dort oben verbergen sich die großen Gedanken. Schön. Still. Nicht der kleinste Windhauch. Und da oben zwischen den Sternen, die an dem hellen Sommernachtshimmel kaum zu sehen sind, kreisen Planeten ohne Leben auf ihren festgelegten elliptischen Bahnen. Außer Stande, zu einem anderen Zentralstern zu wechseln.

Klara Licht. *Mortuus in anima, curam gero cutis*. Er hatte es im Textheft nachgeschlagen: *My soul is dead, so I shall look after the flesh*. Er wirft einen Blick zu Fredrik. Was weiß Fredrik eigentlich? Ganz allgemein. Ich bin nicht geil, ich liebe sie! Was sollte das heißen! Warum saß er hier zusammen mit Fredrik, wenn er bei Klara sein konnte. Er hätte gerne ein Bild von ihr. Um sich immer an sie erinnern zu können. Beim Durchblättern von Gustavs Fotoalben hatte er sich plötzlich wieder an Dinge erinnert, von denen er nicht wusste, dass er sie vergessen hatte. Die Vergangenheit fegt wie ein Wind über uns hinweg, hatte Gustav gesagt. Zwischendurch flaut der Wind ein wenig ab, aber man kann sicher sein, dass er irgendwann wieder auffrischen wird.

Und wenn der Wind zum Sturm wird? Orkanstärke erreicht und Dächer und Bäume mit sich reißt, Fenster zerschmettert und Flüsse über die Ufer treten lässt?

»Weißt du«, sagt Fredrik und bricht die Stille, reißt Angel aus seinen Gedanken. »Ich habe so lange darauf gewartet. Und ich wollte, dass es richtig gut wird, dass es schön für sie ist. Sie ist eine unglaublich tolle Frau, ich wollte, dass sie zufrieden ist und merkt, dass ich ihr geben kann, was sie sich wünscht. Ich ... wollte es so gerne, na ja, gut machen, und ... als wir uns ausziehen, merke ich, dass ich keinen hochkriege. Er baumelt einfach schlapp zwischen meinen Beinen. Sie küsst mich und streichelt mich und ich streichele sie und alles ist wunderbar, wirklich, es war verflixt wunderbar – aber ich krieg ihn nicht hoch! Von dem Augenblick konnte ich an nichts anderes mehr denken als ›steh, du Idiot, jetzt steh schon!‹!«

Er bricht abrupt ab.

»Ich hab ihn nicht hochgekriegt! Kapierst du! Ich hab mich in meinem ganzen Leben noch nie so dämlich gefühlt, so billig.«

Fredrik senkt beschämt den Blick und legt den Kopf in die Hände. Er ist rot wie eine Ampel.

»So was ist dir doch bestimmt noch nie passiert, oder?«, fragt er leise.

Stimmt, denkt Angel. Aber ich bin auch noch nie richtig verliebt gewesen. Jedenfalls nicht so. Na ja, wenn er es genauer überlegt, ab und zu ist ihm das auch mal passiert. Wenn er zu viel getrunken hatte. Oder nicht erregt genug war, wenn es zur Sache ging. Aber das zählt nicht. Da wollte er ja nicht. Peinlich war es jedenfalls nie.

»Ganz schön pathetisch, was?«, presst Fredrik hervor. Angel hört die leichte Veränderung in seiner Stimme. *Here we go again*, denkt er. Fredrik knüllt die Zigarettenschachtel zusammen und wirft sie über die Büsche. Lautlos kommt die erste Träne.

»Beim nächsten Mal läuft es garantiert viel besser. Du warst einfach nervös, ist doch nicht weiter tragisch.«

»Nächstes Mal!« Fredrik schreit fast. Jetzt kann er die Schluchzer nicht mehr zurückhalten. Die Tränen laufen ihm sturzbachartig übers Gesicht. »Als ob es ein nächstes Mal gäbe! Wie soll ich ihr jemals wieder unter die Augen treten!? Was soll sie denn von mir denken? Wer will schon mit einem impotenten Walross zusammen sein!«

Angel muss über das Walross lachen, reißt sich aber schnell wieder zusammen.

»Und was hat sie gesagt? Hinterher?«

»Gesagt? Glaubst du etwa, dass ich mit ihr darüber geredet habe! Du hast sie ja nicht alle.«

»Willst du damit sagen, dass du einfach abgehauen bist?«

Fredrik nickt.

Wie eine Maus, denkt Angel.

»Cleveres Kerlchen.«

»Verdammte Scheiße, was hätte ich denn tun sollen?! Was

hättest du denn getan, du Superprofi? Du sammelst doch Bräute wie Briefmarken.« Fredrik fuchtelt wild mit dem Arm und bekleckert sich mit Bier. Er wischt sich fluchend die Hand an der Hose ab.

Angel starrt Fredrik an. So ein ausgemachter Schwachsinn! Was soll ich deiner Meinung nach tun? Mich auf die Bettkante setzen und Händchen halten?! Deine Gebrauchsanleitung sein? Mach dies, mach das. Das ist nicht meine Angelegenheit. Ich will nicht, Fredrik. Es ist mir egal. Verdammte Kiste, du hast eine Freundin! Und was hab ich? Eine heimliche Klara Licht, die nur im Verborgenen brennt. Du solltest verflucht dankbar sein.

»Ich kann Sara und sie regelrecht hören! Was glaubst du, was sie gesagt hat? Sara und ihr idiotisches Gekichere. Verdammter Verräter!«, sagt er mit Adresse an sein Geschlecht und greift sich hart in den Schritt. »Also echt, Scheiße«, jammert er. »Warum muss ausgerechnet mir so was passieren, Angel?«

Ja, warum, Fredrik?! Die Frage musst du schon selbst beantworten.

Gustav hatte gefragt, was für Freunde er hat. Was hatte er geantwortet? Fredrik. Katta. Victor nicht zu vergessen. Und die anderen, Mattias, Marina und Jamahl. Aus dem Club. Jede Menge. Es war die reinste Aufzählung gewesen. Was hat er dabei empfunden? Er weiß es nicht mehr! Angel verkrampft sich, ihm wird kalt, als hätte sich ein Eisstück in seinen Brustkorb gemogelt. Er hört sich sagen: Fredrik ist nicht mein Freund. Ich bin allein. Ein einsamer Wolf.

»Wie soll ich ihr jemals wieder unter die Augen treten? Wahrscheinlich denkt sie jetzt, dass ich sie nicht mehr liebe.«

Er hört Fredrik zu und weiß, dass das, was Fredrik sagt, bitterer Ernst für ihn ist. So etwas erzählt man nicht jedem, und ihm, Angel, vertraut er es an. Und was hat er davon? Es interessiert ihn nicht die Bohne. Fredriks Worte fallen wie mausetote Ratten zu Boden.

»Und jetzt ist sie im Paradiso, und man weiß ja, was da alles passieren kann. Angel! Hörst du mir überhaupt zu? Ist noch Bier da?«

»Victor passt doch auf sie auf«, sagt er abwesend. Victor. Keiner kennt ihn so lange wie Victor. Warum sitzt er jetzt nicht hier und hört ihm zu, statt dass Angel dem nervigen Fredrik zuhört? Warum ausgerechnet Fredrik? Aber mögen scheint er ihn schon irgendwie. Sonst würde er das alles wohl kaum ertragen.

Fredrik ist in der Küche und durchsucht die Schränke nach etwas Trinkbarem.

»Warum steigerst du dich so in die Sache rein!«, ruft Angel. »Evelyn ist doch eindeutig verliebt in dich.«

»Woher willst du das wissen?! Ich hab seitdem nicht mehr mit ihr gesprochen!«

Fredrik, würde er am liebsten sagen, sieh mich an, mich liebt niemand. Weißt du, wo mein Vater ist? In Chile! Und meine Mutter kümmert sich einen Dreck um mich. Noch nicht mal ein mickriges Fußballlager hat sie mir bezahlt. Und Gustav, was ist mit dem? Ein netter Kerl, aber sonst? Klara? Nur nicht zu viel grübeln, oder wie war das?! Sind das nicht deine Worte, Fredrik?

»Können wir die nehmen?« Fredrik hält eine halb volle Flasche Campari in der Hand. Sicher, seine Mutter merkt eh nichts.

»Du musst mit ihr reden«, sagt Angel.

»Nie im Leben.«

»Dann werde ich das wohl übernehmen müssen. Ich rufe sie morgen an.«

Fredrik sieht Angel entsetzt an.

»Du tickst doch nicht ganz sauber! Bist du besoffen, oder was? Da rafft sie doch gleich, dass ich mit dir gesprochen habe.«

»Schon gut, scheiß drauf. Im Übrigen bist du derjenige, der hier einen im Kahn hat. Und, was schlägst du vor, wo du doch alles besser weißt? Glaub mir, ich kenne Evelyn. Wenn sie dich wirklich mag …«

»Mag?«

»Entschuldigung, wenn sie dich wirklich liebt. Also, wenn dem so ist und wenn du endlich aufhörst dich wie der letzte Idiot aufzuführen, weil das im friedlichsten Menschen Mordgelüste weckt, dann macht sie sich nichts daraus.«

»Würdest du das bitte noch mal wiederholen, ich komm nicht ganz mit.«

»Ich habe gesagt, dass du einen im Kahn hast. Wenn sie dich liebt, ist es ihr wurscht. Du musst dich einfach trauen, verdammich noch eins. Mann oder Maus?«

»Wie, Mann oder Maus?«

»Na, bist du ein Mann oder bist du eine Maus?«

Fredrik gibt ein unmotiviert lautes Lachen von sich.

»Evelyn ist doch die Maus!«

Bei Fredrik ist eindeutig Hopfen und Malz verloren. Er rafft rein gar nichts. Gib's auf, Angel.

Angel setzt sich in Positur und sagt mit heiserer Stimme:

»*Are you man enough to do what a man gotta do?*«

Worauf Fredrik in Tränen ausbricht.

»Sie mag bestimmt Mäuse«, sagt Angel und klopft Fredrik auf die Schulter.

»Scher dich zum Teufel.« Fredrik zieht die Nase hoch und grinst irgendwo zwischen Tränen, Glimmstängel und Campari. »Hab ich dir schon gesagt, dass du mein bester Kumpel bist, Angel?«

»Fast wie ein Bruder«, antwortet er. Warum eigentlich nicht? Der Alkohol zeigt langsam Wirkung. Soll Fredrik doch auf dem Sofa übernachten, was spielt das schon für eine Rolle.

Dann fällt ihm doch jemand ein. Chico hat ihn geliebt.

❖❖❖

Angel wird wie immer vor Fredrik wach. Er schaut verschlafen auf den Wecker. Halb acht. Gut. Es gibt viel zu tun. Er fühlt sich erstaunlich fit. Aber es war auch weder extrem spät geworden noch das totale Besäufnis. Angel hatte irgendwann keine Lust mehr auf Alkohol gehabt. Nach dem Campari, von dem Fredrik den Löwenanteil getrunken hatte, waren sie zu Cola übergegangen.

Fredrik liegt in Natalies Bett und schnorchelt leise vor sich hin. Die Decke ist auf den Boden gerutscht. Wozu auf dem Sofa schlafen, wenn ein Bett frei ist? Weil mir das eigentlich zu eng ist, hatte Angel gedacht, aber irgendwann war ihm auch das egal gewesen. Wir sind wie Brüder, hatte Fredrik den ganzen Abend gelallt, wie immer, wenn er seinen Pegel erreicht hatte und geheult hatte.

Angel steigt leise aus dem Bett. Deckt Fredrik zu. Er will nicht, dass er schon aufwacht.

Er geht mit einer Tasse Tee vors Haus. Sonntagmorgen. Alles ist still. Kein Mensch weit und breit. Keine Motorengeräusche. Vereinzelte Sonnenstrahlen, die zwischen hellgrauen Wolkenfetzen hervorlugen und auf taufeuchten Blättern landen, die wie Smaragde glitzern. Die Luft ist kühl. Er kriegt eine Gänsehaut, als er sich auf den kalten, feuchten Stuhl setzt. Aber er will sich nichts überziehen. Er genießt es, mit nackten Beinen und freiem Oberkörper dazusitzen, den kühlen Wind auf der Haut zu spüren, fast wie Seewasser, und dann langsam in der Morgensonne zu entspannen.

Es ist inzwischen eine ganze Weile her, dass er abends allein schwimmen war. Schon komisch, dass er sich momentan so sehr nach Einsamkeit sehnt! Es wäre wirklich mal wieder dran, an den Flatensee zu fahren. Mit der ganzen Clique. Wann sind sie das letzte Mal dort gewesen? Vor Ewigkeiten. Na ja, Mattias ist auf Kreta. Aber die anderen? Er hat schon lange nichts mehr von ihnen gehört. Eigentlich waren es nur Katta, Victor und allen voran Fredrik, die den Anrufbeantworter malträtiert haben. Und seine Mutter mit ihrer wachsenden Ungeduld: Bist du denn nie zu Hause? Warum rufst du nicht an? Hast du uns schon ganz vergessen?

Wie sollte er, so oft, wie sie sich meldet! Angel trinkt den letzten Schluck Tee. Danach sammelt er die Bierdosen ein, die auf dem Außenplatz verstreut liegen. Ein schnelles Knäckebrot im Stehen, während er den Kühlschrank von Käserinden, einer verschrumpelten Paprika und saurer Milch befreit. Er muss dringend einkaufen. Dickmilch mit Erdbeergeschmack für Natalie, Naturjogurt für Mama. Eier für die Proteine und Saft für die Vitamine. Und Leberpastete fürs Eisen. Er ist zwar kaum zu Hause gewesen, aber die Wohnung schreit nach einer Grundreinigung. Staub wischen, Staub saugen, Boden schrubben. Sie soll keinen Fleck finden, wenn sie nach Hause kommt. Danach will er bei Katta vorbeischauen. Muss. Mit Victor zum Training. Versprochen ist versprochen. Abwaschen. Die Betten frisch beziehen. Es gibt mehr als genug zu tun. Sie soll in eine ordentliche Wohnung zurückkommen. Und er muss Gustav anrufen.

Er setzt Kaffee auf, findet eine Dose Pilze und rührt mit den restlichen Eiern – Verfallsdatum vorgestern – ein Omelett zusammen.

Danach geht er zu Fredrik, der immer noch wie ein Ferkel vor sich hin grunzt, und schüttelt ihn an der Schulter.

»Aufstehen!«

Fredrik sieht sich verschlafen um. Angel zieht ihm die Decke weg.

»Was soll das?«, sagt Fredrik mit belegter Stimme und tastet nach der Decke.

»Das Frühstück ist serviert«, sagt Angel und tätschelt ihm die Wange. »Morgenstand hat Gold im Mund«, fügt er stichelnd hinzu, worauf Fredrik eine knallrote Birne kriegt. »Etwa von Evelyn geträumt?«

»Halt die Klappe«, nuschelt er, setzt sich auf die Bettkante und rückt sein Gemächt in der Unterhose zurecht. »Erinnere mich bitte nicht daran.«

Angel zieht die Bettbezüge ab und wirft sie auf den Boden. Fredrik gähnt mit weit aufgerissenem Mund. Streicht sich über den Bauch. Er muss was dagegen tun, da ist zu viel. Cola, Bier. Hamburger. Erdnussbutter. Chips. Er muss mit der Chipsfresserei aufhören. Wie macht Angel das bloß? Und Victor? Was ist das für eine Gerechtigkeit?

»Findest du, dass ich fett bin?«

»Nicht übermäßig.«

Nicht übermäßig? Wo fängt übermäßig an?

»Glaubst du …«, setzt Fredrik an.

»Ja, das glaube ich«, antwortet Angel eilig.

Fredrik blinzelt verwirrt. Bevor er reagieren kann, ist Angel schon wieder aus dem Zimmer. Was wollte er eigentlich fragen? Er fasst sich wieder an den Bauch. Angel hat Recht. Er muss mit Evelyn reden. Was soll er ihr sagen?

»Der Kaffee wird kalt«, ruft Angel.

Ja doch. Und ohne richtig zu begreifen, wie ihm geschieht, rückt er kurze Zeit später Sofa und Sessel beiseite und macht sich mit einer Klobürste bewaffnet im Bad über die Toilette her, während Angel zu Madonna einen Tango mit dem Wischmopp aufs Parkett legt. Angel ist übergeschnappt.

❖❖❖

Im Grunde genommen weiß ich herzlich wenig über ihn. Und verstehen tue ich ihn wahrscheinlich noch weniger. Wenn man zurückblickt, meint man, die Muster deutlicher erkennen zu können. In Wirklichkeit verblassen die Farben, und die Konturen werden schärfer und erheben Anspruch auf die Wahrheit.

Wir sind beide von dem verraten worden, der behauptet hat, uns zu lieben. Den wir beide geliebt haben. Der Unterschied zwischen uns ist nur, dass ich Gelegenheit hatte zu trauern und die Leere neu zu füllen. Für Angel ist da einfach ein Loch. Das schon da war, als ich ihn zum ersten Mal gesehen habe. Ein Loch, das seitdem gewachsen zu sein scheint. Das geflickt und gestopft, das gefüllt werden muss. Ich weiß nicht, wie viel ich ihm zu geben wage, damit er damit anfangen kann. Was das Richtige für die ausgefransten Kanten ist. Womit er das Loch füllen kann.

Am liebsten würde ich Angel alles erzählen, was ich weiß. Über seine Mutter. Über José. Wie alles war, was tatsächlich passiert ist. Gabriela, die, als Angel schon in ihrem Bauch heranwuchs, nicht sicher war, ob sie ein Kind haben wollte. José, der sie überredete, es zu behalten, aber nie damit gerechnet hatte, selbst einmal die volle Verantwortung übernehmen zu müssen.

Ich würde Angel gern erzählen, dass seine Mutter ihn nicht haben wollte. Dass sie Angel ganz selbstverständlich José überließ, als sie sich trennten, weil sie jetzt endlich ihr Recht einforderte zu leben, wie sie sagte.

Und dann ihre Beschuldigungen. Dass wir ihr Steine in den Weg legen würden. Dass wir schlecht über sie reden und ihn gegen sie aufhetzen würden. Gegen die, nach der er sich so sehnte!

Ich würde Angel gern erzählen, wie oft sie nicht gekommen ist, um ihn übers Wochenende zu sich zu holen. Er war zu klein, um es zu begreifen, und wir haben ihn zu schützen versucht, indem wir ihm nicht gesagt haben, welche Wochenenden er bei seiner Mutter verbringen sollte.

Mit der Zeit hat er es natürlich trotzdem durchschaut. Wenn er freitagabends mit gepacktem Rucksack auf dem Flur saß und vergeblich auf sie wartete. Wenn sie nicht, wie versprochen, zu seinem Geburtstag kam. Wenn sie beim Luciafest in der Grundschule fehlte. Angel dachte sich Entschuldigungen aus, wie Kinder es tun, dass der Bus kaputtgegangen, die U-Bahn verspätet oder Mama krank geworden wäre. Das bringt mich heute noch in Rage.

Mich wundert, dass mir das Ganze immer noch so an die Nieren geht. Na ja, irgendwie logisch, was man nicht tötet, lebt weiter. Ich könnte auch sagen: José tritt wieder aus dem Schatten heraus und stellt sich zwischen mich und die Sonne.

Ich würde Angel gern von José erzählen, denn was weiß Angel schon über ihn? Nicht viel. Er war zu klein, um Fragen zu stellen und zu verstehen, als José ausgezogen ist. Ganz davon abgesehen hat José nicht viel gesagt. Natürlich nicht. Warum sollte man sich zu etwas äußern, das man selbst so schnell wie möglich vergessen will? Das man sich anders erträumt hat? Wie hätte er darüber reden sollen, wo er sich ständig nach einem Weg gesehnt hat, der ihn aus seiner Kindheit und Jugend herausführt, aber nicht den Mut aufgebracht hat, nach diesem Weg zu suchen – aus Angst davor, was ihm dort begegnen könnte.

Was für ein eigenartiger Sommer. Claes wird langsam unruhig. Das spüre ich. Er hat mich gefragt, was aus unserer geplanten Reise wird. Als würde er etwas ahnen. Nicht einmal das weiß ich. Ich weiß nicht, ob ich verreisen kann, jetzt, wo Angel wieder einen Platz in meinem Leben eingenommen hat. Ich kann ihn im Moment nicht allein lassen. Wie immer ich mich entscheide, werde ich einem von beiden wehtun.

Angel hat gerade angerufen und gefragt, ob er bei mir übernachten kann.

❖❖❖

Schließlich war es Angel gelungen, Fredrik rauszukomplimentieren. Er war zufrieden mit dem Ergebnis. Alles war perfekt aufgeräumt. Keine Zeitungen, die über das Sofa verstreut lagen. Die

Schuhe in einer ordentlichen Reihe. Das Badezimmer blitzblank, dort hatte Fredrik Meisterarbeit geleistet. Danach hatte er Fredrik zu Eily geschickt, um blaue Iris und Schleierkraut zu kaufen, Mamas Lieblingsblumen. Klaras CD liegt wieder in der Schachtel. Er hatte sie sich noch einmal angehört. Die Stelle, an der der gigantische Chor einsetzt. Die ständig wechselnden Tempi. Die Musik, die sich Schritt für Schritt steigert, für ihn bis zum Orgasmus! Er würde die Musik nie wieder hören können, ohne an Klara zu denken. Die Zeile, die Klara zitiert hat. *My soul is dead, so I shall look after the flesh.* Ihr Körper und seiner. Damals. Ganz selbstverständlich. Aber warum hat Klara ausgerechnet diese Zeile zitiert? *My soul is dead.* Das klingt simpel. *So I shall look after the flesh.* Wollte sie ihm damit sagen, dass er nur mit ihr schlafen will, sonst nichts? Oder meinte sie damit sich selbst?

Die Worte mahlen auf dem Weg zu Katta in ihm weiter. Sie sind wie dieser Sommer. Bedrückend. Zehrend. Haben sich wie Angelhaken in ihm festgebissen. Am liebsten würde er alles abschütteln. Sich drücken. Aber dafür scheint es zu spät zu sein. Die Haken sitzen zu tief und er wird ständig von der gespannten Schnur zurückgezogen.

Die Morgensonne hat sich hinter einen hellgrauen Wolkenteppich zurückgezogen. Als er in den Rottnerosbacken abbiegt und sich in die Pedale stellt, um die Steigung zu bewältigen, fühlt Angel die ersten leichten Regentropfen auf den Armen. Kattas Vater steht über ein Blumenbeet gebeugt und zupft Unkraut. Als Angel das Gartentor hinter sich zuzieht, richtet er sich auf und streckt den Rücken.

»Ist Katta zu Hause?«

»Sicher, sie sitzt bestimmt im Arbeitszimmer und chattet.«

»Obwohl sie hier draußen helfen könnte?«, sagt Angel.

Kattas Vater hört den ironischen Unterton und lacht.

»Scheint so, ja. Natur interessiert sie nur auf einer mehr

theoretischen Ebene. Und das nützt mir im Moment herzlich wenig.« Er winkt ihm zu und widmet sich wieder seinem Beet.

Und richtig. Das Erste, was er von Katta sieht, ist ihr Rücken und das schulterlange Haar, das sie heute noch nicht gebürstet hat. Sie klappert frenetisch auf der Tastatur. Beschließt das Ganze mit einem nachdrücklichen Tastenschlag, lehnt sich zurück und nimmt die Kaffeetasse in die Hand. Er tritt ganz leise ins Zimmer.

»Hallo!«

Katta fährt erschrocken zusammen und dreht sich ruckartig um.

»Hilfe!« Und im nächsten Atemzug: »Gespenster, ich sehe ein Gespenst!«

Angel macht ein paar Schritte auf sie zu. Sie hebt die rechte Hand.

»Stopp! Komm ja nicht näher! Bist du es wirklich? Bist du von den Toten auferstanden? Ist das dein Wiedergänger?«

»Was soll das?«, fragt er.

Er sieht, wie sie den Mund aufmacht, und legt eilig die Hände über die Ohren.

»Was erwartest du! Und behaupte ja nicht, dass ich es nicht versucht hätte, das hab ich nämlich. Ich habe mehrmals angerufen.«

Angel lächelt schuldbewusst. Er hat ja mit Vorwürfen gerechnet, aber sie scheint stocksauer zu sein. Sie haben sich seit dem Besuch im Naturhistorischen Museum nicht mehr gesehen.

»Es war so viel los.«

Sie sieht ihn herablassend an und dreht sich wieder zum Bildschirm.

»Das verstehe ich doch vollkommen«, sagt sie und blättert ihre Internetpost durch.

Wenn du wüsstest, denkt er. Jetzt, wo er hier ist, kommt ihm plötzlich alles so unwirklich vor. Und außerdem findet er es unerträglich, dass Katta eingeschnappt vor ihrem Bildschirm hockt. Trotzdem unternimmt er nichts. Ist unschlüssig. Was würde er ohne sie machen? Aus irgendeinem Grund war es ihm wichtig gewesen, sie zu treffen. Er wollte ihr etwas sagen. Jetzt wusste er nicht mehr, was es war. In diesem Augenblick dreht sie sich um und sieht ihn an.

»Mein Gott, bist du groß geworden«, sagt sie mit tantiger Stimme. Endlich erkennt er sie wieder.

»Du bist aber auch ganz schön gewachsen«, kontert er.

»Ey, das ist unfair! Dabei habe ich doch noch ein Kilo abgenommen.«

»Dann wird es höchste Zeit, dass du aufhörst. Ich will nicht, dass du verschwindest.«

»Das klingt schon besser«, sagt sie zufrieden.

»Wie sauer bist du?«

»Ziemlich sauer, wenn du's genau wissen willst. Aber, äh, eigentlich wollte ich dich nur ein bisschen bestrafen. Weil du so ein ungezogener Junge warst und dich nicht gemeldet hast.«

»Jetzt klingst du wie Mama. *Hast du uns schon ganz vergessen?*«, äfft er sie nach.

»Und, hast du?«

Katta! Kann man nicht einmal seine Ruhe haben?! Schwafeln. Nonsens labern. Aber da ist er bei Katta an der falschen Adresse. Sie will sich kabbeln. Klar, sie ist auch eine Expertin im Nonsenslabern, aber Sinn muss es haben, wie sie sagt. Mit Betonung auf jedem einzelnen Buchstaben. Alles andere interessiert sie nicht. Sie gehört schon zu einer ganz eigenen Gattung. Das sagt er ihr.

»Gattung?«, sagt sie verächtlich. »Herzlichen Dank. Ich gehöre keiner Gattung an. So was ist nur dazu gut, Menschen zu unterdrücken, das ist dir doch wohl klar. Zu welcher gehörst du denn, wenn ich fragen darf? In der Küche ist übrigens Kaffee, wenn du welchen willst, ich hab ihn gerade aufgesetzt. Mandelbisquits stehen da drüben.« Sie zeigt zu dem Tisch neben dem Lesesessel.

Oh nein. Jetzt geht das schon wieder los. Ein kurzes Drücken auf den richtigen oder vielmehr falschen Knopf, und schon beginnt Katta zu argumentieren und alles auf den Kopf zu stellen, bis man am Ende vergessen hat, was man gedacht hat. Sie könnte eine Ketschupflasche dazu bringen, ihre Meinung zu ändern.

Das konnte länger dauern. Angel lässt sich mit einem Seufzer in den Sessel sinken.

»Ganz ruhig«, sagt er. »Das war nur so ein Gedanke. Ich meine das nicht abwertend. Im Gegenteil.«

»Jetzt weichst du schon wieder aus. Und verdreh die Augen nicht so.«

Ja, verdammt, natürlich weicht er aus. Weil sie Fragen stellt, auf die er keine Antwort weiß. So hatte er sich ihr Gespräch nicht vorgestellt.

»Also, zu welcher Gattung gehörst du?«, fragt sie noch einmal.

»Zu keiner speziellen, denke ich. Einer ganz gewöhnlichen. Oder überhaupt keiner. Kanake, vielleicht?«, sagt er lachend.

»Natürlich bist du ein Kanake. Und warum? Weil du schwarzes Haar hast? Oh nein. Kenianer haben auch schwarze Haare. Es sind die anderen, die einen einer Gattung zuordnen. Und warum machen sie das?«, beschließt sie ihre Ausführungen mit einer rhetorischen Frage.

Heute legt sie sich aber wieder ganz schön ins Zeug.

»Weil sie dich einordnen und auf deinen Platz verweisen wollen! Nein, Angelito«, fährt sie fort, »ich glaube nicht an so was. Wie zum Beispiel würdest du eine gewöhnliche Gattung definieren? Oder die Kanakengattung?«

Adler auf dem Oberarm oder nicht. Chico und er gehörten definitiv nicht zur gleichen Kanakengattung. Victor und er auch nicht.

»Woher soll ich das wissen?«, sagt er.

»Da hast du's«, sagt sie siegessicher. »Gattung. Das klingt, als ob man in eine bestimmte Gattung hineingeboren würde, wie im indischen Kastensystem. Weißt du, wer Sonya Kovalevsky war?«

»Hört sich nach einer russischen Diskuswerferin an.«

»Fast richtig.« Katta lächelt überlegen. Das Lächeln, das er so an ihr mag – wenn es anderen gilt als ihm. Sie war eine Meisterin darin, andere auf ihre Plätze zu verweisen.

»Ernsthaft, Angel. Ich habe dir auch einen Platz zugewiesen – hier! In mir drin. Für immer. Aber jetzt werd erst mal erwachsen, verdammt!«

»Schön hast du das gesagt«, entgegnet er bissig. »Aber ich erinnere mich an Zeiten, da wolltest du mich nicht haben!«

»Weil du an dem Abend so unerträglich selbstherrlich warst. ›Seht mich an, alle wollen mit mir schlafen, keiner ist so schön wie ich, ich bin der geilste Typ der ganzen Stadt.‹ Dachtest du. Da warst du, kurz gesagt, unausstehlich. Sexy fand ich dich trotzdem, falls es dich glücklich macht. Tut mir Leid, wenn ich dich in deiner männlichen Eitelkeit verletzt habe, aber ein Schwanz allein reicht nicht aus.«

»Nicht? Da hast du meinen aber noch nicht gesehen.«

»Doch, habe ich, aber Gott sei Dank nicht an dem Abend«, sagt sie und bekreuzigt sich. »Und außerdem wirst du jetzt billig, Angel. Denk dran, dass du mit einer Feministin sprichst.«

»Ist das vielleicht keine Gattung?«

Sie prusten beide los.

»Und was ist jetzt mit der Diskuswerferin? War sie hübsch?«, fragt er provozierend.

»S-E-U-F-Z!«, buchstabiert Katta. »Das war sie in der Tat. Aber das war noch nicht alles. Sie war eine der herausragendsten Mathematikerinnen des 19. Jahrhunderts. Sie ist sogar Professorin hier in Stockholm gewesen. Aber man hat es ihr extrem schwer gemacht. In Russland zum Beispiel – sie kam von dort – und in Deutschland durfte sie weder studieren noch arbeiten. Und weißt du, warum?«

»Woher soll ich das wissen?«

»Weil sie eine Frau war«, sagt Katta mit einem vieldeutigen Blick auf Angel. Als ob das seine Schuld wäre.

»Und als Frau wurde sie als unintelligenter eingestuft als ihre männlichen Kollegen«, setzt sie ihren Vortrag fort. »Kannst du dir das vorstellen, nach ihrem Tod hat man ihr Gehirn gewogen. Und diese bescheuerten Wissenschaftler – beachte, dass ich die männliche Form benutze – stellten überrascht fest, dass es wie ein ganz gewöhnliches Gehirn aussah. Was heißen will, wie ein männliches! Damit hatten sie nicht gerechnet. Frauen gehörten doch eigentlich einer anderen Gattung an. Sie eigneten sich nicht für die Erwerbsarbeit und die Wissenschaft. Keine Frage, als Haushälterinnen oder Huren, dafür waren sie allemal gut. Von Gattung spricht man, wenn man jemanden in eine Schublade stecken will, kapiert. Und das passiert dauernd.«

Angel konnte nur zustimmend nicken.

»Aber unterlegen ist die Frau auf alle Fälle«, sagt er und grinst.

»Du meinst natürlich im Bett. Als ob es nur eine Art gäbe, es zu machen. Ist dein Sexleben wirklich so öde?«, kontert sie trocken.

Immer muss sie das letzte Wort haben.

»Aber in gewisser Weise hast du natürlich Recht, ohne es zu wissen. Die Frau ist unterlegen. Von Geburt her.«

Was für Katta allerdings nicht gilt, denkt Angel. Er findet jedenfalls, dass sie zu einer ganz besonderen Gattung gehört. Und er hat sich schon oft gefragt, warum sie sich gerade ihn als Bekannten ausgesucht hat. Und nicht nur als Bekannten. Eher als Freund. Warum ihn? Der so wenig vom Leben versteht und so wenig von der Welt weiß.

Er muss an den Anemonenfisch denken. Jetzt wird er ihr zeigen, dass er nicht mit Scheuklappen durch die Gegend läuft.

»Wusstest du, dass der Anemonenfisch sein Geschlecht wechselt?«

Sie sieht ihn an, als ob er griechisch mit ihr spricht.

»Der Anemonenfisch lebt in Schwärmen in den Korallenriffen. Es gibt immer ein Weibchen, das bestimmt. Das Weibchen ist am größten und steht in der Rangordnung ganz oben«, sagt er aufgeregt. Er hat keine Kontrolle mehr über das, was er sagt, redet einfach drauflos.

»Das Weibchen tut sich mit dem zweitgrößten Fisch im Schwarm zusammen, der immer ein Männchen ist. Die beiden sorgen dafür, dass keiner der anderen Fische im Schwarm zu groß wird und die Geschlechtsreife erlangt und so ihre Position bedroht.«

Katta sieht ihn erstaunt an.

»Und jetzt kommt das Irre«, sagt er und legt eine kurze Kunstpause ein. »Wenn das größte Weibchen stirbt, fängt das Männchen an zu wachsen und verwandelt sich in ein Weibchen! Merkwürdig, nicht? Das dauert etwa eine Woche. Und danach wächst ein anderer Anemonenfisch zu einem geschlechtsreifen Männchen heran. Und es ist immer das Männchen, das die Eier bewacht, nicht das Weibchen.«

»Seit wann interessierst du dich für Fische? Und warum erzählst du mir das? Wir sind doch keine Fische, oder?«

Er weiß nicht, was er darauf antworten soll. Er hat nicht vor, ihr von seinem heimlichen Traum zu erzählen. Von der Dunkelheit der Tiefe. Er wollte einfach nur zeigen, dass er auch etwas weiß.

Sie schweigen ziemlich lange. Angel fällt nichts ein, was er sagen könnte. Als ob ihm die Luft ausgegangen wäre. Und Katta hängt ihren eigenen Gedanken nach.

Ab und zu sucht sie seinen Blick, aber er weicht ihr aus. Sinkt noch tiefer in den Sessel. Was ihm vor wenigen Stunden noch so leicht vorkam, ist plötzlich schrecklich schwierig. Er sieht es ihr an. Dass ihr was auf der Seele liegt.

»Wir reden zu viel Schwachsinn«, sagt sie mit einem Mal und erhebt sich von ihrem Stuhl. Sie baut sich vor ihm auf. »Ich weiß, warum du dich so lange rar gemacht hast.«

»Ich hab mich nicht rar gemacht«, protestiert er lahm. Das nun wirklich nicht. Nicht direkt jedenfalls. Er war woanders. Er hört sie bereits fragen: Und wo, bitte schön, wenn ich fragen darf? Bei der Seemaus, könnte er ihr antworten. Das wäre noch nicht mal gelogen. Oder er könnte sagen, dass er im Club war, einen sinnlosen Abend mit Katastrophen-Fredrik verbracht oder geputzt hat, es war alles wahr. Ich sage die Wahrheit, Katta!

»Ich habe ziemlich viel nachgedacht«, sagt sie.

Ich weiß. Das tust du immer.

»Worüber hast du nachgedacht?«, fragt er leise, ohne sie anzusehen. Sie hat ihn am Haken. Das spürt er. Und sie weiß es. Er konnte ihr noch nie entkommen. Er mag ihre ernsten Gespräche. Über Sex und One-Night-Stands. Über Liebe oder deren Mangel. Über nervende Mütter und das Leben im Allgemeinen. Aber nicht die Gespräche, in denen es ans Eingemachte geht. Um Dinge, die man nicht einmal zu denken wagt. Er will weg. Aber das würde sie nicht akzeptieren. Das würde nicht nur den Fluchtalarm auslösen, dann wäre Schluss mit Lustig. Katta würde aus Leibeskräften schreien und ihn zur Hölle schicken.

»Irgendwas ist faul mit deinem Vater.«

❖❖❖

Angel ist spät dran. Er ist länger bei Katta geblieben als geplant. Danach ist er nach Hause gerast und hat die Sportklamotten, seine Zahnbürste und saubere Unterwäsche für den Besuch bei Gustav in die Tasche gestopft. Zum Glück liegt das Fitnessstudio gleich um die Ecke, im Keller von einem der Wohnblocks im Zentrum von Farsta. Er beeilt sich. Er kommt sich vor, als würde er die ganze Zeit hinter irgendwas herhecheln.

Victor lehnt am Schaufenster vom Elektroladen und zielt mit Steinen auf einen Abfalleimer. Er nickt Angel lässig zu.

»Ich dachte schon …«

Angel fällt ihm ins Wort. »Ich hab's versprochen, oder?«

»Schon«, sagt Victor wenig überzeugt und trifft den Abfalleimer. »Aber …«

»Na also«, sagt Angel und schiebt Victor vor sich durch die Tür. Er hat keine Lust auf Diskussionen. Ihm reicht es für heute.

Victor bewegt sich selbstbewusst zwischen den Geräten. Begrüßt die Leute und korrigiert sie freundlich, wenn sie Fehler machen. Er hilft Angel beim Einstellen der Rückenlehne, der Sitzfläche, der Bauchstütze.

»Du hast doch bestimmt vergessen, wie das geht«, sagt Victor. Gar nicht gehässig. Er ist redselig und hält nur den Mund, wenn es unmöglich ist zu sprechen. Wenn er auf dem Bauch liegt und mit den Waden siebzig Kilo stemmt oder verbissen mit dem Trizepstrimmer kämpft. Angel ist schwer beeindruckt von Victor. Der kleine Scheißer ist tatsächlich auf dem besten Weg, ihn zu überholen.

Es tut gut zuzupacken. Loszupowern. Verdammt, er soll die Geräte quälen, nicht umgekehrt. Spüren, wie die Muskeln sich anspannen. Dehnen. Wie beim Schwimmen. Die Konzentration muss im Körper, in den Muskeln sitzen, nicht im Gehirn. Kräfte sammeln, nicht verteilen. Die Gewichte überwinden, sich ein Ziel setzen, nicht danach suchen.

Es ist leichter, sich selbst zu betrügen als andere.

Katta hatte ihn regelrecht festgenagelt. Irgendwas ist faul mit deinem Vater. Ihre Worte hingen wie klebrige Spinnweben im Raum. Als wäre er ein Drogendealer. Oder ein Meuchelmörder. Ein Vergewaltiger. Angel war noch tiefer in den Sessel gesunken, um sich vor den Spinnen in Sicherheit zu bringen, die ihre haarigen Beine nach ihm ausstreckten und nach ihm tasteten.

»Faul?«, hatte er ausdruckslos gesagt. »Ich weiß nicht, wovon du redest.« Der erwartete Fluchtalarm war ausgeblieben. Woher sollte er das wissen? Wie kann etwas faul mit jemandem sein, der nicht existiert?

Es ist jetzt drei Jahre her. Oder genauer drei Jahre und zwei Monate. Dass der letzte Brief gekommen ist. Du musst mich unbedingt mal besuchen, hatte er geschrieben. Danach waren keine Briefe mehr gekommen. Er hatte beinahe vergessen, wie er aussah. Bis zu dem Augenblick, als er Gustav neben dem Basketballfeld auf dem Sergels torg gesehen hatte. Bis zu dem Augenblick, als Gustav, dieser Idiot, seine Fotos herausholte, stapelweise, knallvolle Umschläge. Und Angel hatte es nicht lassen können und hatte sie sich angesehen. Und da war er. Mit Angel. Und Gustav. Auf den Bildern. Alle drei zusammen oder jeder für sich.

»Hat dein Vater sich irgendwann verdünnisiert?«, hatte Katta gefragt und Angel hatte sich bereits auf einen Vortrag über feige Männer, die ihre Frauen und Kinder im Stich lassen, eingerichtet. Aber er kam nicht.

Er drückt die Arme gegen den Widerstand hoch. Wütend. Und wie schon bei Katta hört er die einschmeichelnde, sanfte Stimme seiner Mutter: »Es ist vorbei, Angel. Du brauchst die Fotos nicht mehr. Jetzt bist du bei mir und wir wollen das Ganze so schnell wie möglich vergessen.«

Er geht ans nächste Gerät. Beinpresse. Victor nickt ihm aufmunternd zu.

Seine Mutter hatte seine Sachen weggenommen, alles, was José und Gustav in Kisten und Taschen gepackt hatten, und alles weggeschmissen, was er nicht unbedingt brauchte. Bücher und Spielsachen, für die er zu groß war. Die Kuscheltiere, die sie ihm im Laufe der Jahre gekauft hatte, mussten reichen. Monsterfiguren, Puzzles, Spiele, Autos, davon hatte er schon mehr als genug, nicht wahr, die brauchst du doch nicht mehr. Einen Teil hatte Natalie geerbt. Andere Sachen hatte sie an Freunde verschenkt. Mama hatte ihn in den Arm genommen, ihn geküsst und ihm ein hübsch eingeschlagenes Paket überreicht. Ein neues Computerspiel. Endlich waren sie wieder zusammen. So, wie es sich gehörte. Ein Sohn braucht seine Mutter.

Katta hatte ihn angestarrt.

»Sie hat deine Sachen weggeschmissen?«

Dabei war das längst nicht das Schlimmste, denkt er und drückt die Beine durch. Sieht sich in der Spiegelwand an. Sein Gesicht ist rot, der Schweiß läuft ihm über die Schläfen. Er hatte sich eingeredet, dass José nur verreisen würde. Nicht begriffen, dass er für immer gehen wollte. Nie mehr wiederkommen würde. Oder dass Gustav auch verschwinden könnte. Dass das eine Leben zu Ende war und ein neues begann. Wie ein neuer Film im Fernsehen.

Seine Beinmuskeln beginnen zu zittern, geben langsam nach. Er versucht es noch einmal, kriegt die Gewichte aber nur ein paar Zentimeter hoch, bevor er sie absetzt. Aufgibt. Geht.

Im Umkleideraum steht Vctor plötzlich vor ihm. Schwitzend. Das Haar klebt ihm in der Stirn. Er sieht unverschämt fit aus. Happy.

»Was ist los? Gibst du schon auf?«, fragt Victor. Seine Stimme klingt fast ein bisschen besorgt.

Angel zieht sich aus. Lässt das T-Shirt und die Shorts auf den Boden fallen. Zieht die Socken aus. Jetzt steht er nackt vor Victor.

Der auf sein Geschlecht schielt. Wahrscheinlich ist er immer noch neugierig, wie lang er tatsächlich ist.

»Ich war plötzlich so groggy«, sagt Angel.

»Wie steht's eigentlich mit deiner Kondition?«, fragt Victor grinsend. »Ich mach noch eine Viertelstunde weiter, okay?«

Wieso okay? Du kannst so lange weitermachen, wie du willst! Angel weiß nicht, wie er sich verhalten, was er sagen soll. Er würde Victor gern fragen, ob er wirklich sein Freund ist. Egal, was passiert. Irgendwie verliert er langsam den Überblick. Das geht ihm alles zu schnell. Katta. Sein Vater. Gustav. Seine Mutter. Und Victor. Aus dem er einfach nicht schlau wird. Was will er eigentlich?

Aber so etwas kann man nicht einfach fragen.

»Bis später in der Sauna«, antwortet Angel.

Er streckt sich erschöpft auf dem Handtuch aus. Atmet gleichmäßig. Hört mit halbem Ohr ein paar Muskelpaketen zu, die sich über Ernährung und Nahrungszusätze und kleine versteckte Muskeln unterhalten, von deren Existenz er bisher keine Ahnung hatte und wie man sie am effektivsten trainiert. Das Thema scheint unerschöpflich. Als er die Augen schließt, verschwimmen ihre Stimmen zu einem angenehmen Hintergrundgemurmel. Er hört Leute in die Sauna kommen und wieder gehen. Sein Körper ist schwer vor Hitze und Müdigkeit. Er könnte auf der Stelle einschlafen. Er stellt sich vor, dass er auf einem Steg liegt. Direkt über dem Wasser. Jetzt in die Tiefe gleiten und sich einem Schwarm Delfine anschließen, von der Strömung an Plätze getragen werden, wo er unerreichbar ist.

Langsam entspannt er sich.

Jetzt sollte Klara ihn sehen. Nach dem Training. Ausgepowerte, zufriedene Muskeln. Entspannt und fest. Erholt, bereit. Es ist ihm fast ein bisschen peinlich, dass sein eigener Körper ihm so viel Genuss bereitet. Dass er sich so sehr nach ihr sehnt.

Nach ihren Berührungen. Ihrem himmlischen Körper, samtig und weich wie Butterteig, den er mit den Fingern kneten möchte. *Mortuus in anima, curam gero cutis, my soul is dead, so I shall look after the flesh.* Was ist daran auszusetzen! Er merkt, wie sein Schwanz sich langsam aufrichtet, und deckt einen Handtuchzipfel über seinen Schritt. Und dann der Tee, sie will hinterher immer einen Tee im Bett trinken und reden. Um noch ein bisschen die Wärme zu genießen, wie sie sagt. Und um zusammen einzuschlafen.

Klara. Es kommt ihm wie eine Ewigkeit vor. Er möchte zu ihr. Jetzt. Er könnte doch für immer bei ihr bleiben. Ein neues Leben beginnen. Weggehen. Fliehen. Warum nicht? Er lebt doch schon längst ein anderes Leben. Er müsste sich nicht einmal mehr verstellen. Wie er es so lange getan hat. Einfach zu ihr gehen. Niemand weiß, wo sie wohnt. Nur er.

Der Schweiß läuft in heißen Rinnsalen an seinem Körper herab. Er muss dringend unter die kalte Dusche. Aber unter dem Handtuchzipfel turnt sein Schwanz. Die beiden Muskelpakete nehmen die Kelle aus dem Holzeimer und begießen sich mit Wasser. Danke, ich auch, denkt er. Und mindestens eine Kelle für den Kleinen. Wenn Victor ihn so sehen würde, würde er wahrscheinlich sofort das Maßband zücken. Der alte Spinner. Wo bleibt er überhaupt?

Er hält sich das Handtuch vor den Unterleib und springt eilig von der Bank. Unter der Dusche dreht er sich zur Kachelwand. Klara. Es gibt nichts mehr außer ihr. Klara. Klara Licht. Alles andere verschwindet im Abfluss, um weit weg, von allen Giften gereinigt, in einem Flusslauf wieder ausgespuckt zu werden. Wäre Victor nicht in diesem Augenblick gekommen, hätte Angel auf die Männer in den angrenzenden Duschkabinen gepfiffen und seine Geilheit selbst in die Hand genommen.

Victor in der gegenüberliegenden Dusche prustet wie ein Nilpferd.

»Aah, es gibt nichts Herrlicheres!«, ruft er zu Angel rüber.

Doch, Klara! Aber sie wird schnell von Victors Wortschwall ertränkt.

»Kommst du Dienstag auch wieder?«

Ich glaube nicht.

»Bist du schon fertig mit der Sauna? Ich mach nur einen Quickie, okay?«

Okay, okay, okay! Mach doch, was du willst. Angel bleibt noch ein wenig unter der Dusche. Er lehnt sich an die Wand, schließt die Augen. Er könnte stundenlang so stehen bleiben. Verborgen hinter einem Vorhang aus Wasser. Unerreichbar. Genau das ist es, er möchte unerreichbar sein. Für Katta und ihre Fragen. Für Gustav und seine Antworten. Es ist schon viel zu viel gesagt worden. Trotzdem wird er davon angezogen, wie von einer unsichtbaren Strömung, als hätte er nicht genügend Kraft, sich dagegenzustemmen. Träumt er nicht die ganze Zeit davon?! Von einer Strömung fortgetragen zu werden. Aber er wird nicht fortgetragen. Nur weiter hineingezogen in den Strudel aus Fliegeküssen, Vergessen, kindischen Gedanken. Und gleichzeitig ist es dort so leer. In der Mitte des Strudels ist nichts als ein bodenloses Loch. Starrend. Schwarz. Wie kann Leere so wehtun?

Er möchte flüchten. Aber es gibt keinen Ort, zu dem er fliehen könnte. Wohin er sich auch wendet, steht er vor verschlossenen Türen.

»Wie lange willst du noch da stehen?«, fragt Victor und stößt ihn an. »Ich bin fertig.«

Angel dreht die Dusche ab und folgt Victor in den Umkleideraum.

»Wolltest du nicht nach Amsterdam?«, fragt Victor und rubbelt sich den Rücken trocken.

»Ja, aber daraus ist nichts geworden. Keine Knete, du weißt ja, wie das ist.«

Er will nicht darüber reden.

»Schade. War es im letzten Jahr nicht genau das Gleiche?«

Warum sagt er nicht, wie es ist? Dass seine Mutter eine Lügnerin ist und viel Stuss redet, wenn der Tag lang ist. Victor, hör gut zu, ich habe eine Mutter, die lügt! Versuch, das zu überbieten, wenn du kannst!

»Weißt du, was wir machen könnten?«, sagt Victor und reibt sich Deo unter die Achseln. »Willst du auch?«, fragt er und hält es Angel hin. »Wir könnten doch auf eigene Faust irgendwohin fahren und zelten.«

»Ich hab kein Zelt.«

»Aber wir haben eins. Das kleine, in dem Juanito und ich immer schlafen. Das können wir nehmen.«

»Wolltet ihr nicht in Urlaub fahren?«

»Doch, aber ich verzichte gern. Meistens bin ich sowieso nur die Kindergartentante für Juanito und Co. Wenn ich was mit dir unternehmen würde, hätte ich eine gute Ausrede. Nur ein paar Tage, was sagst du dazu?«

Warum nicht? Aber die eigentliche Frage ist: Warum?

»Bald ist der Sommer um, und was haben wir gemacht?«

Gute Frage. Viel zu viel. Oder zu wenig. Kommt auf die Perspektive an.

»Nichts«, beantwortet Victor seine Frage selber. »Wir könnten mit dem Rad nach Muskö fahren und da irgendwo unser Zelt aufschlagen. Lagerfeuer machen und grillen. Ich könnte ja die Gitarre mitnehmen. Das wäre bestimmt geil, meinst du nicht?«

Wie transportiert man eine Gitarre auf einem Fahrrad?

»Wenn wir nichts finden, können wir ja immer noch auf einen Campingplatz gehen.«

Victor redet, als ob alles schon entschieden wäre. Es scheint Angels Schicksal zu sein, Victor zu enttäuschen. Aber er sagt nichts. Victor steht fertig angezogen vor dem Spiegel und kämmt sich.

»Du kannst es dir ja mal durch den Kopf gehen lassen«, sagt er schon weniger enthusiastisch und steckt den Kamm in die Gesäßtasche.

Was spielen wir hier eigentlich, denkt Angel.

»Kommst du noch mit zu mir?«

»Nein, ich wollte …«

Zu Gustav. Das kann er nicht sagen. Victor kommt ihm zuvor.

»Zu der Braut, natürlich. Wer immer sie auch sein mag«, fügt er spitz hinzu.

»Nein, ich will zu, zu … meinem Vater, sozusagen.«

Dios mío. Es ist, als ob ein Knoten geplatzt wäre, ich halte es nicht länger aus, Victor, ich muss hier raus, sieh mich nicht so an, ich hab nichts gesagt, ich hab das *nicht* gesagt, Victor.

Victor glotzt ihn entgeistert an.

»Du hast einen Vater?«, rutscht es ihm heraus, als gäbe es die jungfräuliche Empfängnis.

❖❖❖

Ich schenke mir einen Whisky ein und lasse mich aufs Sofa fallen. Der Duft und der herbe Geschmack sind wohl tuend.

Angel liegt also wieder einmal in meinem Bett. Es war ein eigenartiges Gefühl, als er eben aus dem Bad kam, mir kurz zunickte und seelenruhig ins Schlafzimmer ging, als wäre es die selbstverständlichste Sache der Welt. Von meinem Platz auf dem Sofa habe ich seine Kleider vorbeiflattern und auf oder neben dem Stuhl landen sehen, ihn »Gute Nacht« sagen hören. Ein Ritual, das früher mit Zähneputzen, Vorlesen, Singen und einem

Gutenachtkuss auf die Stirn verbunden gewesen ist. Ich würde gerne wissen, was ihm jetzt vor dem Einschlafen durch den Kopf geht.

Ich möchte klarstellen, dass ich nicht vorhabe, irgendjemand anderem als Angel gegenüber nachsichtig zu sein. Falls mir das gelingt. Ich bin gespannt, ob mir der Balanceakt zwischen dem, was ich loswerden, und dem, was Angel hören will, glücken wird. Zwischen dem, was er meiner Meinung nach wissen sollte, und dem, was er tatsächlich wissen will. Wer bin ich, einen Siebzehnjährigen derart bevormunden zu wollen? Aber vielleicht sollte er wenigstens die Dinge erfahren, von denen er bereits eine Ahnung mit sich herumträgt.

Ich will nicht abstreiten, dass seine Besuche und unsere Gespräche sehr gemischte Gefühle in mir wachrufen; Angst, dass ich Angel verletzen könnte; Befriedigung, weil sie zu meiner Rehabilitierung beitragen könnten. Und dann die wenig edle Schadenfreude darüber, was ich eigentlich widerwärtig finde, dass das, was ich bereits vor vielen Jahren geahnt und durchschaut habe, sich nun bestätigt.

Aber stärker als alles andere ist das Gefühl der Trauer und der Wut. Wie viel Last des Lebens muss man bereits als junger Mensch mit sich herumschleppen?

Auf seine Weise ist Angel immer stark gewesen, aber jetzt wendet er diese Stärke gegen sich selbst. Es gibt so viel, wogegen er sich verteidigen muss. Wie groß ist mein Anteil daran?

Wie soll man jemals verstehen, geschweige denn akzeptieren können, dass man verraten wurde? Gleich mehrfach. Wie soll ich ihm das erklären? Wie soll ich auf die unartikulierte Angst reagieren, die ich in seinen Augen sehe; seine dunkelbraunen Augen, die zwischendurch glasig leer wirken, fast schwarz, unzugänglich. Wie soll ich mit den Vorwürfen umgehen, die unweigerlich kommen werden? Gegen mich. Gegen seine Mutter. Gegen José.

Vorwürfe, die zum Teil genauso gut von mir kommen könnten. Aber ich spüre, wie sie sich nach und nach in Luft auflösen, als ich Angel davon erzähle. Denn, was bilde ich mir eigentlich ein, seinen Vater verurteilen zu wollen? Ja, er hat sich vor der Verantwortung gedrückt, und das nicht nur einmal. Ja, er hat jemand anders kennen gelernt, für den er mich verlassen hat. Ein halbes Jahr später war es vorbei und José ist nach Chile zurückgekehrt. Das war sein größter Verrat. Er hat Angel im Stich gelassen. Und mir in dem Augenblick jede Chance zu einem weiteren Kontakt mit Angel genommen. José hatte sein Versprechen mir gegenüber gebrochen, ihn niemals wieder seiner Mutter auszuliefern.

Aber verurteilen?

Verurteilen soll Angel ihn selbst. Es ist unmöglich abzuschätzen, wie sein Urteil ausfallen wird. Aber wessen Verteidiger bin ich eigentlich?

Es tut weh, Angel so ruhig dasitzen zu sehen und von José reden zu hören, als wäre er ein Fremder, den er zugleich ganz genau kennt.

Und trotzdem will er immer wieder Dinge hören, die er längst weiß: wie José und ich uns kennen gelernt haben, wie unsere erste Begegnung war, von Geburtstagen, die wir zusammen gefeiert haben. Er fragt mich nach Details, die sich fast ein bisschen komisch ausnehmen. Konnte José gut Fußball spielen? »Das weißt du doch«, sage ich und verziehe den Mund. »Doch, konnte er. Kann er«, verbessere ich mich und lache verlegen.

Ich befürchte, indem ich von Josés dunklen Seiten erzähle, seine eigenen zu bestätigen. Irgendwann muss es doch hell werden für ihn. Es kann nicht der Sinn des Lebens sein, dass die Kinder die Schmerzen ihrer Eltern mit sich herumtragen.

Bevor ich ins Badezimmer gegangen bin, hat Angel vorsichtig, fast flehend gefragt, ob er hin und wieder hier übernachten darf.

»Ich erzähl Mama auch nichts davon«, sagte er, als hätte er meine Gedanken gelesen. »Du weißt schon«, fügte er mit einem Grinsen hinzu. Ja, ich weiß schon. Das würde ihr gar nicht schmecken.

Ich gehe ins Schlafzimmer. Jedenfalls schläft er ruhig und entspannt. Auf dem Rücken wie schon als kleiner Junge. Ich knipse die Leselampe aus und lehne die Tür an.

Als José zum ersten Mal erwähnte, wieder zurück nach Chile zu wollen, habe ich nichts gesagt. Ich habe zugelassen, dass er sich in seinen wahnwitzigen Plänen verirrte. Damals hatte ich geglaubt, es wäre eine Befreiung, wenn er so weit weg wie möglich wäre. Selbst als mir klar wurde, dass Angel nicht in seinen Plänen vorkam, habe ich nicht protestiert. Dabei weiß ich, dass ich ihn davon hätte abbringen können zu fahren. Ich wäre der Einzige gewesen, der ihn hätte hindern können. Aber, Angel, ich habe es nicht getan. Ich habe ihn fahren und aus deinem Leben verschwinden lassen.

KAPITEL 12

Seine Mutter wirft ihm einen langen Blick zu, als er das Clublokal betritt. Sie ist gerade damit beschäftigt, der Kindergruppe, in der auch Natalie ist, einen Volkstanz aus den Anden beizubringen. Aber er spürt ihre Fragen und mahnenden Blicke im Rücken, als er zu den anderen rübergeht. Jetzt kommst du erst? Du traust dich hier aufzukreuzen? Und wo bist du letzte Nacht gewesen? Falls es erlaubt ist zu fragen. Kannst du dir nicht vorstellen, dass ich mir Sorgen gemacht habe?

Willst du wirklich eine Antwort haben, Mama?

Du bettelst förmlich darum: Ja. Ja.

Das geht dich einen Scheißdreck an.

Sie überlässt Manuel die Tanzfläche. Aber sie wird bleiben, das weiß er, und er wird unter ihren Blicken tanzen müssen.

»Ich warte auf dich«, wird sie zwitschern, damit die anderen es auch ja mitbekommen. Als ob sie seinetwegen bleiben würde. Warum nicht, sie ist schließlich seine Mutter. Weil er es nicht will, so einfach ist das. Angel hofft, dass Victor aufkreuzt, aus welchem Grund auch immer. In seiner Begleitung wäre die Heimfahrt einigermaßen erträglich. Dann brauchte er sich nicht ihr gegenüber zu verteidigen und entginge ihren bohrenden Fragen. Was hast du eigentlich gemacht, als wir auf Gotland waren? Wir hatten so eine schöne Zeit! Hast du uns vermisst? Ich habe ein paarmal angerufen, aber du warst ja dauernd unterwegs. Und wie toll du sauber gemacht hast! Aber es wäre schon nett gewesen, wenn du bei unserer Ankunft zu Hause gewesen wärst. Na ja, du hattest sicher Wichtigeres zu tun.

Auf dem Küchentisch hatte ein Keramikbecher mit seinem Namen gethront, als er nach Hause kam. Mit einem kleinen Zettel daneben: *Bitte schön, ein kleines Geschenk, das dir hoffentlich gefällt. Leider warst du ja nicht da. Mama.*

Manuel strahlt, als er Angel sieht, und Evelyn zwinkert ihm zur Begrüßung zu.

»Gut, damit wären wir vollzählig«, sagt Manuel. »Wir müssen in den letzten Wochen vorm Fest häufiger proben, jeden zweiten Tag.«

Angel seufzt im Stillen. Das ist nichts Neues. Das war schon immer so und normalerweise wäre er mit Feuereifer dabei. Aber jetzt? Das bedeutete, dass seine Mutter auch öfter hier sein würde.

»In diesem Jahr findet das Fest ganz in der Nähe statt, im Järva-Park«, fährt Manuel fort. »Und dort, liebe Freunde, werden wir zeigen, dass wir die beste Amateurgruppe Stockholms sind, habe ich Recht?«

Begeistertes Pfeifen und Klatschen. Angel klatscht matt mit.

»In fünfzehn Minuten fangen wir an«, beschließt Manuel seinen kurzen Vortrag.

Ein Glück, Manuel hat gute Laune und nur noch das Fest im Kopf. Alles andere scheint vergeben und vergessen. Er hat sich eindeutig gefreut, Angel zu sehen. Das ist das Tolle an Manuel. Er ist nicht nachtragend. Das Tanzen ist trotz allem das Wichtigste.

Alles für die Kunst, denkt Angel voller Ironie.

Er geht ans andere Ende des Lokals und beobachtet seine Mutter, die geduldig Schrittfolgen wiederholt, den Mädchen mit dem Takt hilft und Anweisungen gibt. Doch, tanzen kann sie. Alles, was lateinamerikanisch ist, vom Volkstanz über Son und Samba, von Cumbia bis Tango.

Angel hatte lange mit sich gerungen, ob er zur Probe gehen sollte oder nicht. Als sich in Rinkeby die Wagentüren mit einem lauten Zischen hinter ihm geschlossen hatten und der Zug in Richtung Hjulsta weiterfuhr, war er noch auf dem Bahnsteig sitzen geblieben und hatte die Runenzeichen aus goldenen Mosaiksteinchen auf der höckerigen, ockerfarbenen Bergwand angestarrt. Goldene Runen. Als stießen hier Wikingerzeit und Inkazeit aufeinander.

Er hatte lange dort gesessen. Eine Bahn fuhr ein, dann die nächste. Er hätte zurückfahren, auf die anderen pfeifen können. Aber schließlich war er aufgestanden und die lange Rolltreppe nach oben gefahren. Es war am einfachsten so.

Er sieht sich im Übungslokal um und macht sich so unsichtbar wie möglich. Mamas Freunde, Eltern von Bekannten, Freunde und Geschwister von Freunden. Viele kennt er schon sein Leben lang. So wie Evelyn und ihre Familie. Andere hat er erst später kennen gelernt, als der Club seine politischen Aktivitäten einstellte und neue Mitglieder warb – so wie Victor. Der Club ist von kleinauf ein Teil seines Lebens gewesen. Wie sein Vater. Er war auch Clubmitglied.

Er hat keine Lust zu reden oder rumzualbern. Er hat das leere Geschwätz so satt und geht den anderen aus dem Weg, zieht sich in eine Ecke zurück. Gibt vor, Tanzschritte zu üben, um in Ruhe gelassen zu werden.

Gustav ist der Einzige, der etwas zu sagen hat. Wurde ja auch langsam Zeit. Aber, von sich aus hätte er es wohl kaum getan, wenn Angel ihn nicht auf dem Sergels torg gesehen hätte. Jetzt sitzt er da und behauptet, dass er sich oft Gedanken gemacht hat, wie es Angel ergangen ist, was mit ihm passiert ist. Dass er ihn vermisst hat. Gustav hat gut reden. Er hat sein Leben geregelt und sich einfach einen anderen Mann gesucht. Heile Welt.

Seine Mutter legt einem der Mädchen die Hand zwischen die Schulterblätter und zeigt ihr, wie man sich stolz aufrecht hält. Diese Haltung kennt er nur zu gut. Stolz. Sie hat ihm ständig damit in den Ohren gelegen. Aber was hat sie eigentlich damit gemeint?! Stolz, der Verachtung ausstrahlt.

»Und, wie findest du Neruda?«, fragt Evelyn mit einem Grinsen, als sie auf ihn zukommt.

»Na ja, im Bett bin ich nicht direkt mit ihm gewesen.«

»Kannst du eigentlich an nichts anderes denken!«

»Doch. Ich hab übrigens Fredrik getroffen. Er hat bei mir übernachtet.«

»Ich weiß.«

»Hat er dich angerufen?«

»Gestern.«

Angel hebt die Augenbrauen. Tut er alles, was man ihm sagt?

»Danke, dass du mit ihm geredet hast«, sagt sie. »Aber er hätte ruhig ein bisschen eher damit rausrücken können.«

»Das war wahrscheinlich nicht ganz leicht für ihn. Er hatte das Gefühl, sich zum Idioten gemacht zu haben. Ich werde dir ein Geheimnis verraten«, sagt er und winkt sie näher an sich heran. Dann flüstert er ihr ins Ohr: »Es gibt nichts, wovor wir mehr Angst haben, als dass Mädchen uns auslachen.«

»Was?!«, sagt Evelyn und sieht Angel entgeistert an.

»Doch, echt wahr. Aber das scheint ihr nicht zu kapieren. Er war sicher, dass du ihn auslachst und nicht mehr magst.«

»Ja, das hat er mir auch gesagt. Und ich dachte, dass er nicht mehr mit mir zusammen sein will, nachdem er einfach abgehauen ist! Aber vielleicht ist das typisch für Jungs.«

»Kann schon sein. Für Fredrik auf jeden Fall«, sagt er und denkt: Feiger Hund. Aber was hätte er an seiner Stelle getan? Wie oft hatte er sich nicht schon aus dem Staub gemacht, wenn auch aus ganz anderen Gründen?

»Dann seid ihr also wieder glücklich?«, fragt er unkonzentriert, während er nach seiner Mutter Ausschau hält, um zu sehen, was sie hinter Evelyns Rücken macht.

»Wir schon. Aber Papa gar nicht«, sagt sie lachend. »Glücklicherweise weiß er nicht mehr, als dass ein Schwede mir Blumen geschickt hat. Ich bin sicher, dass er seine Meinung ändert, wenn er Fredrik erst mal kennen gelernt hat.«

Angel lacht skeptisch. Er sieht den nervösen Fredrik bereits an der Wohnungsschwelle stolpern. Ach, Evelyn, wenn du wüsstest, was für Probleme es mit den Blumen gegeben hat. Und du hast ja keine Ahnung, wer sie bezahlt hat.

»Da können sie sich ja über Fußball unterhalten«, sagt er.

Seine Mutter gibt den Mädchen der Reihe nach einen Kuss und schickt sie in den Umkleideraum.

Manuel stellt sich in die Mitte der Tanzfläche und ruft die Gruppe mit ein paar kurzen Klatschern zusammen. Angel zieht Evelyn hinter sich her auf die Tanzfläche, so dicht an Manuel heran wie möglich. Außer Reichweite für seine Mutter. Und er sieht, wie sie aufgeregt die Kassetten zusammenrafft und in die Tasche stopft. Er wusste es! Sie kann nicht anders, natürlich! Sie setzt sich auf einen Stuhl und streicht sich ein paar nicht vorhandene Schweißperlen aus der Stirn, steckt das Haar wieder fest und atmet laut. Ja, Mama, wir verstehen alle, dass du erschöpft bist, du hast hervorragende und anstrengende Arbeit geleistet. Was würden wir nur ohne dich tun?

Sie verfolgt jede seiner Bewegungen. Wenn er die Augen schließt, um sich besser konzentrieren zu können, nimmt sie Evelyns Platz ein und tanzt über seine Netzhaut. Er versucht, Evelyns Hände in seinen Händen zu spüren, aber es ist seine Mutter, die ihn führt, festhält, mit geradem Rücken. Sie zählt in seinem Kopf die Schritte mit. Zischt ihm zu, dass er sich gerade halten soll! Als er die Augen wieder öffnet, gibt sie mit erhobener Hand den Takt an, sie folgt seinen Schritten, oh, dass sie immer alles in die Hand nehmen, verbessern und bekritteln muss, ständig hat sie irgendetwas an ihm auszusetzen oder zu korrigieren. Und dann die Bandbreite an Gesichtsausdrücken, mit denen sich ein ganzes Lexikon füllen ließe: Unzufriedenheit, Verzweiflung, Selbstmitleid, Bedauern. Sie immer mit ihrem Bedauern! Und er mit seinem permanent schlechten Gewissen! *Wie kannst du Mama nur so traurig machen, Angel? Wo ist Mamas kleiner Junge? Ich kann ihn nicht sehen.* Mama!! Wie oft haben sie diese Szene durchgespielt? Sie! Sie allein! Er hat es gehasst. *Willst du deine Mama wirklich traurig machen?* Und was ist mit dir?! Du bist jedes Mal ungestraft davongekommen.

Er tanzt unkonzentriert, rempelt Evelyn an, ist zu langsam.

Der Tanz ist ihm doch scheißegal. Er weiß, dass er tanzen kann, dafür braucht er keine Feste oder den Club oder seine Mutter. Und plötzlich dämmert es ihm. Plötzlich geht ihm auf, warum ihn nie jemand nach seinem Vater gefragt hat, warum niemand über ihn spricht, geschweige denn seinen Namen erwähnt. Glaubst du etwa, dass ich dich nicht durchschaue?! Selbst hier im Club hast du alle dazu gebracht, nicht mehr über ihn zu sprechen. Sogar Manuel.

Wenn sie wüsste, wie traurig er sie machen könnte.

❖❖❖

Der Weg ist so weit. Der Himmel so hoch.

Er liegt mit den Walkmanstöpseln im Ohr auf dem Bett. Durch das Fenster schräg oberhalb des Bettes sieht er ein bedecktes Stück Himmel und matte Baumkronen, die leicht im Wind schwanken. Wie Wellen, vor und zurück, unter der grauen Wolkendecke.

Er hat mehrere Jahre gebraucht, um die kurze Distanz nach

Årsta und in die Sandfjärdsgatan zu überwinden. Ins Wohnzimmer, wo Mama und Natalie zusammen auf dem Sofa kuscheln und fernsehen und Chips knabbern, ist es weiter als je zuvor.

Er hat noch nie darüber nachgedacht. Wie simpel es gewesen ist. Gustav ist sozusagen einfach wieder aufgetaucht, wie ein Ausreißer, der sich entschlossen hat zurückzukommen. Und eines schönen Tages hat er wieder bei Gustav gesessen, als ob nichts gewesen wäre. Ihm gegenüber an dem alten Küchentisch, *ihrem* alten Küchentisch. Nur der Kakao, den er als kleiner Junge getrunken hat, war durch Kaffee ersetzt.

Aber wenn es so einfach ist, warum hat er dann so viele Jahre gewartet? Wir haben viel zu bereden, hat Gustav gesagt. Ach ja? Und warum hat er damals den Mund nicht aufgemacht? Gustav, der so viel weiß, hat nicht gewusst, wie man nach Farsta kommt. Nachdem Papa abgehauen ist, hat er sich auch verdrückt. Wahrscheinlich waren keine Fliegeküsse mehr übrig.

Er weiß nicht, was er mit den Dingen anfangen soll, die Gustav ihm erzählt hat. Über seine Mutter. Seinen Vater. Er ist nicht einmal sicher, ob er es wirklich wissen will. Drei Jahre und zwei Monate. Seit er vierzehn, fast fünfzehn ist, hat er nichts mehr von ihm gehört. Nach einer Weile hatte er angefangen, auf einen ganz anderen Brief zu warten. Einen Bescheid. Es tut uns Leid, Ihnen mitteilen zu müssen, dass Ihr Vater, José Calderon, bei einem Verkehrsunfall ums Leben gekommen ist. Oder bei einem Raubüberfall, durch Krebs, einen Herzinfarkt oder weiß der Teufel was. Wie viele Arten gibt es, zu sterben?!

Mit der Zeit hatte er ihn einfach eigenhändig umgebracht. Er lacht zynisch. Das war gar nicht so schwer gewesen. Die Briefe waren schließlich der einzige Beweis für seine Existenz.

Sosehr er sich auch anstrengt, es gelingt ihm nicht, sich ein Bild von seinem Vater zu machen. Er sieht immer nur die Bilder vor sich, die Gustav ihm gezeigt hat. Leblos, stumm und erstarrt. Sie sind wie eine gemalte Fantasie. Nur Schein. Trotzdem würde er gerne wissen, was sein Vater macht. Genau jetzt, in diesem Augenblick. Ob er an ihn denkt? Ob er überlegt, ihm zu schreiben? Oder geht er in der Wärme spazieren, wie an einem ganz gewöhnlichen Tag? Als ob Schweden niemals existiert hätte. Als ob Angel nicht auf seinem Bett liegen und nach leblosen Fragmenten graben würde und versuchte, den Sargdeckel ein klein wenig anzuheben, der so schwer ist, zu schwer.

Was Gustav wohl gerade macht? Wahrscheinlich isst er mit Freunden und dem Neuen, den er sich zugelegt hat, zu Abend. Dazu schlürft er natürlich einen Whisky. Man könnte meinen, dass er Alkoholiker ist, so viel, wie er von dem Zeug trinkt.

Er schaltet den Walkman aus. Steht auf. Stellt sich ans Fenster und schaut nach draußen. Das Zimmer kommt ihm eng und stickig vor. Sein Zimmer, das immer seins gewesen ist, oder? Die Geräusche vom Fernseher dringen gedämpft durch die Tür. Nein, es ist nicht weiter als sonst dort hinaus. Er geht nicht hin, weil er nicht hingehen will. Er könnte es nicht ertragen, mit seiner Mutter und Natalie in gesprächiger Stille mit Chipspamps zwischen den Zähnen zusammenzusitzen. Er hat keine Chance gegen sie.

Er nimmt die Schachtel aus dem Schrank. Setzt sich damit auf den Boden. Klaras CD. Er hört die anschwellenden und leiser werdenden Töne, den Rhythmus. Was für einen Tanz man daraus machen könnte! Victors Zeichnungen. Er hat sich überlegt, Gustav eine zu schenken. Aber er ist sich noch nicht ganz sicher. Wahrscheinlich würde sie über kurz oder lang wie alles andere in irgendeiner Schublade verschwinden.

So geht es nicht weiter. Er kann nicht den ganzen Abend faul auf dem Bett liegen. Das ist sinnlos. Vertane Zeit. Die Bilder werden nicht plötzlich Wirklichkeit. Es ist kein Leben mehr in ihnen.

Er legt die Sachen in die Schachtel zurück. Klara. Seine einzige Sehnsucht.

❖❖❖

Claes steht fertig angezogen im Flur auf dem Weg zu einer der unzähligen Nachtschichten im Söderkrankenhaus, als es an der Tür klingelt. Wir sehen uns erstaunt an. Ich erwarte keinen Besuch und habe mich schon auf einen Abend nur mit mir allein gefreut. Ein gutes Buch, einen Brief schreiben, vielleicht eine Partie Schach mit Asta. Es klingelt ein zweites Mal, diesmal länger. Claes nickt in Richtung Tür. Wir geben uns einen hastigen Abschiedskuss, ehe ich aufmache.

Angel steht da wie vom Blitz getroffen. Sieht Claes an. Dann mich. Verwirrt. Die Tür steht sperrangelweit offen und unsere Blicke springen von einem zum anderen. Die Treppenhausbeleuchtung hinter Angel flackert kurz auf und verlischt. Das Licht in meinem Flur wirft Schatten über sein Gesicht. Angel rührt sich keinen Millimeter und starrt mich wortlos an.

»Claes«, sage ich, »das ist Angel. Angel, das ist Claes.«

Claes streckt die Hand aus. Angel lässt sie unbeachtet in der Luft hängen. Grüßt ihn mit einem kaum sichtbaren Nicken, ohne ihn anzusehen. Ich hole tief Luft. Bitte, Angel, sieh ihn an! Aber er rührt keine Miene und starrt mich unverwandt an. Steht da wie zur Salzsäule erstarrt. Unerreichbar. Ich seufze im Stillen. Claes zuckt mit den Schultern und sieht mich verständnisvoll an.

»Ich muss jetzt los. Na, wir werden uns sicher noch mal sehen«, sagt er zu Angel. Claes verschwindet im Treppenhaus.

Erst das entfernte Geräusch der Haustür, die fünf Stockwerke tiefer ins Schloss fällt, reißt Angel aus seiner Starre. Er schwankt und hält sich am Türpfosten fest. Beugt sich vornüber. Es sieht aus, als ob er fallen würde. Als ich Anstalten mache, ihn aufzufangen, stößt er mich weg.

»Wer war das?«, fragt er und drängt sich an mir vorbei in den Flur.

»Das hast du doch gehört«, entgegne ich.

»Dein Neuer?«

»Nein, nicht mein Neuer«, sage ich ruhig. »Das war Claes.«

Angel wankt. Sein Blick flackert.

»Hast du schon wieder getrunken?«

»Warum?«

»Es muss doch einen Grund geben, dass …«

Ich gerate völlig aus der Fassung. Was ist los mit dir, Angel? Ich versuche seinen Blick einzufangen, aber er weicht mir aus. Wie so oft.

»Zieh deine Jacke aus und komm rein, anstatt hier rumzustehen.«

»Du findest mich nervend, oder? Es passt dir nicht, dass ich einfach so hier reinschneie, stimmt's? Und dich und … und diesen Typen störe«, sagt er herablassend.

»Darum geht es nicht.«

»Worum dann? Du hast doch sonst immer für alles eine Erklärung, stimmt's? Der Typ sieht echt aus wie ein alter Knacker!«

Ich fühle meinen Pulsschlag hochschnellen und muss mich innerlich zusammenreißen, während ich nach den passenden Worten suche. Hier läuft was schief.

»Das ist nicht deine Angelegenheit. Und er heißt Claes und nicht ›dieser Typ‹. Und was mir nicht passt, ist, dass du mit einer Bierfahne hier reingepoltert kommst. Ich weiß, dass du getrunken hast.«

»Na und! Das kann dir doch wurscht sein.«

Da war er wieder! Dieser renitente Zug, der mich bis zur Weißglut treiben kann, den ich so gut aus seiner Kindheit kenne, von seiner Mutter.

»Mach die Tür zu und komm rein«, sage ich ungehalten.

»Warum sollte ich? Du willst es ja doch nicht.«

Hör gefälligst, was ich sage! Und nicht das, was du hören willst.

»Jetzt hör endlich auf, Angel. Warum führst du dich so auf?«

»Warum führst du dich so auf«, äfft er mich nach. »Ich kann ja wohl machen, was ich will!«

»Schon möglich«, erwidere ich, das sinnlose Gekabbel gehörig leid. »Aber nicht bei mir zu Hause.«

Er schnaubt verächtlich durch die Nase.

»Und du? Wie führst du dich auf?« Er macht einen Schritt nach hinten in Richtung Tür. »Natürlich, alles im Lot, schon kapiert, das hier ist *dein* Zuhause. Und das von diesem Typen.«

»Hör auf, dich wie ein kleines Kind zu benehmen, und hör mir zum Teufel endlich zu!«

Seine dunklen Augenbrauen ziehen sich ablehnend zusammen.

»Du hast nicht über mich zu bestimmen«, sagt er verbissen. »Du bist nicht mein Vater.«

»Nein, aber …«

Das Schwarze in seinen Augen blitzt auf.

»Und das bist du nie gewesen«, schreit er mich an und macht auf dem Absatz kehrt.

»Angel!«

Er schleudert mir die Tür ins Gesicht. Verdammt!

»Angel! Bleib stehen!«

Ich renne hinter ihm her. Eine Etage tiefer bleibt er stehen, dreht sich um und schaut zu mir hoch.

»Und das wirst du auch niemals werden! Niemals!« Er spuckt mir die Worte förmlich entgegen und setzt seinen Sprint nach unten fort.

»Ach, fahr doch zur Hölle! Aber ruf mich nicht wieder an, wenn du das nächste Mal so betrunken bist, dass du nicht mehr weißt, wer du bist!«

Die Wut hat jetzt endgültig das Ruder übernommen. Das erschreckt mich, was sage ich da?! Ich renne los, stoße mich vom Geländer ab und stürme die Treppe nach unten.

»Angel! Verdammt noch mal, bleib stehen!«

»Lass mich in Ruhe, du verfluchte Schwuchtel!«

Ich sehe ihn die letzten vier, fünf Stufen in einem Schritt nehmen und straucheln, und bevor er die Balance wiedergefunden hat, habe ich ihn am Arm gepackt.

»Lass mich los!«

Ich dränge ihn gegen die Wand.

»Jetzt reicht's mir aber, verdammt noch mal! So sprichst du nicht mit mir! Nie wieder!«

»Lass mich los, hab ich gesagt! Au, du Idiot!«

Er stemmt sich mit dem Oberkörper gegen mich, worauf mein Griff nur noch härter wird.

»Hast du mich verstanden? Nie wieder! Es tut mir Leid, was ich gerade gesagt habe, aber ich bin verflixt sauer, hörst du! Erkundige dich gefälligst erst, wie die Dinge liegen, bevor du anfängst rumzuschreien und zu fluchen!«

Mein Speichel spritzt durch die Gegend und Angel wischt sich verächtlich mit dem Pulloverärmel übers Gesicht. Sein Blick geht direkt durch mich hindurch. Er kann jeden Augenblick zuschlagen. Und ich habe Angst, höllische Angst. Was machen wir hier eigentlich? Ich weiß nicht, wie lange wir so voreinander stehen und unsere Kräfte messen. Plötzlich, wie auf einen Schlag, geht eine Wandlung in seinem Gesicht vor. Alles Harte fällt von ihm ab. Die Lippen, die gerade noch zu einem Strich zusammengekniffen waren, öffnen sich. Sein ganzer Körper wird weich, plötzlich, als ob alle Muskeln auf einmal ihre Spannkraft verlieren.

»Sie hat mich nicht reingelassen«, wimmert er. »Sie hat einfach die Tür zugemacht.«

Er gleitet aus meinem Griff und rutscht wie ein nasser Kartoffelsack an der Wand zu Boden.

»Sie hat einfach die Tür zugemacht«, wiederholt er.

»Wer?«

»Klara«, sagt er.

Wer ist Klara? Er sieht zu mir hoch. Seine Augen sind so schmale Schlitze, dass sie knapp zu sehen sind.

»Komm«, sage ich. »Lass uns nach oben gehen.« Und er folgt mir brav wie ein Lamm.

Ich bin immer noch völlig aufgewühlt, als ich ihm ein Glas Cola einschenke. Selbst könnte ich einen Whisky vertragen. Ich schleiche in die Küche, schenke mir ein Glas ein und kippe es in einem Schluck runter. Als ich nach einem Kaugummi greife, muss ich beinah laut loslachen. Woher plötzlich das moralische Gewissen! Ich setze Kaffee auf. Ich habe Angel auf dem Sofa geparkt und da sitzt er immer noch, in der Ecke zusammengekauert wie ein frierender Hund. Ich stelle den Kaffee und die Cola auf den Tisch.

»Wer ist Klara?«, frage ich und setze mich in den Sessel. Angel sieht mich reuevoll an.

»Ich hab nur zwei Bier getrunken, ehrlich«, sagt er verzweifelt. »Normalerweise mache ich so was nicht, falls du das glauben solltest.«

»Ich weiß nicht, was ich glauben soll. Also, wer ist Klara?«

Angel schwenkt das Glas apathisch zwischen Daumen und Zeigefinger. Es pendelt hin und her, während er mit leerem Blick vor sich hin starrt.

»Ich weiß nicht.« Er stoppt das Glas mit der anderen Hand. »Ich weiß nicht, Gustav, ich weiß es nicht, ich weiß es nicht.« Er stellt das Glas weg. Hebt resigniert die Hände. »Scheiße!«

Er legt den Kopf auf die Rückenlehne und starrt an die Decke. Schließt die Augen.

»Obwohl ich gewusst habe, dass das eines Tages passieren würde«, sagt er. »Das passiert jedes Mal. Bei zwei Leuten will immer einer was anderes. Darum sollte man sich auch mit einmal zufrieden geben.« Er verzieht verlegen den Mund, immer noch mit geschlossenen Augen. »Mit ihnen schlafen, meine ich.«

Klara. Klara Licht und Dunkel. Das Licht ist erloschen, jetzt gibt es nur noch das Dunkel. Als ob man mit einem Lichtschalter herumspielt. An, aus, an, aus. Hell, dunkel, hell, dunkel. Im einen Augenblick noch da, im nächsten verschwunden. Ein Versteckspiel zwischen Bäumen, zwischen Fingern, die sich vors Gesicht legen, das sich hinter Händen, Schürzen und Türen verbirgt. Ein kindisches Spiel? Die stumme Angst, nicht mehr zu existieren und nicht gefunden zu werden. Sich selbst hinter den Bäumen zu suchen, nach dem Blick, sich immer wieder umzudrehen, in der Hoffnung, dass es dort sein möge, hinter einem, das, was immer dort gewesen ist.

Um schließlich hinauszugehen und den Raum im Dunkeln zurückzulassen.

So hatte er im Treppenhaus vor ihrer geschlossenen Tür gestanden. Als ob er nie drinnen bei ihr gewesen wäre. In ihrem engen Flur, in ihrem weichen Bett. Als wäre er nie in ihr gewesen. In wenigen Sekunden war alles ausgelöscht gewesen. Vorbei.

Es passt nicht, hatte sie gesagt, leise. Als ob niemand sie hören sollte. Als ob er nicht gehört werden sollte. Als dürfe das, was sie zusammen hatten, mit nichts anderem vermischt werden. Aber sie ist doch Das Andere. Klara! Ich liebe dich!

Geh, hatte sie gesagt. Und er hatte wie gelähmt dagestanden. Die Tür war ins Schloss gefallen. Er war unschlüssig gewesen. Sollte er noch einmal klingeln? Was machte sie dort drinnen? Hatte er nicht gerade Stimmen gehört? Ein Lachen? Warum passt es nicht, Klara? Warum?

Sie war nicht zurückgekommen, um ihn hereinzubitten.

»Geh. Geh weg, Angel. Warum stehst du immer noch hier?«

Es hallte durchs Treppenhaus. In einer der anderen Etagen hallte eine zuschlagende Tür. In seinem Kopf hallte es. In seinem Körper. Und wenn er sich in Bewegung setzte, würden seine Schritte hallen, das Echo seiner Schritte würde gegen die Wände schlagen, ohne Halt zu finden.

Und schon wieder beziehe ich das Bett für ihn, während er im Bad ist und sich fertig macht.

Ich setze mich aufs Sofa. Gleich kann ich mich wieder hinter meine eigenen Gedanken zurückziehen. Claes bei der Arbeit anrufen. Ich muss mit jemandem reden.

Angel kommt aus dem Bad, den Pullover in der Hand. Er bleibt stehen, wirft mir einen traurigen Blick zu und geht weiter ins Schlafzimmer. Wie oft habe ich ihm gesagt, dass ich ihn liebe? Und wie lange ist das jetzt her? Angel, ich liebe dich. Verzeih mir, dass ich dir so wehgetan habe.

Er ruft nach mir. Er sitzt auf der Bettkante, ausgezogen, vornübergebeugt, die Unterarme auf die Oberschenkel gestützt. Der kleine Adler auf seinem Oberarm scheint in der Luft stillzustehen. Er ist kein Kind mehr, er ist fast erwachsen, da sitzt ein junger Mann vor mir, aber, mein Gott, ich würde ihn am liebsten in den Arm nehmen, ihn festhalten, beschützen.

»Was willst du?«, frage ich.

Er nimmt die Armbanduhr ab und legt sie auf den Nachtschrank.

»Ich wollte bloß ... Das, was ich vorhin gesagt habe ... Ich hab das nicht so gemeint. Das weißt du, oder? Ich hab nie ...«

Ich schüttele den Kopf. Fühle mich mit einem Mal schrecklich erschöpft, es ist spät, wir sind beide müde.

»Schlaf jetzt.«

Er sieht mich an. Abwartend.

»Ich dachte, dass sie ...«, sagt er und sieht zu Boden. Plötzlich und unvermittelt fängt er an zu schluchzen.

Als ich seine Schulter berühre, gibt er widerstandslos nach, er hat keine Kraft mehr, sich dagegen zu wehren, und vergräbt sein Gesicht an meiner Brust. Wein dich aus, Angel. Es gibt nichts Beschämenderes, als sich ungeliebt zu fühlen.

❖❖❖

Ich muss es wenigstens versuchen. Für den Fall, dass Angel eines Tages auf die Idee kommt, selbst einen Versuch zu machen.

José lebt schließlich. In höchstem Grade. Und das nicht nur auf der anderen Seite des Atlantiks, hinter den Anden, in einer kleinen Hafenstadt an der Küste des Stillen Ozeans, hundertzehn Kilometer von Santiago entfernt.

Ich gehe die Briefe durch und schließlich finde ich die Telefonnummer. Trotzdem zögere ich noch. Was wird er denken, was ich von ihm will? Was mache ich, wenn Mariluz sich meldet? Wie viel weiß sie über uns? Andererseits, was soll's, was ist schon merkwürdig daran, wenn ein alter Freund aus Schweden von sich hören lässt. Und von Angels Existenz wird sie ja wohl wenigstens wissen.

Ich warte bis kurz nach Mitternacht, um sicherzugehen, dass José von der Arbeit zurück ist.

Und dann wähle ich die dreizehn Ziffern. Als das erste Freizeichen ertönt, ist mir immer noch nicht eingefallen, was ich sagen will. Was bringe ich mit diesem Anruf ins Rollen? Ganz wohl ist mir nicht bei dem, was ich tue. Ich habe das Gefühl, in fremden Töpfen zu rühren und unerwünschte Zutaten hinzuzufügen. José hat definitiv nicht darum gebeten. Aber das ist jetzt egal. Niemand außer Angel soll geschont werden. José hat sich lange genug jeder Verantwortung entzogen. Meinetwegen soll er das auch weiterhin tun. Aber Angel! In seinem Alter will man nicht zurückblicken, sondern nach vorn, aber das ist unmöglich, solange das Vergangene einem die Sicht versperrt. Er hat sich alle Mühe gegeben, unberührt zu wirken. Nur seine Unterlippe hat ganz leicht gezittert. Er hat weggeschaut und zwischendurch »Aha« gesagt.

Ich weiß nicht, was mich am meisten erschreckt hat. Sein teilnahmsloses Interesse, als wäre José ein entfernter Verwandter, von dem er Geschichten erzählt bekommt, oder dass er an keiner Stelle ausgerastet ist. Als hätte er alle Nerven gekappt. Damit ist jetzt Schluss. Meine Nervosität ist auf einen Schlag wie weggeblasen. Ich habe versucht, Verständnis für José zu wecken und Angel klarzumachen, dass er nicht aus bösem Willen gehandelt hat. Jetzt ist José an der Reihe, Verantwortung zu übernehmen.

Es knackt in der Leitung.

»Hola?«

»José? Hier ist Gustav.«

»Quién es?«

Habe ich die falsche Nummer gewählt? Nein, die Nummer stimmt.

»Quiero hablar con José.«

»Ya no vive aquí.«

Ist er umgezogen? Wohin?

Ich lege auf. Was soll ich sagen, wenn Angel mich fragt? Soll ich es bei der Auslandsauskunft probieren? Wie viele José Calderons gibt es in Chile?

KAPITEL 13

Ohne darüber nachzudenken, fährt er jeden zweiten Tag zu den Proben. Den ganzen langen, zeitraubenden Weg. Und unterwirft sich Manuels schlauchenden Anforderungen. Ein paarmal üben sie die Lola-Flores-Lieder zusammen mit Evelyns Mutter und der Band. Im Club begegnen sie sich, er und seine Mutter. Sie bleibt, um ihm zuzusehen, und er versucht, ihr so weit wie möglich aus dem Weg zu gehen. Sie scheint nicht kapieren zu wollen, dass er ihr auf die Schliche gekommen ist, durchschaut hat, dass sie mit falschen Karten spielt.

Wenn er nach Hause kommt, falls überhaupt, verzieht er sich sofort in sein Zimmer und macht die Tür hinter sich zu. Legt sich aufs Bett und liest, was ihm in die Finger kommt. Oder er flüchtet sich in die Musik. Aber manchmal ist ihm selbst Musik zu anstrengend. Weil sie ohne Vorwarnung daraus hervortritt. Klara. Ein Ton, ein Wort, ein bestimmter Rhythmus, mehr braucht es nicht. *Tus ojos.* Ihm ist noch nie etwas so klar gewesen. *Tus ojos que tienen mi ausencias. Deine Augen, die sich von mir abwenden.*

Como dulce y fresco sereno de mar, tus ojos son mi equilibrio, son mi libertad. Klara. *Wie ein milder, frischer Wind vom Meer, deine Augen, die mir Ausgeglichenheit schenken, meine Freiheit sind.* Und er hört weiter zu, kann die Musik nicht abschalten, lässt sie fließen, ohne sich zu wehren, und er fühlt Klara unter seinen Händen, an seinem Körper. Eine kindische Einbildung.

Er schlägt die Zeit tot, indem er mit Katta, Victor oder Fredrik telefoniert. Oder mit Evelyn oder jemand anderem aus dem Club. Er verbringt Stunden vorm Computer. Die ganze Zeit mit halbem Ohr registrierend, was seine Mutter macht oder wo in der Wohnung sie sich gerade befindet. Natürlich spürt er ihre Irritation, die einem förmlich unter die Haut geht, darum nutzt er jede Gelegenheit, aufzuräumen, einzukaufen, sich ums Essen zu kümmern. Um Natalie. Sie soll keinen Anlass zur Klage haben, keinen Anlass für unnötige Diskussionen oder Nörgeleien. Er muss unangreifbar sein. Wenn seine Mutter Natalie ins Bett bringt oder ein Bad nimmt, verlässt er für kurze Zeit das Zimmer, um Fernsehen zu gucken. Ab und zu ruft Manuel an und erinnert ihn an die Musik und die Kleider, den Tanz und alle Dinge, die noch geregelt und vorbereitet werden müssen. Alle müssen mithelfen, sonst geht es nicht.

Die Gespräche beim Essen sind einsilbig. Ohne Natalie wäre ihre Inhaltslosigkeit so offensichtlich, dass man es nicht mehr ignorieren könnte.

Manchmal flieht er zu Victor und isst dort, wärmt seine Hände an dem dampfenden, frisch gebackenen Brot und verbringt die Zeit mit Victors wilden Brüdern. Manchmal begleitet er Victor zu irgendeinem grasigen Hang, weil der mal wieder eine ausgefallene Blume oder einen moosigen Stein zeichnen will, während Angel über den Walkman Musik hört, bis er die Nase voll hat vom Nichtstun.

Die Schachtel steht unberührt im Schrank. Er hat ein paarmal die Schranktür geöffnet und die Schachtel angestarrt, sie aber stehen lassen. Ganz oben liegt Klaras CD. Darunter alle Bilder und Artikel vom Tauchen, Victors Zeichnungen, alte Fotos und Gustavs Geld.

Das Andere gibt es nicht mehr. Vielleicht ist es ganz gut, dass sie so häufig proben müssen. Beim Tanzen vergisst er alles und findet fast wieder Geschmack daran. Aber sie sind immer da; mal Klara, mal seine Mutter. Zwischendurch kann er sie kaum auseinander halten.

❖❖❖

Die Sonne ist uneingeschränkte Herrscherin in ihrem knallblauen Himmelreich. Bis zum Horizont nicht die Andeutung einer Wolke. Nur der eine oder andere unschuldige Watteengel, der schnell vorüberschwebt.

Angel hatte gerade sein leicht verspätetes Frühstück auf dem Außenplatz beendet, als das Telefon klingelte.

»Das ist vielleicht einer der letzten Bombentage«, hatte Katta gesagt. Man kann nie wissen. Victor hatte versprochen, Piroggen und Alfajores mitzubringen, wenn jemand anders sich um den Kaffee kümmerte. Was Angel übernommen hatte. Danach hatten sie sich auf den Weg zum Flatensee gemacht.

Kinder toben herum und schreien und laufen wie wild gewordene Bestien durch den Sand. Der See ist aufgewühlt von allen Leuten, die darin baden, spielen, schwimmen und tauchen. Er muss unbedingt noch mal abends hierher kommen. Allein auf dem Steg sitzen, weit in den See rausschwimmen, wenn er still ist und ihn mit Ruhe empfangen kann.

Es ist ein eigenartiges Gefühl, von Katta und Victor eingerahmt hier zu liegen und zu wissen, dass beide es wissen.

Irgendetwas ist anders als sonst. Sehen sie ihn vielleicht anders an? Sind sie nicht stiller als sonst? Albern weniger rum? Worin liegt der Unterschied, zwei Väter zu haben oder gar keinen? Eine Mutter zu haben, die lügt, oder gar keine? Was ist der Unterschied zwischen zwei Leben? Zwischen Klara Licht und Klara Dunkel?

»Cremst du mir den Rücken ein?«, fragt Katta und drückt ihm eine Flasche mit Sonnenmilch in die Hand. Er spritzt einen Klecks auf ihren Rücken. Sie zuckt, als die kalte Creme ihre warme Haut berührt. Er massiert die Creme auf ihrem Rücken ein, langsam, gründlich, mit sanften Fingern. Spürt ihre Wärme. Das könnte Klaras Rücken sein.

Aber vielleicht ist er ja auch anders, nicht Katta oder Victor. Wenn etwas ausgesprochen wird, verändert man sich, ist nicht mehr der, der man gerade noch war. Ist es das, was Gustav meint, wenn er sagt, dass man reden muss? Es wenigstens versuchen soll, auch wenn es schwer fällt und wehtut?

Die Wärme schnürt ihm die Brust zusammen. Das Wasser ist verlockend, aber ihm ist nicht nach Schwimmen. Er sieht die alten Fotos vor sich. Er ist damals klein und mickrig gewesen. Wie die Jungen am Ufer, die eimerweise Wasser anschleppen, Sandburgen bauen und gleich wieder in Trümmer legen, die mit Taucherbrillen herumrennen und auf monströsen Gummikrokodilen und Gummihaien herumhüpfen und sich gegenseitig ins Wasser schubsen. Er hatte auch einen Gummihai, den Gustav ihm von einer seiner Auslandsreisen mitgebracht hatte. Das Aufblasen hatte hundert Jahre gedauert. Sie hatten damit getobt oder sich einfach darauf gelegt und in der Sonne über die Wellen treiben lassen.

Erst jetzt ist die Sehnsucht greifbar geworden. Nach Papa. Nach Gustav. Nach der Wohnung, in der sie zusammen gelebt haben. Nach dem Adventspunsch und den Krebsfesten mit all den verrückten Leuten. Nach den Campingurlauben im Sommer, wenn sie dicht aneinander gekuschelt in ihren Schlafsäcken gelegen haben. Gegrillt haben. Hinter ihren Angeln hockten, obwohl das eigentlich ziemlich langweilig war. Nach den Griechenlandreisen, die er trotz der Fotos vergessen hatte! Und nach den Museumsbesuchen. Den Fliegeküssen, die Gustav ihm geschickt hat und die den ganzen Tag seine Tasche gewärmt haben.

Die Sehnsucht nach einem anderen Leben. Wer hat sie ihm weggenommen?

Aber was vermisse ich eigentlich? Etwas, von dem ich nicht weiß, was daraus geworden wäre!

»Will jemand ein Eis?«, fragt Katta. »Ich geh auch freiwillig.«

Als Katta weg ist, zieht Victor einen Block und ein paar Stifte aus der Tasche. Es ist schwierig, sich denselben Victor im Fitnessstudio vorzustellen, wie er an den Geräten schwitzt und ackert. Jetzt schaut er konzentriert über den See, die Schirmmütze als Sonnenschutz in die Stirn geschoben, und macht ein paar Bleistiftstriche. Angel streckt sich auf dem Rücken aus und blinzelt Victor an. Wer bin ich heute für dich? Und wer bist du für mich?

Seit dem Training haben sie das Thema Gustav oder Papa nicht mehr angeschnitten. Victor war ganz schön geplättet gewesen. Na ja, er selbst ja auch. Als er Victor gesagt hat, dass er zwei Väter gehabt hat, hat der ihn angestarrt, als ob er nicht alle Tassen im Schrank hätte. Zwei. Wie, zwei?! Und dann: Wieso gehabt?

Genau das war so schwierig zu erklären. Das Gehabthaben. Und wie alles zusammenhing.

Victor hatte ähnlich reagiert wie Katta: Dein echter Vater – das hatten sie beide gesagt – dein echter Vater, als ob es unechte Väter und echte Väter gäbe – ist in Chile? Hast du Kontakt zu ihm? Hat er dir wirklich seit über drei Jahren nicht mehr geschrieben?!

Katta war dann allerdings noch etwas direkter geworden: »So eine Qualle!«, hatte sie gesagt.

Die Qualle ist kein schönes Tier. Glitschig und manchmal ganz schön fies. Welches Meerestier wäre Gustav? Natalie wäre zweifellos ein Schleierschwanz, der goldglänzend und mit einer Flosse, die wie ein Brautschleier aussieht, durchs Wasser schwebt. Ein kleiner behüteter Aquariumsfisch. Und seine Mutter? Schon schwieriger. Sie kann viele Gestalten annehmen. Eine

Muschel, die ihn und sein Leben in sich eingeschlossen hat. Ein Seestern, der im flachen Wasser schillert, aber sofort austrocknet, sobald die Wellen nicht mehr über seine ausgestreckten Strahlen lecken. Ein zehnarmiger Tintenfisch, der immer mindestens ein Tentakel ausgefahren hat, um seine Beute festzuhalten, und bei der geringsten Gefahr sofort hinter einem tintenschwarzen Vorhang verschwindet. Aber am ehesten ist sie wohl ein Kugelfisch. Bei unsachgemäßer Zubereitung stirbt man am Gift seiner Leber.

Angel zuckt zusammen, als etwas Kaltes auf seinem Bauch landet.

»Bitte schön! Ich hoffe, die Daim-Waffel ist genehm!«

Victor legt den Block beiseite. Angel setzt sich auf und befreit das Eis vom Papier.

»Ich bin ganz schön bekloppt, mit zwei Kanaken gleichzeitig an den Strand zu gehen«, sagt Katta und macht es sich auf der Decke bequem. »Neben euch sehe ich total käsig aus.«

»Ich wusste gar nicht, dass es roten Käse gibt«, sagt Angel und duckt sich.

»Macht euch ruhig lustig; nur weil ihr so schnell braun werdet. Ich kann doch auch nichts für meine Gene. Mein Gott! Warum muss ausgerechnet ich einen rothaarigen Vater haben?!«, ruft sie theatralisch. »Warum tut man sich das eigentlich an? Wenn es sowieso in ein paar Wochen wieder verschwunden ist?«

»Ist es das?«, fragt Angel. »Ist mir noch gar nicht aufgefallen.«

»Bei euch vielleicht nicht. Und dann kriegt man mit fünfzig auch noch Hautkrebs. Was ist das für eine Welt, in der wir leben! Als ob braun schöner wäre.«

»Ist es das nicht?«

»Doch, ist es«, seufzt Katta. »*But blondes have more fun*, damit ihr's nur wisst.«

»Sagt man, ja«, sagt Victor. »Und wie viel Spaß hast du?«

»Willst du ein Eis in deiner Badehose haben?!«

»Nein, kein Eis, aber gerne was anderes.«

»Was sind wir wieder komisch heute.«

Das klingt doch schon ganz anders. So macht es Spaß. Sich in der Sonne räkeln und rumflachsen.

Angel verteilt einen Klecks Sonnenmilch auf seinem Nacken und den Schultern. Seine Haut ist sonnenwarm. Straff. Eine Hülle, die das Innere zusammenhält. Als ob man ihm eine Pelle übergezogen hätte, die verhindert, dass das Innere herausfließt. War ihm anzusehen, dass unter der Haut alles in Bewegung war? Hörten die anderen das Klopfen und Pochen unter seiner Haut? Konnten sie durch seine Haut sehen, wie Klara Dunkel sich wie eine endlose Polarnacht in ihm ausbreitete?

Angel wirft einen Blick auf Victors Block. Er hat eine einfache Skizze gemacht, nicht viel mehr als die Umrisse eines älteren Paares auf ihren Liegestühlen. Trotzdem kann er die selbstbewusste Haltung der Frau und die müde, leicht zusammengesunkene Gestalt des Mannes erkennen.

»Victor, würdest du mich malen?«

»Jetzt?«

»Nein, nicht jetzt. Später, vielleicht heute Abend. Oder irgendwann anders.«

»Und natürlich nackt«, kommentiert Katta. »Damit du dich hinterher selbst bewundern kannst.«

Victor lacht.

»Ich male die Wirklichkeit, ohne was zu schönen.«

»Als ob das nötig wäre«, sagt Angel und zieht schnell den Kopf ein unter Victors und Kattas Buh-Rufen.

Nein, nicht ganz nackt, denkt Angel. Nur fast. Um nachzusehen, ob ihm etwas anzumerken ist. Dass alles in ihm in Bewegung ist. Ob sich etwas verändert hat. Ob er ein anderer geworden ist. Um sie mit den anderen Zeichnungen zu vergleichen und zu gucken, ob Victor etwas anderes als früher sieht.

»Zeit für Chicago«, sagt Katta und holt die Karten raus.
»Ich will erst baden«, sagt Victor.
»Okay, der Letzte bezahlt das Eis«, ruft Katta und ist schon auf dem Weg zum Wasser. Victor läuft hinter ihr her.

KAPITEL 14

Natalie kommt in die Küche gestürmt.

»Das ist für dich«, sagt sie, klettert auf seinen Schoß und legt ein Bild vor ihn auf den Küchentisch.

»Schon wieder eine Prinzessin«, sagt er wenig überrascht.

»Ja, und das bist du«, sagt sie und zeigt auf einen Prinzen auf einem Pferd.

»Na, hör mal, so große Ohren habe ich doch gar nicht!«

»Du bist doof«, sagt sie und lacht los. »Sag, was ich malen soll!«

»Ich weiß nicht, wie wär's mit einer Kuh?« Natalie verdreht die Augen.

»Eine Kuh?! Das ist langweilig«, sagt sie und rutscht von seinem Schoß. »Sag was anderes.«

Angel ist froh, dass Natalie zu Hause ist. Sie lenkt ihn ab, ohne es zu wissen. Einfach, weil sie da ist, selbst wenn sie für sich allein spielt. Zwischendurch kommt sie zu ihm, damit er ihr einen Knoten aufmacht oder um ihm ein Bild zu zeigen oder ihn etwas zu fragen. Sie zeigt ihm die Fossilien, die sie und Mama auf Gotland gefunden haben und die sie extra für ihn aufgehoben hat. Sein Interesse hält sich in Grenzen, aber rührend ist es trotzdem.

Angel sieht auf die Uhr. Er muss Natalie was zu essen machen. Seine Mutter hat wieder angefangen zu arbeiten, was die reinste Befreiung für ihn ist. Jetzt kann er wieder machen, was er will, die Wohnung gehört ihm. Nicht, dass er so viel machen würde. Die meiste Zeit hängt er rum.

Obwohl es genug zu tun gäbe. Nächsten Samstag ist das Fest und er hat das Training schleifen lassen. Eigentlich müsste er sich die Kassette mit *Adoro* anhören, üben, bimsen. Aber er braucht nur daran zu denken, und schon sträubt sich alles in ihm. Gestern hat er wieder die Probe ausfallen lassen. Er konnte sich nicht überwinden, dorthin zu fahren und so zu tun, als ob alles beim Alten wäre.

Er setzt das Wasser für die Spagetti auf. Während er die Hackfleischsoße anrührt, rechnet er nach, dass sein Vater wahrscheinlich gerade frühstückt, wenn er Mittag isst. Wenn er morgens aufsteht, legt sein Vater sich schlafen. Wenn sein Vater von der Arbeit nach Hause kommt, kriecht er gerade ins Bett.

Er hat versucht, sich seinen Vater an einem gewöhnlichen Morgen an seinem Frühstückstisch vorzustellen. Wie er einen Bissen von seinem – Butterbrot oder was nimmt? Weißbrot? Oder isst er vielleicht frittiertes Maisbrot? Mit Käse? Oder Marmelade? Gibt es Käse da drüben?

Und wo isst er sein Frühstück?

Angel stellt sich am liebsten vor, dass er draußen sitzt. Auf einer Steinveranda mit Schlingpflanzen, die ein schattiges Dach bilden. Palmen. Tontöpfe auf dem Boden mit exotischen, farbenprächtigen Blumen. Aber genauso gut könnte er auch in einem Hochhaus mit einem kleinen, rostigen Balkon wohnen.

Alle Versuche enden damit, dass er sich in dämlichen Details verliert – gibt es dort Leberpastete? Die Bilder verschwimmen, werden unfassbar.

Er zieht die Wohnungstür hinter sich zu und schließt ab. Natalie spielt bei den Schaukeln. Sie kommt angeflitzt, als er sie ruft.

»Ich muss mal kurz in die Stadt. Das ist doch nicht schlimm, oder?«

»Nö.«

»Hier sind deine Schlüssel. Ich weiß nicht genau, wann ich zurück bin. Wenn es langweilig wird …«

»Spiele ich bei Emma weiter«, sagt sie glücklich.

»Gut«, sagt er, küsst sie auf die Wange und geht.

Seinetwegen dürfte gern schlechteres Wetter sein. Dunkle Gewitterwolken. Regenschauer. Das würde viel besser zu seiner Stimmung passen. Ein Sommertag wie dieser passt nicht zu seinen aufgewühlten Gefühlen. Klara. Es ist eine einzige Quälerei. Er will sie loswerden. Muss sie wieder sehen.

Er fährt zum Fridhemsplan, steigt aus. Während er auf der Rolltreppe dem Tageslicht entgegenfährt, geht ihm die ganze Zeit durch den Kopf, dass er lieber umkehren sollte.

Die Ampel am Drottningholmsvägen springt auf Rot. Von hier aus kann er eine Ecke ihres Hauses sehen. Er weiß viel zu gut, wie es aussieht. Die beige verputzte Fassade. Die hohen Sprossenfenster. Das Treppenhaus, das furchtbare Treppenhaus mit dem weißen, hallenden Marmorboden. Er sieht sich wieder vor ihrer Tür stehen. Es passt nicht. Das waren ihre Worte. Sonst nichts. Sie hat mit keiner Silbe gesagt, dass Schluss ist. Wozu auch, sie haben sich schließlich nur ein paarmal getroffen, Sex gehabt, miteinander geredet, mehr nicht. Es gab nichts, was beendet werden konnte.

Die Ampel fängt an zu summen, als sie auf Grün umspringt. Die Leute strömen über die Straße und eine mit Plastiktüten beladene Frau rempelt ihn an. Sie murmelt eine eilige Entschuldigung, worauf er sich bei ihr bedankt, so was Beklopptes. Er fühlt sich wie ein ausgewachsener Volltrottel.

Er ist bei ihrem Haus angelangt. Aber anstatt stehen zu bleiben, geht er wie aufgezogen daran vorbei. Erst unten am Norr Mälarstrand dreht er um und geht durch die Fridhemsgatan zurück. Als er sich wieder ihrem Haus nähert, verlangsamt er das Tempo und geht quer über die Straße zu dem weißen Postgebäude auf der anderen Seite.

Er setzt sich auf die Betonmauer neben der Kinderwagenrampe und schaut zu ihrer Wohnung im zweiten Stock hoch. Sein Magen krampft sich zusammen. Er bekommt kaum Luft und atmet in kurzen, heftigen Zügen, die sich durch den Brustkorb kämpfen müssen. Eins der Küchenfenster steht offen. Und er sieht sie vor sich. In ihrem langen Shirt. Die durchsichtige, helle Gardine bauscht sich weich im Windzug, genauso weich wie alles andere dort drinnen, die großen Kissen auf ihrem Sofa, die luftige Daunendecke in ihrem Bett, ihre Brüste, ihre Schenkel, alles, alles, alles.

So nah.

Er könnte sich unter das offene Fenster stellen und sie rufen. Aber das ist unmöglich. Er ist wie gelähmt.

Plötzlich steht sie am Fenster. Er springt blitzschnell hinter ein paar Büsche in der Nähe. Klara steht wie eine Königin am Fenster und blickt abwesend hinaus. Mit einem Becher in der Hand. Nachdenklich. Ab und zu nimmt sie einen Schluck. Woran denkt sie? Ob sie zwischendurch auch mal einen Gedanken an ihn verschwendet? Vermisst sie ihn? Er versucht, ihren Blick einzufangen. Am liebsten würde er aus seinem Versteck hervorkommen. Damit sie ihn sehen kann. Dann würde er wissen. Ob es passt.

Aber er rührt sich nicht vom Fleck. Als wäre seine Batterie leer. Er nimmt die vorbeirauschenden Autos oder die vorübergehenden Leute kaum wahr.

Sie löst den Fensterhaken und zieht das Fenster zu.

Er schließt die Augen und kneift sie so fest zusammen, bis ihm schwummrig wird.

Er bleibt noch eine ganze Weile geduckt hinter den Büschen stehen, ehe er sich losreißt. Vorm Restaurant Polhem sitzen die

Leute in der Sonne und trinken Bier. Als er die Straße überquert, wird ihm peinlich bewusst, dass sie ihn die ganze Zeit gesehen haben müssen.

Er weiß nicht, wo er jetzt hinsoll.

Anstatt zur U-Bahn runterzugehen, biegt er rechts ab. Vorm Imbiss an der Bushaltestelle hat sich eine lange Schlange gebildet und der Bürgersteig quillt von kleinen weißen Cafétischen und Menschen über. Die Tische gehören zu einem kleinen Café oder einer Eisdiele. *Gelateria Italiana* steht in großen Lettern auf dem großen Fenster. Italienisches Eis und italienischer Kaffee. Warum nicht? Er könnte jetzt einen Kaffee gebrauchen. Er lacht verbittert in sich hinein. Köstlicher, frisch gemahlener Kaffee, näher wird er Klara wohl nicht mehr kommen. Er betritt die kleine, enge Eisdiele und reiht sich in eine Schlange von Leuten ein, die Eis, Kaffee oder italienische Sandwiches bestellen wollen.

Hinter der hohen Theke steht eine etwas ältere, dunkelhaarige Frau. Sie kann knapp über den Thekenrand schauen, was sie allerdings nicht davon abhält, zügig zu bedienen und jedem Kunden ein freundliches Lächeln zu schenken. Plötzlich legt sie die Stirn in besorgte Falten.

»Etwas langsamer«, bittet sie den Kunden in gebrochenem Schwedisch.

Der Mann vor Angel wiederholt seine Frage, aber sie versteht ihn immer noch nicht.

»Er fragt, ob es möglich ist, eine Vorbestellung für eine Hochzeit zu machen«, sagt Angel auf Spanisch.

Ihr Gesicht hellt sich auf.

»Ah, natürlich«, ruft sie. »Jetzt gleich?«

Der Mann schüttelt den Kopf und lässt über Angel fragen, ob er vielleicht eine Liste ihrer Eissorten haben könnte.

Angel bestellt einen Cappuccino. Als er bezahlen will, winkt sie ab.

Drinnen gibt es nur vier Tische und Angel drängt sich zu dem einzigen freien Platz in der Ecke durch. Eine blonde Frau löst die Dunkle ab, die schnell ein paar Sandwiches zurechtmacht. Er nimmt einen Löffel von der aufgeschäumten Milch und sieht den Frauen bei ihrer Arbeit zu. Die Dunkelhaarige wirft ihm zwischendurch immer wieder freundliche Blicke zu. Er beobachtet, wie die Leute kommen und gehen, ihren Kaffee trinken, sich unterhalten, lächeln und lachen. Aber er sieht sie an, ohne zu sehen.

Er trinkt seinen Kaffee in kleinen Schlucken, um möglichst lange sitzen bleiben zu können und die Entscheidung, was er als Nächstes tun soll, hinauszuzögern.

An den Wänden hängen gerahmte Zeitungsausschnitte über die besten Eisdielen der Stadt. Die Gelateria Italiana hat in allen Bewertungen Vier plus, fünf Bienen oder welches Symbol die jeweilige Zeitung gerade vergibt. Und der Laden scheint wirklich beliebt zu sein.

Angel folgt dem Sekundenzeiger der Uhr über der Tür. Als er die Zwölf erreicht, springt der Minutenzeiger eine Markierung weiter. Gleich vier Uhr. Eigentlich müsste er nach Hause und das Abendessen vorbereiten, bevor seine Mutter von der Arbeit kommt. Aber er bleibt sitzen. Das leise Gemurmel um ihn herum, die freundlichen Blicke der dunkelhaarigen Frau und die Unentschlossenheit der Kunden, die sich nicht zwischen den unzähligen Eissorten entscheiden können, haben was Entspannendes.

Die Dunkelhaarige kommt hinter der Theke hervor, um Geschirr abzuräumen und die Tische abzuwischen.

»Mehr Kaffee?«, fragt sie. Er schüttelt den Kopf. Sie legt die Stirn in Falten, als ob sie ihm nicht glauben würde.

»Warte«, sagt sie und geht zur Eistheke.

Gleich darauf kommt sie mit einem Eisbecher zurück und stellt ihn vor ihm auf den Tisch. Er sieht sie verdutzt an.

»Crema de Erina«, sagt sie und lächelt ihn breit an.

»Erina?«

»Das ist meine Schwester, die Blonde. Sie ist die Chefin«, erklärt sie lachend. »Ich bin erst seit ein paar Monaten hier.«

»Und wie heißt du?«

»Rosalba.«

»Rosalba«, wiederholt er. »Lustiger Name.«

»Probier das Eis, …«

»Angel«, springt er ein.

»Angel.«

Er nimmt einen Löffel von dem Eis. Sie sieht ihn selbstbewusst und erwartungsvoll an. Ein milder Geschmack breitet sich auf seiner Zunge aus.

»*Divino*«, sagt er und ist froh, dass es wirklich stimmt.

»*Si, si, naturalmente*«, sagt sie zufrieden. Sie zeigt auf ein altes Schwarzweißfoto an der Wand. »Das ist mein Großvater«, sagt sie. »Er hatte eine Gelateria in Rom, die mein Bruder übernommen hat. Meine Kinder sind jetzt erwachsen und brauchen mich nicht mehr, also komme ich ab und zu hierher und helfe Erina. Warst du schon mal in Italien?«

»Nein.«

Oder, vielleicht doch. Sind sie nicht mal zusammen dort gewesen?

Sie sieht ihn forschend an

»*Como ti senti?*«

Die Frage überrumpelt ihn. Wie es ihm geht? Das war die letzte Frage, die er erwartet hat. Was soll er darauf antworten? Im Moment fühlt er nichts. Wie soll man absolute Leere beschreiben? Und überhaupt, warum interessiert sie das?

Er lächelt sie resigniert an und zuckt mit den Schultern.

Sie blickt ihn ruhig mit ihren nussbraunen Augen an. Das schwarze Haar ist im Nacken zu einem dicken Zopf zusammengebunden. In dem Schwarz glitzern vereinzelte graue Haarsträhnen.

»Du siehst nicht glücklich aus«, sagt sie.

Er sieht aus dem Fenster. Er könnte auf der Stelle losheulen, kämpft dagegen an, sie soll gehen. Aber er spürt weiter Rosalbas Blick auf sich. Es ist kaum zum Aushalten. Er holt tief Luft. Ballt die Hände. Der Klumpen im Magen ist wieder da und drückt gegen die Bauchdecke. Das ist doch lächerlich, er wird ja wohl nicht in einer Eisdiele anfangen zu flennen. Alles wirbelt durcheinander, Papa, Gustav, Klara, Mama, früher, heute, später.

In letzter Sekunde rettet ihn ein eintretender Kunde. Rosalba dreht sich um und geht wieder hinter die Theke.

Angel steht auf. Rosalba hebt die Hand, um ihn aufzuhalten.

»*Giovanotto!* Junger Mann!«, ruft sie.

Angel tut so, als ob er sie nicht gehört hätte, und geht weiter in Richtung Ausgang. Er findet sich selbst zum Kotzen.

»*Momento*«, sagt sie zu dem Kunden und läuft hinter Angel her. Am Eingang zur U-Bahn holt sie ihn ein. Sie sagt nichts, sieht ihn einfach nur ernst an und hält seinem Blick stand.

»Du bist immer herzlich willkommen«, sagt sie schließlich.

Um zu riskieren, Klara in die Arme zu laufen? Womöglich ist das ihre Stammeisdiele? Ist es so, Rosalba? Sie wohnt auf der gegenüberliegenden Straßenseite. Da drüben. Hundert Meter von hier entfernt.

»Wir haben noch mehr Sorten.« Sie legt eine Pause ein und sieht ihn verschmitzt an. Er weiß nicht, wie er sich verhalten soll. In dem Moment setzt sie wieder an und zählt an den Fingern ab:

»*Sorbetto di arancia, sorbetto di limone, sorbetto die nocciola …*«

Er kann sich ein Grinsen nicht verkneifen. Und sie strahlt und zwinkert ihm zu.

»Wusste ich doch, dass du ein hübsches Lächeln hast.« Er wird rot und freut sich wie der letzte Idiot über ihr Kompliment. »Du bist immer willkommen, Angel.«

Sie reicht ihm die rechte Hand. Ihm bleibt gar nichts anderes übrig, als sie zu nehmen.

»*Arrivederci*«, sagt sie.

Bis zum nächsten Mal, denkt er. So sagt man wohl, wenn man sich nicht endgültig verabschieden will.

KAPITEL 15

Eigentlich müsste er das Programm durchgehen, aber er hat keine Lust, solange seine Mutter ihm dabei zuschaut. Sie sitzt auf dem Sofa, Nähsachen und einen Rock auf dem Schoß und die Lesebrille auf der Nase.

»Schläft sie?«

»Wie ein Stein.«

Natalie war schon immer leicht ins Bett zu kriegen.

Angel schaltet den Fernseher ein und setzt sich mit der Fernbedienung in der Hand ganz vorne auf die Sofakante. Seine Mutter legt den Rock beiseite und nimmt eine Zeitung vom Tisch.

»Vielleicht sollte ich Maritza mal wieder zum Essen einladen«, sagt sie und blättert zerstreut in der Zeitung. »Als Dankeschön für die Woche auf Gotland.«

Warum erzählst du mir das?

»Hast du dir die Fotos schon angesehen? Sie liegen in der Küche.«

Doch, er hat sie gesehen.

»Natalie hat sie mir gezeigt«, sagt er.

Sie sieht ihn an. Ist das alles, was er zu sagen hat?

»Hast du das von Natalie zwischen den Mohnblumen gesehen?! Ist das nicht hübsch? Wie von Monet gemalt.«

Wow. Wie von Monet gemalt, wunderschön, Natalie ist ja sooo hübsch.

Er zappt zwischen den Kanälen hin und her. Ein Programm langweiliger als das andere. Eine Wiederholung von Ricki Lake flimmert über den Bildschirm, die jagt ihm inzwischen Schauer über den Rücken. Da ist Oprah Winfrey schon besser. Bei MTV bleibt er hängen.

Er fühlt sich rastlos. Ihm fällt nichts ein, was er diesmal vorschieben könnte. Er hat ein paarmal zu oft gesagt, dass er zu Victor geht. Das war das Einfachste. Dabei wollte er Victor heute Abend tatsächlich bitten, ihm ein Alibi zu verschaffen. Sicherheitshalber.

»Ich denke, ich fahre morgen zum Club und helfe bei der Vorbereitung«, fährt seine Mutter mit einem leisen Seufzer fort. »Ach ja, im Moment ist viel zu tun. Den Rock hier wollte ich längst aussortieren. Was meinst du? Ob ich ihn bei dem Fest noch mal tragen kann?«

Er zuckt mit den Schultern.

»Oder macht er mich zu alt?«

Du bist alt, Mama.

»Natürlich kannst du ihn anziehen«, sagt er gereizt. »Das ist doch ein ganz gewöhnlicher schwarzer Rock.«

»Gewöhnlich?«, sagt sie gespielt affektiert, schiebt die Brille auf die Nasenspitze und tut so, als würde sie ihn streng ansehen. »So, so. Vielleicht sollte ich mich gleich in ein Fischnetz einwickeln!«

Hör auf. Du bist nicht komisch.

Sie nimmt ihre Näharbeit wieder auf.

»Danke, dass du das Badezimmerschloss repariert hast«, sagt sie. »Es war höchste Zeit, dass das in Ordnung kam.«

Er hatte Natalie etwas vorgelesen und für sie gesungen. Manchmal fand er es ungerecht, dass sie so vieles von dem bekam, was ihm genauso zugestanden hätte.

»Machst du Piroggen fürs Fest?«

Hört das denn nie auf.

»Ja, hatte ich vor.«

»Und wann, wenn ich fragen darf?« Sie nimmt die Brille ab und sieht ihn an. »Du hast nicht mehr viel Zeit. Brauchst du Hilfe?«

Er schüttelt den Kopf.

»Nein, ich habe Victor gebeten ...!«

»Weiß Victor, wie man Piroggen macht?«, unterbricht sie ihn mit einem Lachen, aber Angel verzieht keine Miene.

»Ich nehm's an. Seine Mutter macht jedenfalls gute Piroggen, da kann er das sicher auch. Wir wollen sie morgen Abend machen.«

Victors Mutter, ja, sicher, die kann das. Ihre Hilfe ist ihm also lieber als die der eigenen Mutter. Auch gut, so hat sie weniger Arbeit. Aber manchmal vermisst sie es. Das rege Leben. Den lockeren Umgangston. Früher waren sie häufig zu acht oder zehnt eingefallen und hatten sich ganze Abende und Nächte vor dem Videorecorder um die Ohren geschlagen. Aufs Sofa gefläzt und über den Fußboden verteilt, Cola und Chips auf dem Tisch. Wenn sie nicht da war, haben sie vermutlich auch härtere Sachen getrunken, aber sie sind nie aus der Rolle gefallen, also hat sie sie machen lassen. Das war immer noch besser, als dass sie in der Stadt rumhingen.

Angel hat schon lange niemanden mehr mit nach Hause gebracht. Als ob ihr das nicht aufgefallen wäre. Wann zum Beispiel ist Victor das letzte Mal hier gewesen? Oder Katta?

»Dummerweise geht das Badezimmerschloss jetzt ein bisschen schwer.« Sie beißt den Faden ab, schüttelt den Rock ein paarmal aus und legt ihn zusammen. »So, das wäre geschafft«, sagt sie. »Wäre toll, wenn du das einstellen könntest.«

Er steht auf und holt einen Schraubenzieher. Als er mit dem Schloss fertig ist, bleibt er gleich im Flur.

Sie hört, wie er die Schuhe anzieht und im Schrank nach seiner Jacke sucht. Will er weg? Na, sie muss ja schon fast dankbar sein, dass er sich überhaupt noch zu Hause blicken lässt. In den letzten Wochen hat sie ihn kaum zu Gesicht bekommen. Entweder hat er geschlafen oder ist unterwegs gewesen, irgendwo, und erst spät nach Hause gekommen. In manchen Nächten ist er überhaupt nicht aufgekreuzt. Und er sagt nichts. Außer, dass er bei Victor war.

»Ich gehe kurz zu Victor rüber«, ruft er aus dem Flur.

»Angelito, komm doch bitte noch mal her!«

Er stellt sich ungeduldig in den Türrahmen zum Wohnzimmer.

»Wann kommst du nach Hause?«

Gar nicht, Mama. Ich hab nicht vor, nach Hause zu kommen.

»Weiß nicht.«

Sie hat seine nonchalanten Antworten so satt. Seinen arroganten Blick. Das Misstrauen darin. Oder wie soll sie es sonst deuten? Fast anklagend. Warum kann er nicht einfach sagen, wie es ist. Dass er ein Mädchen kennen gelernt hat! Natürlich hat sie das mitbekommen, so, wie er sich in letzter Zeit benommen hat. Es ist jedenfalls ziemlich unwahrscheinlich, dass er so oft bei Victor übernachtet, das hat er früher auch nie gemacht. Wo sie doch so wenig Platz haben. Wo sollte er da schlafen? In Victors Bett vielleicht? Nein, das nimmt sie ihm nicht ab.

»Es kommt ein guter Film im Fernsehen«, sagt sie.

Er staunt, wie scheinbar unbeteiligt sie auf dem Sofa sitzt. Und ihn auffordernd ansieht, als würde sie eine Antwort von ihm erwarten. Unbeteiligt?! Falsch. Viel zu beteiligt.

Plötzlich wallt wieder diese Wut in ihm hoch, wie ein Gift, ein Ungeheuer. Sieh mich gefälligst nicht so an! Das ist krank. Und ihm bleibt nur der Ausweg zu lügen, zu lügen, als ob er etwas Verbotenes täte.

❖❖❖

Woher nehme ich eigentlich das Recht, Angel meine Ansichten mitzuteilen? Wie wird es danach weitergehen?

Ich kann nicht wie ein Vater mit den üblichen guten Ratschlägen kommen, vom Leben an sich plaudern oder mir das seltsame elterliche Recht zu Eigen machen, zwischendurch einfach auf Taub zu stellen und nichts an mich herankommen zu lassen. Wir sind zu lange getrennt gewesen. Die Rolle ist ausgespielt. Und außerdem hat er einen Vater, eine Mutter und Verwandtschaft, und ich gehöre nicht dazu.

Angel ist zu mir gekommen, weil er etwas von mir wollte. Nicht aus weinerlichem Mitleid für einen Mann in der Midlifecrisis, um den er sich kümmern muss. Und, was will ich?

Ich erinnere mich noch genau, wie stolz ich damals war, wenn er in der U-Bahn auf meinem Schoß saß und Papa zu mir sagte, sodass alle Mitfahrenden es hören konnten. Und an die Plauderstunden vorm Schlafengehen. Wie wir die Hausaufgaben zusammen gemacht haben. Alles, was er von mir bestätigt haben wollte – ist das so oder vielleicht so? Sein Wissensdurst. Seine ständige Nerverei wegen der ewigen Museumsbesuche am Wochenende, wobei das Naturhistorische Museum sein eindeutiger Favorit war. Ich weiß nicht, ob er damals glücklich war, falls Kinder Glück überhaupt bewusst erleben, aber eins weiß ich genau. Er hatte Vertrauen. Er hat mir vertraut.

Es ist nicht leicht, etwas zurückzubekommen, das man verloren geglaubt hat. Plötzlich soll man es in einem Raum unterbringen, der inzwischen mit ganz anderen Dingen gefüllt ist. Obwohl ich mir im selben Moment, als ich das denke, eingestehen muss, dass es Lüge und Selbstbetrug ist. Es gab sehr wohl einen leeren Raum, den ich anfangs noch häufig aufgesucht habe, mit der Zeit immer seltener, um ihn schließlich ganz zuzumachen. Was blieb, war Trauer, aber kein Schmerz. Was für Angel daraus geworden ist, weiß ich leider viel zu genau.

Und jetzt hat er diese Räume unwissentlich geöffnet. Es wäre nicht so schlimm, wenn er nur den Schmerz geweckt hätte. Aber da ist auch das andere. Die Liebe. Die Passion. Die Gespräche. Wie soll man sich jemals von solchen großen Gefühlen befreien?

Ich allein habe nie gereicht. Konnte nie reichen. In Josés Leben war das Glück ein viel zu unregelmäßiger Gast, als dass er es erkannt oder sich darauf verlassen hätte. Er war nicht in der Lage, nur die glücklichen Stunden zu zählen, weil er befürchtete, viel zu schnell mit dem Zählen aufhören zu müssen.

Natürlich spielt eine große Portion Nostalgie mit. Und es ist Claes gegenüber nicht ganz fair. Aber so einfach, dass es nur »einen Mann in meinem Leben« gibt, ist es nun mal nicht. In letzter Zeit sehne ich mich nachts manchmal nach José, dann ist es sein Körper, den ich streichele, und nicht Claes'. Und wenn ich tagsüber allein bin, denke ich darüber nach, wie José und ich unsere Chancen verspielt und uns in unserer Liebe verletzt haben, von Hass konnte nämlich nie die Rede sein. Später habe ich ihn gehasst, weil er mich verraten und Angel im Stich gelassen hat. Am Ende war ich derjenige, der nicht mehr auf seine Briefe geantwortet und den Hörer nicht mehr abgenommen hat, wenn nachts das Telefon klingelte.

Angel ist gerade gegangen. Es ist sehr spät geworden, ich hab ihn in einem Taxi nach Hause geschickt. Morgen hat er seinen großen Auftritt. Er konnte sich nicht recht entschließen, ob er bleiben oder nach Hause fahren sollte. Meinetwegen hätte er gern bleiben können; er sah erschöpft aus. Ich konnte sehen, wie seine Gedanken Karussell fuhren. Aber dann hat er sich entschieden. Trotz allem. Ich muss, sagte er.

Wenn er mir gegenübersitzt, sich in der Wohnung bewegt, als wäre er hier zu Hause, oder in meinem Bett schläft, sehe ich das Leben vor mir, das wir gehabt haben, das Leben, das ihm genommen wurde. Er stellt Fragen und drängt mich, Dinge zu erzählen, die ich lieber nicht erzählen würde. Und ich kann nicht anders, als ihm zu antworten.

Ich sehe Angel an und fühle mich mit ihm verbunden, allen Jahren zum Trotz. Er ist mir vertraut, ich beginne, ihn wieder auf die Weise kennen zu lernen wie früher, und kaum etwas, das er mir erzählt, erstaunt mich.

Ich sehe einen Sohn.

❖❖❖

Angel weiß, dass Manuel ihm schon immer besonders auf die Finger geschaut hat. Und er hat versucht, Manuel nachzuahmen, seinen Tanz. Irgendwann wollte er einmal genauso gut, wenn nicht besser sein als er. Im Stillen scheint Manuel das auch zu hoffen. Eigentlich begreift er nicht, was Manuel davon hat, sie zu trainieren. So außergewöhnlich gut sind sie wahrlich nicht. Sie sind Amateure. Trotzdem investiert Manuel seine ganze Zeit und Kraft in sie.

»Genau das ist das Geheimnis, Angel. Und das ist es, was dich von den anderen unterscheidet«, hatte er einmal gesagt. »Groß oder klein, man muss immer bereit sein, alles zu geben.«

Die Gruppe hat sich um Manuel versammelt. Er hat sie zu einem letzten Durchgang zusammengerufen.

»Ist jetzt allen die Reihenfolge der Auftritte klar? Die Band ist zum Soundcheck im Park. Ich hoffe, niemand hat seine Kleider vergessen«, sagt er mit einem Lächeln, das Hinrichtung verheißt, falls doch einer was vergessen haben sollte.

Angel versucht, sich ebenso zu konzentrieren wie die anderen. Aber er ist rastlos. Es zuckt in seinen Oberschenkeln und er knickt in den Knien weg. Seine Gedanken entwischen bei der kleinsten Unkonzentriertheit und tanzen durch die Luft, bis er sie kurz vorm Aufprall auf den Boden wieder einfängt.

Es war ein elendes Gezappel gewesen, bevor sie heute Vormittag endlich aufbrechen konnten. Eine ungeduldige Mutter. Eine aufgedrehte Natalie, die fröhlich durch die Wohnung hüpfte und tausendmal ihre neuen Sachen anprobierte. Das war einfach zu viel. Er wollte seine Ruhe haben. Allein sein. Während seine Mutter Natalies dunkles, dickes Haar sorgfältig in einen Zopf flocht, kommandierte sie ihn herum. Holst du bitte die rote Tasche? Sei so gut und pack Natalies und meine Sachen ein. Welche? Na, die, die auf dem Bett liegen, natürlich. Du scheinst müde zu sein, es war wohl spät heute Nacht? Hast du dein schwarzes Hemd gebügelt? Wann bist du eigentlich nach Hause gekommen? Das Obst muss auch mit. Und die Kopfschmerztabletten. Ach, gib mir am besten gleich eine, es kündigt sich schon was an. Er hatte ihr ein Glas Wasser eingeschenkt und die kleine Tablette gereicht. Verdammt, war er ihre Dienstmagd, oder was? Immer musste er zur Verfügung stehen und seine Dankbarkeit unter Beweis stellen. Er konnte es nicht mehr hören. Natalie rannte zum Spiegel, um ihre neue Frisur zu bewundern. Willst du jetzt etwa noch duschen? Willst du das etwa anziehen? Beeil dich.

Er ist jetzt noch ganz atemlos. Er hätte lieber bei Gustav übernachten sollen, statt brav nach Hause zu fahren. Aber es war wie ein Zwang, er musste nach Hause, um mit eigenen Augen zu sehen, was er Gustav so mühsam aus der Nase gezogen hatte. Manchmal war Gustav verstummt und hatte gezögert. Gesagt, dass er nicht wüsste, ob es gut wäre. Aber er hatte gewusst, dass er auf alles eine Antwort bekommen würde, wenn er darauf bestand. Gustav hatte es ihm versprochen. Dass er alles fragen durfte.

Evelyn hört Manuel konzentriert und mit in die Hüften gestemmten Händen zu. Er sucht ihren Blick, aber sie sieht nur Manuel an und nickt hin und wieder zustimmend.

»Wir versammeln uns eine halbe Stunde vor unserem Auftritt hinter der Bühne, und danach bleiben alle da. Ich will kein Rumgerenne mehr bei den anderen Veranstaltungen im Park. Und jetzt gehen wir das Programm noch ein letztes Mal durch.«

Manuel gibt einem Knirps, der gewissenhaft und mit großer Ernsthaftigkeit den Kassettenrecorder bedient, das Startzeichen.

Angel ist heute besonders dankbar, Evelyn als Tanzpartnerin zu haben. Sie ist verlässlich und außerdem verliebt, sie wird tanzen wie eine Fee. Und ihre Bewegungen sind aufeinander eingespielt. Er wird sich nicht anstrengen müssen, damit es gut läuft.

Es herrscht erwartungsvolle Spannung, um sie herum sind alle in Aktion. Der halbe Club ist auf den Beinen, um dafür zu sorgen, dass auch ja nichts fehlt. Sie gehen das Programm noch einmal durch, die eingespielten Bänder werden im Schnelldurchlauf überprüft. Angel sieht, wie seine Mutter die Kleinen um sich versammelt, ihnen die Kleider zurechtrückt und den Ernst des Tages einzuschärfen versucht. Wie sie es so oft mit ihm gemacht hat.

Die Fußballsektion ist zum Helfen abberufen worden. Schließlich ist das eine Veranstaltung des gesamten Clubs. Einige Clubmitglieder sind schon in den Park vorgefahren, um den Verkaufsstand aufzubauen. Essen, Gebäck und Bier werden später nachgeliefert. Ein Blech nach dem anderen wird hereingetragen und in Brotkisten verstaut. Da scheint tagelang gebacken worden zu sein. Heute soll ein Geschäft gemacht werden. Eine ausgezeichnete Gelegenheit, Geld für den Verein zu sammeln. Angel sieht sich suchend nach Victor um, aber der scheint noch nicht eingetrudelt zu sein.

Angel fällt es schwer, sich an dem eifrigen Engagement zu beteiligen. Er ist aufgeregt, das schon. Aber diese Veranstaltung ist auch nicht anders als andere. Ein Spektakel von vielen, nur etwas aufwendiger. Mit mehr Auftritten. Und einem größeren

Publikum. Ihm hängt das Ganze meilenweit zum Hals raus, ständig vor Landsleuten zu tanzen, falls man alle Lateinamerikaner als Landsleute bezeichnen will. Was bringt das? Es ist wie ein isolierter Kreislauf. Die gleichen Tänze wie immer. Die gleichen Reden von Kultur und Ursprung, die sie schon tausendmal gehört haben. Die gleichen verblassenden Träume von einem Leben, das nicht länger ihrs ist. Als ob sie glaubten, nach wie vor in Lateinamerika zu leben oder irgendwann dorthin zurückzukehren.

Dabei liegt das eigentliche Problem ganz woanders. Er hat das Gefühl, dass das, worum es eigentlich geht, von einer Schicht Schminke zugedeckt wird. Wer ist man und zu wem wird man gemacht? Oder ist man nur ein Hirngespinst, wie es ihm bei Katta durch den Kopf gegangen ist? Oder wie Gustav gestern sagte: Wer hat das Recht, über dein Leben zu bestimmen?

Wer hat ihn geformt? Seine Mutter? Nicht zuletzt sie. All die kleinen Versprechungen, die in dem Moment ihre Gültigkeit verloren, als er wieder zu ihr gezogen ist. Wie ich dich vermisse!, hatte sie gesagt. Bald, hatte sie gesagt, bald werden wir wieder zusammen sein. Du willst doch bei mir wohnen, nicht wahr? Was hätte er antworten sollen? Aus dem Bald wurde ein Später und schließlich ein Irgendwann. Manchmal hatte sie die Worte abgewandelt. Gesagt, dass sie mehr in seine Nähe ziehen wollte. Ihn öfter besuchen würde. Aber sie hatte ihre Worte nie wahr gemacht.

Wie war es möglich, dass ein ganzer Sommer vergehen konnte, ohne dass er sie gesehen hatte? Weil sie arbeiten musste?! Als ob sie da die Einzige wäre! Wie oft hatte er vergeblich gewartet, dass sie ihn abholen würde. Wie kam es, dass er erst wieder zu ihr ziehen durfte, als sein Vater nach Chile zurückgegangen war, kurz nachdem Gustav und er sich getrennt hatten? Plötzlich war keine Rede mehr von der großen Sehnsucht. Oder den kleinen Versprechen, die sie ihm die ganze Zeit gemacht hatte. Die so leicht zu brechen waren, weil sie doch bedeutungslos waren. Die Märchen, die sie ihm nie vorgelesen, die Lieder, die sie nie für ihn gesungen hatte. Meist war er sich überflüssig vorgekommen. Da glaubte er schon lange nicht mehr an verspätete U-Bahnen und kaputte Busse.

Er ist nur halbherzig bei der Probe, und als Manuel den Knirps auffordert, *Adoro* einzulegen und Angel zu sich winkt, setzen seine Beine sich nur widerstrebend in Bewegung. Bleischwer und schleppend. Er ist nervös, was Manuel sagen wird. Er hat nicht so viel geübt, wie er sollte. Er hat sich die Musik nicht angehört. Keine Geduld gehabt, sich in die Texte hineinzuhören.

Er stellt sich in die Mitte der Tanzfläche. Wartet auf den Einsatz der Musik. Die anderen aus der Gruppe stehen um ihn herum. Zum ersten Mal fühlt er sich durch ihre Aufmerksamkeit gestört.

Adoro, denkt er während des kurzen Gitarrenintros, bevor Lola Flores auf dem Band zu singen beginnt. *Adoro la calle en que nos vimos, la noche cuando nos conocimos … Ich verehre, verehre die Straße, in der wir uns trafen, die Nacht, in der wir uns begegneten.* Ihr Gesang dringt wie aus weiter Ferne an sein Ohr. Er muss die Worte ausblenden, um tanzen zu können. Nicht zuhören, nur nicht daran denken, dass die ganze Gruppe auf ihn guckt und nur darauf wartet, ihm zu applaudieren. Einfach nur tanzen, das ist ein Job, wie Reklame austeilen. Aber er macht seinen Job schlecht. Zwei-, drei-, viermal muss er *Adoro* durchtanzen, bis Manuel mit der Probe weitermacht. Und da haben die Musik und die Worte sich bereits in sein Hirn eingebrannt, sein Denken lahm gelegt, sich festgebissen.

»Das war's«, sagt Manuel endlich. »Entspannt euch ein bisschen und lasst euch von den Auftritten der anderen inspirieren. Wir sehen uns später.« Er fordert Angel mit einem Blick zum Bleiben auf und mustert ihn von oben bis unten.

»Was soll ich dazu sagen, Angel?«

Fahr zur Hölle, vielleicht?

»Da du selbst vermutlich nichts dazu sagen wirst«, fährt er fort. »Bist du zufrieden?«

Angel zuckt mit den Schultern. Als ob das eine Rolle spielte. Manuel lächelt sarkastisch.

»Na, ich brauche dich ja wohl nicht extra darauf hinzuweisen, du wirst es selber am besten wissen. Aber was immer das für Gummi in deinen Beinen ist, sorg dafür, dass es bis heute Abend verschwindet. Du weißt, dass ich an dich glaube. Du bist gut, Angel, aber das, was ich gerade gesehen habe, reicht nicht aus. Das war was für Durchschnittstänzer. Und du bist doch wohl kein Durchschnittstänzer?«

War das alles? Kann ich jetzt gehen? Anscheinend nicht, Manuel ist noch nicht fertig. Er nickt zum anderen Ende des Übungsraums. Angel dreht sich um. Dort steht sie. Seine Mutter. Wie der Nabel der Welt.

»Deine Mutter wäre sicher nicht sehr glücklich, wenn …«, hört er Manuel sagen. *Das ist aber gar nicht Mamas lieber Junge. Wie kannst du mich so traurig machen? Liebst du mich nicht mehr?* Gustav hat Recht, denkt er und merkt, wie seine Brust sich zusammenschnürt. Er starrt Manuel an. Ich dachte, du wärst auf meiner Seite.

»Belassen wir es dabei«, beendet Manuel das Gespräch. »Jedenfalls weißt du jetzt, was ich denke.«

Angel holt seine Jacke und schnappt sich beim Weg nach draußen ein Programmheft. Er hält es keine Sekunde länger hier aus. Von Victor immer noch keine Spur. Vielleicht ist er ja schon im Park.

Während seines Spaziergangs zum Park überfliegt Angel das Programm. Es wird lange bis in den Abend hineinreichen. Eine selige Mischung aus Tanz und Musik. Ein Orchester aus Kuba. Lokaler Rinkeby-Rap. Volkslieder. Stockholms Kulturstadträtin hält eine Ansprache. Dieses Jahr nur vom Feinsten, die legen sich aber mächtig ins Zeug. Immerhin ist sie aus Chile. Ein schwedischer Liedermacher, von dem er noch nie etwas gehört hat, will alte Lieder von Violetta Parra und Victor Jara vortragen, alle Achtung. Nationale und regionale Volkstänze aus Bolivien, Peru, Kolumbien, Chile, sogar brasilianische und mittelamerikanische sind dabei. Und moderne Rhythmen.

Natalie und ihre Kindergruppe sind nachmittags an der Reihe. Er ist erst abends dran. Kurz bevor die Freiluft-Veranstaltung in ein großes Fest mit Salsaband im Bürgerhaus von Rinkeby übergeht. Für ihn wäre der Pflichtteil damit erledigt. Aber wohin sollte er hinterher gehen? Wo es keine Klara Licht mehr gab, die ihn erwartete. Außerdem wird seine Mutter ihn mit Adleraugen bewachen. Wenn es nach ihr ginge, hätte er keine Chance zu entkommen.

Je näher Angel dem Park kommt, desto mehr Menschen strömen zusammen. Die Rasenfläche unter dem hohen Viadukt von Hjulstavägen ist zu einem Parkplatz umfunktioniert, der sekündlich voller wird. Aus den Wagen steigen Familien, Kinder, Großeltern, aufgeregte Hunde. Kinderwagen und der eine oder andere Rollstuhl holpern über den Kiesweg zum Park. Jungs in seinem Alter oder jünger kommen auf ihren Fahrrädern angedüst. Aus der Entfernung sieht der Park wie ein römisches Legionärslager aus. Dicht an dicht ragen spitze Zeltdächer auf. Die Leute wuseln hin und her, von Grills und Bratplatten steigen Rauchfahnen auf. Der Wind weht einen süßlichen Duftmix aus Fleisch und Marinade zu ihm herüber.

Er wirft einen kurzen Blick in das Café in dem roten Holzhäuschen. Der Betrieb ist in vollem Gang, die Leute trinken Kaffee und essen Hefeteilchen oder Baguettes. Er hätte nicht gedacht, dass es so kommerziell werden und dass so viele Leute kommen würden. Er kennt etliche von ihnen und muss ständig irgendwen grüßen. Aber er geht jedem Gespräch aus dem Weg, tut so, als wäre er gerade auf dem Sprung oder an irgendeiner Sache interessiert. Ein paar besonders energische Händler, die er aus der Fußgängerzone im Zentrum kennt, versuchen laut schreiend Kunden anzulocken. Bei einem Kassettenstand, der über einen dröhnenden Gettoblaster für seine Ware wirbt, entdeckt er eine Kassette von Meccano und lässt sie in der Jackentasche verschwinden. Er muss an Chico denken. Ob er auch hier ist? Anzunehmen. Dann würden sie sich wahrscheinlich früher oder später über den Weg laufen. Victor müsste doch eigentlich auch hier sein.

Er sieht auf die Uhr. Bis zum ersten Auftritt dauert es noch eine Stunde. Er geht ins Clubzelt, wo fünf Helfer in ein lebhaftes Gespräch vertieft sind, während sie die Salate anrichten, die Grillspieße vorbereiten und den Grill anwerfen. Victor ist nirgends zu sehen.

»Magst du was essen?«, fragt Saras Mutter ihn. »Vielleicht einen Grillspieß? Oder eine Pirogge? Der Club lädt dich ein.«

»Auf die Weise macht ihr aber keinen Gewinn!«

»Natürlich machen wir Gewinn, aber dich können wir ja wohl einladen! Du musst was essen vor eurem Auftritt. Außerdem finde ich, dass du zu dünn bist.«

»Das liegt nur daran, dass er zu wenig trainiert«, sagt Victor, der plötzlich neben Angel steht.

»Da bist du ja! Wo hast du gesteckt?«

»Ich bin schon den ganzen Tag hier, wo sonst? Die Knirpse sind da drüben.«

Victor zeigt zu der freien Fläche hinter den Lotteriebuden, wo eine Horde kleiner Jungen in blauweißen Trikots hin und her flitzen.

»Habt ihr heute Training?!«

»Nein, wir haben ein Miniturnier mit ein paar Rinkebyteams organisiert. Just for fun. Wie läuft's bei dir?«

»Gut, nehme ich an.«

»Werde ich auch eingeladen oder gilt das nur für die großen Stars?«, wendet Victor sich stichelnd an Saras Mutter.

Sie lacht.

»Und was möchte der *señor?*«

»Einen *completos*, bitte.«

»Da scheint mir aber jemand hungrig zu sein! Und du, Angel?«

Angel schüttelt den Kopf. Er würde jetzt keinen Bissen runterkriegen.

Saras Mutter füllt ein Fladenbrot mit Salat, Tomate, Zwiebel, Gurke und einer gegrillten Wurst.

»Halt!«, ruft Victor. Saras Mutter sieht ihn fragend an.

»Kein Dressing, bitte«, sagt er.

»Angst, fett zu werden, oder was?« Angel boxt ihm leicht auf den Bauch. Keine Unze Fett, reine Muskeln. Victor hat sich im Lauf des letzten Jahres ganz schön rausgemacht.

»Bitte schön, *completos* ohne Dressing. Solltest du es dir doch noch anders überlegen, kannst du gern wiederkommen«, sagt sie zu Angel. »Viel Erfolg!«

Victor und Angel schlendern über den Platz.

»Verdammt, Victor, du hast dich echt ganz schön gemacht. Wahrscheinlich lässt du dich demnächst als Mr Universum aufstellen.«

»Na klar. Ich rasier mir die Körperbehaarung ab und schmier mich mit Kokosöl ein, sodass ich wie ein kompletter Badestrand stinke.«

»Welche Körperbehaarung?! Du bist doch glatt wie eine Eishockeyfläche. Und außerdem tritt man nicht nackt gegeneinander an.«

»Quatsch, bei so einem Schwachsinn werde ich niemals mitmachen, das weißt du ganz genau«, sagt er mit vollem Mund. »Übrigens, hast du ihn mal wieder gemessen?«

»Warum fragst du?«

»Rein wissenschaftliches Interesse. Meiner war gestern vierzehn. Oder vierzehn Komma zwei, um genau zu sein. Größer wird er wahrscheinlich nicht mehr.«

»Du hast ihn gestern gemessen?«

Angel muss bei der Vorstellung von Victor auf der Bettkante beim Messen seines Schwanzes lachen. Hat er morgens oder abends gemessen?

»Fredriks ist sechzehneinhalb. Behauptet er jedenfalls«, plappert Victor weiter.

»Wen hast du denn noch alles gefragt!«

»Fünf, sechs Leute vielleicht.«

Angel wirft Victor einen skeptischen Blick zu.

»Okay«, sagt er. »Ich habe zwölf Jungs gefragt.« Angel schüttelt den Kopf.

»Du hast sie doch nicht alle. Und wo liegt der Durchschnitt?«

»Hab ich's doch gewusst!«, sagt Victor triumphierend. »Ich wusste, dass du das fragen würdest. Fünfzehn, fünfzehneinhalb ungefähr. Willst du auch wissen, wer den längsten hat?«

»Womit wird gemessen? Lineal oder Maßband?«

»Egal.«

»Was benutzt du?«

»Zollstock«, sagt er und prustet laut los. Danach wechselt er abrupt das Thema. »Du hast mich doch neulich gefragt, ob ich dich zeichnen würde. Wann hast du Zeit? Ist es für was Bestimmtes?«

Ay, Victor. Nicht jetzt. Angel atmet tief ein. Erinnere mich nicht daran. Ich hatte es für einen Augenblick fast vergessen. Dank dir und deiner fixen Idee mit der Schwanzlänge.

Er ist nicht sicher, ob er wirklich wissen will, was Victors Stift sieht.

»Morgen vielleicht«, antwortet er und würgt das Gespräch

ab. Sie laufen schweigend nebeneinanderher. Angel hält planlos nach Chico Ausschau. Aber Chico oder ein anderer aus seiner Clique sind nicht zu sehen.

»Kommst du mit zum Fußballplatz?«, fragt Victor. »Meine zukünftigen Fußballprofis angucken?«

Warum nicht. Hauptsache, nicht nachdenken. Sie sind noch nicht sehr weit gekommen, als Evelyn sie einholt. Hinter ihr kommt Fredrik angetrottet.

»*Ciao*, Kumpel! Auch hier?!«

»*Hola*«, sagt Fredrik zurückhaltend.

»Ach, hast du wieder mit Spanisch angefangen?«, sagt Angel grinsend und klatscht in die ausgestreckte Hand, die Fredrik ihm entgegenhält. Victor tut es ihm nach.

»Er will uns beim Tanzen zugucken. Und seht mal, hier. Noch eine Rose«, sagt Evelyn und drückt Fredrik einen Kuss auf die Wange. Fredrik windet sich verlegen.

»Wie süß«, sagt Victor affektiert. »Und was krieg ich? Mir hat noch nie jemand Rosen geschenkt.«

»Du hast doch gerade erst einen *completos* bekommen«, sagt Angel.

»Von Saras Mutter. Fünfzigjährige Muttis sind nicht unbedingt der Traum meiner schlaflosen Nächte.«

»Mein Gott, dass ihr nie genug kriegt«, sagt Evelyn lachend.

»Du hast gut reden«, sagt Victor, »du hast ja alles. Schönheit, ein eigenes Zimmer und einen Freund.«

»Stimmt, du hast kein eigenes Zimmer und keinen Freund«, entgegnet Evelyn und Victor seufzt übertrieben. Angel und Fredrik lachen. »Obwohl du ziemlich süß bist«, sagt sie und stupst mit dem Zeigefinger gegen seine Nasenspitze. »Los, kommt, jetzt will ich den rosa Riesenelefanten gewinnen.«

»Du hast doch Fredrik«, kontert Victor und kassiert einen wütenden Blick von Fredrik.

Sie schlendern zu den Lotteriebuden und dem Tombolastand.

Evelyn und Fredrik eingehakt, Angel und Victor links und rechts von ihnen.

»Was muss man machen, um den rosa Elefanten zu gewinnen?«, fragt Evelyn und zeigt in das Regal über dem Holzbrett mit den Dosenpyramiden. Der Mann in der Bude lächelt sie an.

»Man muss alle drei Pyramiden runterschießen.«

»Wie viele Bälle hat man?«

»Drei.«

»Mehr nicht?!«, sagt sie. »Das ist doch unmöglich. Na gut, her mit den Bällen.«

Sie macht ein paar tapfere, wenn auch nicht sehr erfolgreiche Versuche.

»Du bist dran, Fredrik«, sagt Angel. »Du musst ihn für sie gewinnen! Mann oder Maus?«

Fredrik funkelt Angel an, tritt seine Zigarette aus und greift nach dem ersten Ball. Aber er hat auch nicht mehr Erfolg.

»Maus«, zischt Fredrik Angel zu. »Trotzdem, danke«, flüstert er, »ohne dich wäre ich heute nicht hier.«

»Die Bälle zu mir. Jetzt zeig ich euch mal, wie das geht«, sagt Victor gönnerhaft. »Anscheinend bin ich hier der Einzige mit Ballgefühl.«

Victor setzt zum ersten Wurf an. Astreiner Treffer. Die Dosen gehen mit einem Scheppern zu Boden.

»Bravo!«, ruft Evelyn und klatscht in die Hände. Victor wirft ihnen einen lässigen Blick zu.

»Das war die erste Pyramide«, sagt er und nimmt die restlichen zwei Bälle in die Hand.

»Das wäre mal wieder typisch«, brummt Fredrik.

»Willst du es vielleicht doch noch mal versuchen?«, sagt Victor und jongliert mit den Bällen. Er zielt lange, bevor er wirft. Voll daneben. Fredrik kann sich ein Grinsen nicht verkneifen. Den dritten Ball setzt Victor auch gegen die Wand.

»Hast du was von Ballgefühl gesagt!«, zieht Angel ihn auf.

»Da wirst du wohl doch mit Fredrik kuscheln müssen«, sagt Victor unbekümmert zu Evelyn. Der Mann in der Bude reicht ihnen irgendwelchen billigen Schund über den Tresen.

»Du kannst zwischen einem Schlüsselring und einem Minigeduldspiel wählen.«

»Testen wir jetzt das Glücksrad?«, schlägt Victor vor, während er das Geduldspiel schüttelt, sodass die kleine Metallkugel hin und her saust.

Als Angel sich umdreht, entdeckt er ein Stück weiter weg seine Mutter. Sie sieht sich suchend um. Er schiebt sich so zwischen Victor und Fredrik, dass sie ihn nicht sehen kann.

»Angel!«

»Was?«

»Welche Zahl nimmst du?«, fragt Fredrik.

Angel legt ein Fünfkronenstück auf den Tresen und im nächsten Moment leuchtet am Glücksrad ein rotes Lämpchen bei seiner Zahl auf. Er wirft einen Blick über die Schulter. Mama ist vor Natalie in die Hocke gegangen.

»Wen hast du entdeckt?«, will Fredrik wissen.

»Niemand Bestimmten. Ich dachte, ich hätte einen Bekannten gesehen.«

Eigentlich ist ihm klar, wie sinnlos es ist, ihr aus dem Weg gehen zu wollen. Der ganze Club ist hier. Und im Club hält man zusammen. Seit sie sich vor fünf Minuten versammelt haben, schleicht sie um Manuel und die Gruppe herum. Doch, sie ist wirklich nett, seine Mutter. Nervtötend nett.

Angel sitzt abseits von den anderen auf einer Kiste hinter der Bühne und raucht. Saras Zigaretten, wie immer. Noch zwanzig Minuten. Bei Natalie ist alles glatt gelaufen, Gott sei Dank. Sie haben einen Übergang verpatzt und sind einen halben Takt hinterhergehinkt. Halb so wild, sie sind trotzdem richtig niedlich und gut gewesen. Natalie war hinterher völlig happy.

Jetzt fängt das nervöse Kribbeln im Bauch an. Er mag Freilichtbühnen nicht besonders, wo die Aufmerksamkeit des Publikums und die eigene Konzentration irgendwie in der Luft verpuffen. Dieses ständige Kommen und Gehen. Die einen kriegen plötzlich Appetit auf einen Grillspieß oder ein Bier, ein anderer entdeckt einen Bekannten, man unterhält sich und schaut sich den Himmel oder die anderen Zuschauer an. Man muss als Tänzer schon höllisch gut sein, um die Leute zu fesseln. Aber er ist heute nicht gut. Überhaupt nicht. Wären da nicht Manuel und Evelyn, wäre er heute gar nicht hier. Dann wäre er … Ja, wo wäre er dann? Es ist alles auseinander gebrochen, der Wind der Vergangenheit hat alles zerstreut.

Er nimmt einen tiefen Zug. Der Qualm bleibt ihm im Hals stecken, als ob es in seiner Brust zu eng wäre. Hier sitzt er und wartet auf seinen Auftritt. Um mit seinem Tanz, seiner Ausstrahlung ein Publikum mitzureißen, von dem die eine Hälfte uninteressiert ist und ein weiteres Viertel ihn für einen Lackaffen hält. Es kommt ihm alles so weit weg vor. Genauso unwirklich wie das, was auf der Bühne passiert. Inszenierte Wahrheiten. Die im selben Augenblick vorbei sind, wenn man von der Bühne steigt.

Seine Mutter kommt auf ihn zu.

»Musst du unbedingt rauchen?«

Er drückt die Zigarette an der Kante der Kiste aus.

»Bist du nervös?«, erkundigt sie sich freundlich und stellt sich neben ihn, die Arme vor der Brust verschränkt.

Was willst du? Sie atmet tief ein.

»Ist das nicht ein herrlicher Tag?! Und Natalie war so tüchtig, findest du nicht? Sie sieht bezaubernd aus mit ihren Zöpfen.«

Ja, eine richtige Prinzessin.

Mama lacht ungezwungen.

»Als ich so alt war wie du, habe ich das Angebot bekommen, in einer Cabaretgruppe mitzutanzen.«

Ich weiß, und dein Vater hat nein gesagt. Obwohl das die Chance deines Lebens gewesen wäre.

»Sie wollten eine eigene Inszenierung der *West Side Story* aufführen. Ich fand das ungeheuer spannend. Das war ein Traum, den ich schon als kleines Kind gehabt hatte.«

Und du hättest die Hauptrolle der Maria spielen dürfen.

»Aber Papa wollte nicht. Und gegen ihn lehnte man sich nicht auf.«

Er weiß nicht, wie er sich verhalten soll. Warum ist sie gekommen? Sie stört ihn. Er braucht noch eine Zigarette. Soll sie doch sagen, was sie will.

»Aber dann hast du *Cabaret* mit ihnen gemacht«, sagt er und steckt sich eine Zigarette an. Sie scheint es nicht einmal zu merken.

»Ja«, greift sie verträumt den Faden auf. »Du hättest mich sehen sollen. Du wärst stolz gewesen, deine alte Mutter so singen und tanzen zu sehen. Ich war Liza Minnelli tatsächlich nicht ganz unähnlich. Wie die Zeit vergeht«, sagt sie mit einem angestrengten Lachen, »die Schönheit von damals bin ich nicht mehr.«

Sie verstummt und wirft ihm einen verstohlenen Blick zu.

»Ist schon in Ordnung«, sagt er und sieht auf die Uhr.

»Findest du? Oder willst du mir nur schmeicheln?«, sagt sie lächelnd und knufft ihn in die Seite.

Nein, ganz bestimmt nicht. Nicht mehr. Aber er hat inzwischen gelernt, dass man mit kleinen Lügen weiterkommt.

»Wir sind gleich dran«, sagt er.

Sie stemmt die Hände in die Hüften und streckt sich.

»Dann wollen wir mal hoffen, dass alles gut geht.«

»Warum sollte es nicht gut gehen?«

Sie sieht ihn streng an.

»Ich habe gerade mit Manuel gesprochen«, sagt sie trocken. Angel sackt in sich zusammen. »Er sagt, dass du nur unregelmäßig bei den Proben erschienen bist. Und dass die Generalprobe heute alles andere als gelungen war. Ich möchte mich nicht für dich schämen müssen«, sagt sie scheinbar scherzhaft, und das irritiert ihn. »Vielleicht sitzt ja ein Talentscout im Publikum, man kann nie wissen.«

Ja, das scheint das Einzige zu sein, was du kannst, dich schämen. Für andere. Für das, was mir gehört. Und was ist mit dir? Er sagt nichts. Seine Mutter seufzt vernehmlich.

»Weißt du, Angelito, du scheinst zu glauben, dass alles ganz leicht ist. Aber, man kann nicht einfach alles hinschmeißen so wie du. Es war nicht immer so leicht für mich, wie du vielleicht glaubst ...«

Er stellt auf Durchzug. Und schweigt. Egal, was er jetzt sagen würde, sie würde es mit gequälter Miene kommentieren und ihn dazu bringen, sie zu trösten und zu tun, was sie von ihm verlangt. Er hat sich noch nie dagegen wehren können. So ist es immer schon gewesen. Sich gegenseitig unter die Arme greifen, hat sie es genannt. Auf Natalie aufpassen. Nicht traurig sein, nicht weinen. Das kriegst du doch wohl hin. Sei ein Mann. Permanent dieses Gefühl, sie nie zufrieden stellen zu können. Und wer hat hier wen fallen lassen? Du mich. Bis Papa weggezogen ist. Was wäre passiert, wenn ich bei Gustav geblieben wäre?

»Ich muss jetzt los. Wir fangen in fünf Minuten an.«

Er steht auf.

»Hast du vor, heute Nacht mal wieder nach Hause zu kommen?«

Er bleibt stehen. Dreht sich zu ihr um.

»Wieso?«

»Muss ich das noch erklären? Das ist kein Hotel, in dem du wohnst. Und du bist in letzter Zeit reichlich häufig nachts weggeblieben. Ich möchte gar nicht wissen, was du getrieben hast, während ich auf Gotland war. Und du hast dich kein einziges Mal gemeldet …«

»Müssen wir das jetzt diskutieren? Ich habe gleich einen Auftritt.«

»Das klingt, als würde ich Unmögliches von dir verlangen. Ich will doch nur eine einfache Antwort.«

»Ich muss gleich tanzen, verdammt noch mal, kapierst du das nicht?«

»Nicht in diesem Ton, wenn ich bitten darf. Ich will nur wissen, wo du dich rumgetrieben hast.«

»Das glaube ich nicht.«

»Ich bin deine Mutter, Angelito.« Sie legt den Kopf schräg. »Ist es ein Mädchen?«, fragt sie einschmeichelnd. Er macht einen Schritt nach hinten. »Das kannst du mir doch ruhig erzählen. Als Mutter möchte man schließlich wissen, wer es ist. Das ist doch nichts Schlimmes. Ich hab nichts dagegen, wenn du woanders übernachtest, ich möchte nur, dass du vorsichtig bist und daran denkst, wie …« Sie bricht den Satz ab.

»Es dir ergangen ist? Meinst du das?«

»Angelito! Was ist bloß in dich gefahren? Ich meine Benita! Du kannst dich doch bestimmt noch an Benita erinnern, im letzten Jahr? Sie war erst sechzehn und Abtreibungen sind keine angenehme Sache. Ich weiß, wovon ich spreche.«

Angel sieht sie an. Du weißt, wovon du sprichst?

»Mach dir keine Sorgen. Es ist garantiert kein Mädchen«, sagt er ruhig.

Sie richtet sich hektisch auf. Breitet in einer dramatischen Geste die Arme aus und reißt die Augen auf. Wenn es nicht so traurig wäre, würde er am liebsten loslachen. Jetzt heul schon, das würde zu dir passen! Wenn sie sich jetzt selbst sehen könnte! Ihre übertriebenen Gesten. Das hier ist kein Theaterstück, Mama!

»Angelito, du willst doch nicht etwa sagen, das ist doch nicht möglich! Du also auch, ich hab es gewusst …! Mein Gott, Victor?! *Pobrecito*«, jammert sie. »Ja, nein, das ist natürlich nicht deine Schuld, das macht nichts, versteh mich bitte nicht falsch, aber …«

Ihre Hand ist auf dem Weg zu seiner Wange. Er schlägt sie mit einem kräftigen Schlag beiseite.

»Hör auf. Es ist auch kein Er, falls du das glaubst.«

Sie hält verdutzt inne und fährt sich mehrmals mit der Hand über den Hals. Knetet ihr Ohrläppchen zwischen Daumen und Zeigefinger.

Na gut, Mama, du sollst es erfahren.

»Soll ich dir sagen, bei wem ich gewesen bin?« Er macht eine kurze Pause, um des Effektes willen, und sieht ihr direkt in die Augen. Er spürt seinen Herzschlag bis in den Magen hinein.

»Vielleicht sagt dir ja der Name Gustav was?«

Ihr Blick flackert kurz auf. Er genießt ihre Verwirrung.

»Was willst du damit sagen?«, fragt sie leise.

Er schnaubt laut durch die Nase.

»Ich sagte, vielleicht sagt dir ja der Name Gustav was. Dort bin ich gewesen«, sagt er.

»Ich muss mich wohl verhört haben«, murmelt sie. »Hast du bei diesem – übernachtet, ich begreife das nicht, ist dir denn nicht klar, was du damit anrichtest? Willst du alles wieder ins Rollen bringen?!«

»Ich?! Ist das vielleicht meine Schuld? Ich weiß sehr genau, was ich tue!«

Er schmeißt den Zigarettenstummel weg, tritt ihn in den Boden und sagt ganz ruhig:

»Du hasst ihn, stimmt's? Genau wie Papa? Wahrscheinlich hasst du mich jetzt auch? Oder?«

Sie blickt starr auf ihre Hände.

»Antworte mir!«

»Hör auf, Angelito. Gustav ist nicht dein Vater!«

»Nein, aber was bist du denn für eine Mutter?«

»Ich wollte immer nur dein Bestes.«

Na, wunderbar. Und was ist das Beste für mich? Kannst du mir das sagen?

»Gustav und ich haben ziemlich ausführlich miteinander geredet, und das Seltsame ist …«

»Du darfst nicht auf ihn hören! Begreifst du denn nicht, dass er sich nur besser darstellen will, als er ist? Er lügt, das ist dir doch hoffentlich klar.«

»Nicht, dass ich wüsste. Aber du hast gelogen. Selbst jetzt lügst du.«

»Jetzt gehst du zu weit, Angelito. Pass auf, was du sagst! Das ist nicht der Sohn, den ich großgezogen habe.«

Nein, wie wahr. Aber das will ich auch gar nicht sein, hast du kapiert? Weil es zwischen uns so etwas wie Ehrlichkeit wahrscheinlich niemals geben wird.

»Warum hast du nie gesagt, wo Papa ist? Und warum hast du Gustav daran gehindert, den Kontakt zu mir aufrechtzuerhalten?«

»Du kannst dir nicht vorstellen, was ich durchgemacht habe.«

»Und ich?! Du hast mein Leben einfach ausradiert, verdammt noch mal!«

Sie schlägt die Hände vors Gesicht. Reibt sich über die Schläfen. Na los, heul doch. Arme Mama.

»Darum geht es doch nicht. Du brauchtest deine Mutter. Du brauchtest mich.«

»Ach ja?! Warum hast du dann alle Spuren vernichtet? Ich durfte ja noch nicht mal seinen Namen erwähnen! Hättest du mich nur mit der gleichen Intensität geliebt, wie du sie gehasst hast. Gustav hat erzählt, dass du mich verlassen hast, weil …«

»Und das glaubst du ihm?!«, fällt sie ihm ins Wort. »Du glaubst ihm! Du darfst nicht auf ihn hören, oh, warum mischt er sich wieder in mein Leben ein, hat das denn nie ein Ende? Wann hat er Kontakt zu dir aufgenommen?«

Jetzt kann er nicht anders, er muss lächeln. Ein teuflisch gelassenes Lächeln.

»Nicht er, Mama«, sagt er leise. »Ich war es. Das hättest du nicht gedacht, was? Dass ich auf die Idee kommen könnte, ihn ausfindig zu machen. Und wenn du es wirklich wissen willst. Ja, ich glaube ihm.«

Manuel kommt angelaufen.

»Was machst du denn hier! Wir haben schon ohne dich angefangen und jetzt …«

Manuel verstummt, als er Gabriela sieht. Das Kajal ist mit den Tränen über ihre Wangen gelaufen. Manuel sieht Angel an, zögert. Macht Anstalten, zu ihr zu gehen. Aber Angel hält ihn davon ab.

»Sie hat was in den falschen Hals gekriegt, das legt sich wieder«, sagt er und zieht Manuel hinter sich her.

Seine Beine und Arme zucken nervös. Er hat Magenschmerzen. Es ist höchste Eisenbahn. Manuel schickt ihn direkt auf die Bühne, wo Evelyn ihn in Empfang nimmt. Seine Hand zittert, als er nach ihrer greift. Er kann es nicht fassen. Was hat er getan? Das wird sie niemals auf sich sitzen lassen. Ihm ist richtig schlecht. Auf der Bühne ist er in Sicherheit.

Seine Muskeln sind träge. Seine Hüfte ist wie eingerostet. Und seine Steifheit pflanzt sich bis in Evelyn fort, die sich verkrampft an ihn klammert.

»Was ist los mit dir?«, flüstert sie. »Entspann dich.«

Er dreht den Kopf zur Seite. Hinter seinen Augenlidern brennt es. Das geht nie im Leben gut. Evelyn setzt ihm einen schwachen, aber bestimmten Widerstand entgegen und steuert sie mehr in den Hintergrund. Es ist sinnlos, Evelyn. Tanz mit jemand anderem.

Sie quälen sich durch die Tänze, bis endlich die Lola-Flores-Lieder an der Reihe sind. Würdevollen, gemessenen Schrittes betritt Evelyns Mutter in einem bauschigen schwarzen Hemd mit glitzernden Goldpailletten die Bühne. Sie breitet die Arme aus und begrüßt die Zuschauer. Wie ein schwarzer Vogel nimmt sie die Bühne ein. Zuerst *Pena, penita, pena* und *Que me coma el tigre* und dann *Adoro*. Angels Solo. Seine Paradenummer. Nur er, die Bühne und das Publikum. Und die kraftvolle, heisere Stimme von Evelyns Mutter, die ihn begleitet. Im Hintergrund tanzen drei Mädchen.

Sie beginnt zu singen und ihm läuft ein Schauer über den Rücken. Ihre Stimme ist wie die von Lola Flores.

Manuel sieht ihn an und schüttelt den Kopf. Ich weiß, Manuel. Sag jetzt nichts.

»Ich gebe mein Bestes«, flüstert er Manuel leise zu. Die Choreographie zu *Adoro* ist gut. Manuel hat sich viel Mühe gegeben, sie ist Angel wie auf den Leib geschrieben, das weiß er. Er mag den Tanz. Weil er ehrlich ist. Aber er muss ihn selbst interpretieren, gestalten. Er ist immer noch völlig aufgewühlt. Er kann nichts versprechen.

Er steht in der Mitte der Bühne. Lässt den Blick über die Menschenmenge schweifen. Hinter ihm haben die drei Mittänzerinnen ihre Plätze eingenommen. Er nickt Evelyns Mutter kurz zu. Er ist bereit.

Er senkt den Kopf zur Brust und schließt die Augen. Gleich darauf hört er das Intro der Gitarren. Exakt in dem Augenblick, als sie *Adoro* singt, hebt er den Kopf hoch. Er steht gerade da, stolz. Siehst du, Mama?! *La calle en que nos vimos, la noche cuando nos conocimos. Ich verehre die Straße, in der wir uns erstmals trafen, die Nacht, in der wir uns begegneten*. Er macht zwei Schritte nach vorn. Verschränkt die Hände vor der Brust. Und seine Beine bewegen sich. Zuerst noch zögerlich, aber bald gehorchen sie ihm wieder. Sie tun tatsächlich, was er von ihnen verlangt, tragen ihn über die Bühne. Bass und Schlagzeug verstärken die Gitarrenstimmen. Er spürt, wie seine Rastlosigkeit sich verflüchtigt, zu einer kleinen Kugel zusammenschmilzt, in der seine Unruhe gebündelt, seine eigenen Gefühle fokussiert werden. Er fühlt sich wieder sicherer. Erleichtert. *La seda de tus manos, los besos que nos damos, los adoro vida mía.* Er streichelt die Luft. *Deine seidenweichen Hände, die Küsse, die wir einander gaben.* Er hebt die Mädchen nacheinander mit gestreckten Armen hoch, küsst flüchtig ihre Hände. Geschmeidig und ausdrucksvoll gibt sein Körper der Verzweiflung des Liedes eine Form. Die Worte hüllen ihn in eine eigene Welt ein, es gibt kein Publikum mehr, nur noch seine eigenen Gefühle, und er weiß nicht, für wen er tanzt, um wen sein Tanz sich dreht, ihn selbst, seinen heimlichen Traum, Klara, um die Leere in seinem Innern. *Tu eres mis noches de amar,* klingt es gewaltig, *meine Liebesnächte, die bist du.* Dann schrumpft der Gesang schlagartig zu einem schmerzlichen Wispern, das ihm entgegenkriecht. *Adoro, ese, ese, ese brillo de tus ojos, el dulce que hay en tus labios rojos … das Licht in deinen Augen,* Klara flimmert vorbei, hastig, wie ein Sonnenreflex, und langsam, Phrase für Phrase, wird die Stimme wieder lauter, *la forma en que me miras, deine Art, mich anzusehen,* seine Mutter wirft ihren schweren Schatten über ihn, bis die Stimme fast explodiert: *Yo te adoro vida mía. A me muero por tenerlo junto a mí, cerca, muy cerca.* Er bleibt stehen. Mitten in der Bewegung. Starrt auf die Menschen vor der Bühne. *Ich verehre dich, mein Leben. Und ich würde sterben, um dich bei mir zu wissen, in meiner Nähe, so nah …*

Evelyns Mutter hebt fragend die Stimme. Und er befiehlt sich: Tanz! Tanz! Aber er kann sich nicht rühren. Die Worte hallen in ihm wider, schwellen in seinem Kopf, seinem Körper, ja, genau das ist es, er könnte dafür sterben, ihr nahe zu sein. In einer der ersten Reihen vor der Bühne sieht er seine Mutter und Natalie. Das wird sie ihm niemals verzeihen. Seine Mutter verschwimmt vor seinen Augen. Er schaut zur Seite. Manuel breitet fragend die Arme aus. Stößt ein stummes *dios mío* aus. Evelyn sieht ihn verdutzt an. Ihre Mutter singt weiter. Die Gitarren schleudern ihre Sehnsucht heraus. Und da liegt sie, vor seinen Füßen. Verlassen, vergebens auf jemanden wartend, der sich ihrer annimmt. Hier kann er nicht bleiben. Er läuft an den Seitenrand der Bühne, nimmt Anlauf und springt blindlings von der hohen Kante herunter. Die Leute weichen ihm aus. Und er rennt los, nur weg von hier. Hinter sich hört er zögerlichen, verunsicherten Applaus, während er über das Feld auf Rinkeby zuläuft. *Y me muero*, denkt er.

KAPITEL 16

Die Augustsonne versinkt langsam hinterm Horizont. Es geht auf halb sieben, als die letzten Badegäste schließlich ihre Sachen zusammenpacken und verschwinden. Angel geht auf den Steg, stellt seine Tasche ab und wirft das Handtuch darüber.

Er sieht sich um. Endlich, er hat lange warten müssen, bis er allein am See ist.

Er zieht das T-Shirt und die Badehose aus. Setzt sich auf den Stegrand und lässt die Füße ins Wasser baumeln. Danach zieht er ein Maßband aus dem Außenfach seiner Tasche und legt es neben sich. Ein Kribbeln läuft durch seinen Körper. Er grinst. Er weiß zwar nicht, warum Victor so viel daran liegt, aber er wird es trotzdem machen. Wenn Victor es unbedingt wissen will. Wenn sie als Kinder solche Dinge miteinander geteilt haben, werden sie das jetzt wohl auch noch können.

Er schaut auf den See hinaus, der jetzt still und schön in abendliche Ruhe versunken vor ihm liegt. Er seufzt tief. Sein Körper fühlt sich bleischwer an und seine Gedanken bewegen sich träge. Als wäre das Gehirn eine zähe Masse, durch die sie sich nur mühsam hindurchkämpfen können.

Er beugt sich vor, schöpft Wasser mit der gewölbten Hand und fährt sich damit durchs Gesicht. Er kriegt einfach keine Ordnung in seinen Gedankensalat. Geschehen ist geschehen, und er ist ein Idiot.

»Was hast du jetzt vor?«, hat Katta ihn gefragt.

Wenn er das wüsste. Nach Hause kann er auf keinen Fall. Ihm wird ganz mulmig bei dem Gedanken, seiner Mutter zu begegnen. Er hat sie am Boden zertreten, sie erniedrigt, und wenn sie ihm etwas unter die Nase reiben wird, dann das. Er hat im Laufe des Tages mehrere Kontrollanrufe gemacht. Und erst als er ganz sicher sein konnte, dass zu Hause niemand war, war er losgedüst. Er hatte die Abkürzung über den bewaldeten Abhang hinter Kattas Haus zum Värmlandsvägen genommen und in aller Eile seine Badesachen und was zum Wechseln eingepackt. Dann hatte er sich die Schachtel aus dem Schrank geschnappt und das meiste daraus in den Müllschlucker gekippt. Nur die Fotos, den Umschlag mit dem Geld und Victors Zeichnungen hat er behalten und zu den anderen Sachen in die Tasche gesteckt.

Danach war er mit dem Rad zu Katta zurückgefahren.

Er weiß nach wie vor nicht, was er machen soll. Irgendwann wird er wieder nach Hause zurückmüssen. Er kann nicht bis in alle Ewigkeit bei Gustav bleiben. Katta meinte, dass er sicher eine Weile bei ihnen wohnen könnte. Aber wie sollte es nach einer Weile weitergehen?

Der See liegt still da, fast leblos. Da sind nur die Ringe, die sich langsam auf der Wasseroberfläche ausbreiten, wenn er die Füße bewegt. Er hätte nichts dagegen, wenn der See sich wie durch ein Wunder plötzlich ins Rote Meer oder in den Indischen Ozean verwandeln würde. Je weiter weg, desto besser. Aber so ist es leider nicht. Eines Tages kommt er vielleicht dorthin. Jetzt ist er hier. Und kein Delfin steckt seine Schnauze aus dem Wasser, um ihn verspielt zu begrüßen. Trotzdem genießt er die Einsamkeit auf dem Steg und dass er sich um niemand anderen kümmern muss als sich selbst. Hier könnte er den Rest seines Lebens sitzen bleiben.

Ja, er war zu Katta gegangen.

Katta hatte ihn völlig perplex angestarrt, als sie die Tür öffnete. Er war mindestens genauso perplex gewesen – und dankbar, dass sie zu Hause war.

»Was machst du denn hier? Solltest du nicht bei dem Fest sein?«, hatte sie gefragt und geniest, laut geschnaubt und sich mit zwei Fingern die Nasenflügel massiert. »Eigentlich wollte ich ja kommen, das Programm klang ziemlich spannend, aber wie du hörst«, sagte sie mit krächziger Stimme und schnäuzte sich.

Er hatte wie angewurzelt auf der Steintreppe vor ihrem Haus gestanden, bis sie wieder aus ihrem Papiertaschentuch auftauchte.

»Ist was passiert? Du siehst ja völlig durch den Wind aus«, sagte sie und zog ihn ins Haus.

Zuallererst servierte Katta ihm und sich selbst eine Tasse heißes Honigwasser.

»Das beruhigt«, sagte sie, »und ist gut gegen Erkältung. Ich hab das Zeug heute schon eimerweise in mich reingekippt.«

Was nicht viel genützt zu haben schien. Kattas Augen und ihre Nase waren rot und verquollen.

Danach setzte sie eine ordentliche Kanne Kaffee auf.

»Damit ich wach bleibe.« Worauf sie wieder nieste. Angel bekam augenblicklich ein schlechtes Gewissen. Katta sollte im Bett liegen, statt sich mit ihm und seinen verwirrten Verrücktheiten rumzuschlagen. Aber sie winkte ab.

»Für wen hältst du mich eigentlich?! Ist doch viel netter, wenn wir zusammen schniefen«, sagte sie. »Wer die meisten Taschentücher verbraucht, gewinnt.«

Sie stellte Waffelknäcke, Käse und Butter, ein Kastenbrot aus dem Gefrierfach und den Toaster auf ein Tablett und drückte es Angel in die Hand.

»Bring das rüber.« Er tat, was sie sagte, und trug das Tablett in ihr Zimmer.

Aber er brauchte keine Taschentücher. Er spürte nur einen ziehenden Schmerz, der in seinem Körper mahlte.

Und die Brote wuchsen ihm im Mund. Totalstopp. Er zwängte trotzdem ein paar hinunter, weil sein Magen rebellierte, er musste ihn mit irgendetwas beruhigen.

Sie legte ihm eine Matratze ins Arbeitszimmer. Vollkommen erledigt kroch er unter die Decke und sagte Katta gute Nacht, bevor sie in ihr Zimmer ging. Um ihn herum lag alles in grauem, verwaschenem Nebel. Zuerst wurde er davon eingehüllt wie von einem warmen, angenehmen Schleier. Dann wurde es eisig feucht und er begann zu frieren.

In diesem Zimmer hatte er gesessen, als er sich von den Spinnen verfolgt gefühlt hatte. Jetzt gab es kein Entrinnen mehr. Jetzt hatten sie ihn in ihren klebrigen Netzen gefangen. Und er hatte keine Kraft, sich gegen sie zu wehren, er gab auf. Wartete mit einem Krampf im Bauch, dass sie kamen, um ihre leichte Beute zu erledigen. Ihm war fast so, als spürte er ihre haarigen Beine auf seinem Körper, wie sie über seine Brust krabbelten, übers Gesicht, in den Mund. Und da wollte er nur noch schreien. Und er schrie.

Er fuhr hoch. In ihm hämmerte es. Seine Stirn war schweißnass. Er schämte sich. Hatte Angst. Fühlte sich jämmerlich klein. Er wollte nicht allein sein.

Er lauschte. Es schien ihn niemand gehört zu haben. Also legte er sich wieder hin, aber er traute sich nicht, das Licht auszumachen.

Danach lag er lange wach, im Schein der grünen Strindberglampe auf dem Schreibtisch, hatte Angst einzuschlafen und wurde zwischen totaler Ruhe und Verzweiflung hin- und hergeworfen.

Er konnte nicht fassen, was er getan hatte, allein, dass er es getan hatte. Er krümmte sich unter der Decke zusammen und wusste, dass sie ihm das nie, niemals verzeihen würde. Im nächsten Augenblick fühlte er sich wieder total entspannt, befreit, fast gefühllos. Als hätte er gerade ein Leben abgeschlossen und könnte jetzt mit einem neuen beginnen.

Er orientierte sich mit Hilfe der Wanduhr, die rhythmisch tickte und jede Viertelstunde einen sanften Ton von sich gab, wie spät es war. Wenn die innere Unruhe zu stark wurde, stellte er sich vor, dass das gleichmäßige Ticken der Uhr das Schlagen von Wellen an einen Strand wäre.

Irgendwo am anderen Ende der Welt lebt sein Vater. Dein leiblicher Vater, meinst du wohl, hatte Katta ihn mit einem Grinsen und einem Schniefer korrigiert.

Nach langem Zögern war Gustav schließlich damit rausgerückt, dass Angel zwei Halbgeschwister hatte. Irgendwann wirst du es doch erfahren, hatte er gesagt.

Demnach hatte er also drei Geschwister.

Josés Kinder heißen Emilio und Yasmina. Gustav hatte ihm ein Foto von den beiden gezeigt. Er hatte seine Halbgeschwister angesehen und sich gefragt, ob sie wohl so eine Art Ersatz für ihn waren. Damit sein Vater sein altes Leben hinter sich lassen und vergessen konnte.

»Ziemlich unwahrscheinlich«, hatte Katta in einem Versuch geäußert, ihn aufzumuntern. »Aber mal ganz im Ernst, das ist doch schon irre, sich vorzustellen, dass es da drüben zwei Zwerge gibt, die dir vielleicht ähnlich sehen.«

Er gibt sich alle Mühe, es wie Katta zu halten und an die beiden als seine Geschwister zu denken. Emilio und Yasmina. Ein kleiner Bruder. Den hat er bisher nicht gehabt. Er sagt den Namen leise vor sich hin, lässt ihn vorsichtig übers Wasser gleiten. Versucht ihn sich vorzustellen, wie er mit einem Ball unterm Arm auf ihn zugerannt kommt. Oder im Wasser plantscht wie die

Jungen hier am Strand vom Flatensee. Er fantasiert, wie es wäre, wenn sie sich treffen würden. Alle. Die Bilder, die er sich macht, ergeben aneinander gereiht die reinste amerikanische Filmschnulze.

Er hatte sich den Hintergrund des Fotos genau angesehen, ob es dort vielleicht ein paar Hinweise gäbe. Aber es war nichtssagend. Das Foto war in einem Park aufgenommen worden, grüne Blätter gibt es überall. Und eine Parkbank sieht aus wie eine Parkbank, unabhängig davon, wo auf der Welt sie steht.

Als die Spinnen sich endlich verzogen hatten, hatte er Papa hinter der Kamera stehen sehen. Er muss sie angelächelt oder irgendwas Komisches gesagt haben, weil Emilio und Yasmina auf dem Foto lachen. Er hatte sich ganz leer gefühlt.

Dicht über dem Wasser schwirren Libellen und hinterlassen feine Ringe auf der spiegelglatten Oberfläche. Die Mücken werden langsam lästig. Er stellt sich auf den Steg, holt tief Luft und springt mit einem Kopfsprung ins Wasser. Die obere Schicht ist fast lauwarm, aber nur ein paar Meter unter ihm ziehen kalte Strömungen vorbei.

Wenn er zu lange taucht, legt sich die Kälte wie eine Schraubzwinge um seinen Kopf. Trotzdem tut er es immer wieder. Er quält sich, bis ihm fast der Kopf platzt und es in seinen Ohren pfeift. Brennende Kälte.

Angel ist weit rausgeschwommen und taucht. Die Sicht ist wie immer nicht vorhanden. Er könnte ganz unbemerkt verschwinden. Er macht ein paar kräftige Schwimmzüge, um tiefer nach unten zu kommen, wo das Wasser noch kälter ist, wo es nur noch Kälte und Dunkelheit gibt. Der Druck legt sich auf die Trommelfelle. Kalte Strömungen winden sich um seine Arme und Beine und er fragt sich, ob man so lange in kaltem Wasser schwimmen kann, bis man steif ist, oder ob man in Dunkelheit ertrinken kann und wie sich das wohl anfühlt.

Merkwürdigerweise kommt man immer wieder an die Oberfläche, als hinge man an einem Gummiband. Er hält sich unter Wasser, bis sein Herz panisch anfängt zu schlagen, bis sein Schädel brummt, seine Ohren, der Brustkorb, bis der innere Druck den Körper fast zerreißt.

Aber es ist unmöglich, die Luft vollständig aus den Lungen zu pumpen. Sie zwingen einen wie Schwimmflügel nach oben. Es ist unmöglich, den Körper willentlich so schwer zu machen, dass er sinkt. Dazu braucht es schon Strömungen, die einen nach unten ziehen, oder Wellen, die einem Wasser in den Mund spülen, sobald man Luft zu holen versucht, oder einen so abrupten Druckwechsel, dass das Blut Kohlenmonoxyd ausschüttet und den eigenen Körper vergiftet.

Nichts von alledem ist an einem Augustabend wie diesem im Flatensee zu erwarten. Vielleicht würde die Kälte irgendwann seine letzten Kräfte aufzehren, aber nicht jetzt und hier in diesem immer noch sommerwarmen Binnensee.

Er schwimmt ans Ufer zurück. Er hat aufgehört zu träumen und angefangen zu hoffen. Irgendwann wird er in einem warmen Meer schwimmen und durch ein Korallenriff schnorcheln. Und wenn er dreißig Jahre alt werden muss, bis es so weit ist.

Die letzten fünfzehn, zwanzig Meter legt er tauchend zurück. Als er sich auf den Steg hochziehen will, hört er zu seiner Überraschung Stimmen.

Angel zieht sich so weit hoch, dass er über die Stegkante gucken kann. Er zählt ungefähr neun junge Männer und Frauen, die etwas älter sind als er. Sie sind gerade dabei, am Strand ein Lagerfeuer zu machen. Bierkisten. Grillspieße und Grillwürstchen. Typisch. Eine Strandparty. Wenn er schon mal glaubt, den See für sich allein zu haben. Peinlich. Seine Badehose liegt außer Reichweite.

Er lässt sich ins Wasser zurückgleiten und hält sich an der

Unterseite des Stegs fest. Ihre Stimmen klingen klar und deutlich in der stillen Abendluft und surfen ungehindert übers Wasser bis zu ihm.

»Seht mal, was ich gefunden habe!«, ruft eine tiefe Stimme.

Angel zieht sich wieder nach oben und riskiert einen Blick. Ein Mann läuft zügig über den Strand auf die anderen zu.

»Seht mal! Das lag im Wald!«

»Was ist das?«, fragt eine der Frauen.

»Eine Goldkette.«

Das kann nur seine sein!

Er lässt sich wieder ins Wasser sinken. Schließt die Augen.

»Die wird wohl jemand verloren haben«, sagt eine der Frauen.

Ja, ich, das ist meine Kette.

»Darf ich mal sehen?«

»Wir müssen sie abgeben«, sagt jemand.

»Wieso, wer weiß, wie ewig die da schon liegt. Die wird schon niemand vermissen.«

»Kann doch sein.«

So ist es!

»Stell dir mal vor, das wäre deine Kette«, sagt jemand anderes.

»Wenn ich gewusst hätte, dass ihr so einen Aufstand darum macht, hätte ich sie liegen lassen. Und was machen wir jetzt?«

»Ich bin dafür, dass wir sie verlosen. Wem immer sie gehört haben mag, hat sie wahrscheinlich längst aufgegeben.«

Ja, stimmt, er hatte sie aufgegeben. Oder genauer gesagt, nicht mehr daran gedacht, sie zu suchen. Sie war weg und damit Schluss. Er hatte kaum noch an die Kette gedacht. Außer Gustavs Geld, von dem er sich ursprünglich eine neue kaufen wollte, erinnert ihn nichts mehr daran. Aber die Idee hatte er schon lange aufgegeben. Er würde Gustav das Geld zurückgeben, noch heute Abend.

»Okay, wer ist für Losen?«

»Wer will sie überhaupt haben?«

»Alle, die eine Kette tragen, scheiden aus.«

»Das ist ungerecht.«

Jetzt hört schon auf, euch zu streiten! Das ist meine Kette, wie immer ihr euch entscheidet.

Allmählich wird ihm kalt, er hat zu lange still im Wasser gestanden.

»Wenn wir so weitermachen, schlage ich vor, dass David sie behält. Immerhin hat er sie gefunden.«

Er friert wie ein Schneider, hält es keine Sekunde länger im Wasser aus. Er springt auf den Steg, schnappt sein Handtuch und wickelt es sich um die Hüfte. Die Luft ist kühl und die Stegplanken kalt. Er kriegt eine Gänsehaut und seine Zähne schlagen aufeinander.

Drüben am Strand ist es totenstill geworden. Alle Blicke sind auf ihn gerichtet, sie starren ihn an wie ein Seeungeheuer, das soeben den Wellen entstiegen ist.

Er tut, als ob er sie nicht gesehen hätte, aber sie starren ihn weiter an. Er kann unmöglich auf dem Steg stehen bleiben und sich trockenrubbeln. Seine Hände zittern, er zittert am ganzen Körper, als er in der Tasche nach seiner Boxershorts tastet. Er versucht, so schnell wie möglich in die Unterhose zu schlüpfen, aber sie bleibt alle paar Zentimeter an der feuchten Haut kleben, zuerst an den Knien, dann an den Oberschenkeln. Wahrscheinlich gibt er ein urkomisches Bild ab, wie er so mitten auf dem Steg steht, als ob es eine Bühne wäre, und mit einer Hand die Unterhose hochzuziehen versucht, während er mit der anderen schützend das Handtuch vorhält und dabei fast das Gleichgewicht verliert. Am Ende hat er es leidlich geschafft. Er wirft das Handtuch weg. Schnell das T-Shirt und den Pulli übergezogen. Er trocknet sich flüchtig die Beine ab. Und jetzt noch die Jeans.

»Hallo!«, ruft ihm einer von ihnen zu.

Er sieht zu ihnen rüber und nickt. Knüllt das Handtuch in die Tasche.

»Wo kommst du her?«, fragt ein anderer lachend.

Er verlässt den Steg. Die Kälte hat sich in ihm festgebissen, das Lagerfeuer sieht sehr verlockend aus. Aber er will nicht mit ihnen reden. Eine der Frauen pfeift hinter ihm her.

»Hi, Hübscher«, sagt sie, »badest du immer nackt? Willst du ein Bier?«

Er lächelt ihnen unsicher zu und schüttelt den Kopf. Er will los, bevor es ganz dunkel ist. Er hat noch ein ziemliches Stück mit dem Rad vor sich.

»Nimm schon«, sagt einer der Jungen und reicht ihm eine Dose.

Er nimmt sie zögernd.

Angel setzt sich zu ihnen in den Sand. Das Feuer ist angenehm warm. Sie stecken Würste auf die Spieße, plaudern miteinander. Er überlegt, wer von ihnen David sein könnte. Soll er ihn fragen, ob er sich die Kette ansehen darf? Sie zurückfordern? Falls es seine ist.

»Sag mal, Schwimmer, wo kommst du her?«

»Aus Farsta«, antwortet Angel.

Sie lachen.

»Ich meine«, der Mann sieht ihn an und fährt sich mit der Hand durchs Haar.

Ach, das meint er.

»Ich bin hier geboren«, antwortet er knapp.

Sie seufzen. Hätte er Chile sagen sollen? Aber das wäre nur die halbe Wahrheit.

Er hört ihnen abwesend zu, nippt an seinem Bier. Das Mädchen, das hinter ihm hergepfiffen hat, versucht sich mit ihm zu unterhalten, aber er antwortet ihr nur kurz angebunden. Er ist mit den Gedanken woanders. Er denkt an den Abend im Juni, als sie mit der Clique hier gewesen sind und Fredrik voll wie eine Strandhaubitze war. Und er mit Marina geschlafen und dabei die Kette verloren hat. Der Himmel ist nicht mehr so gedoppelt wie im Frühsommer, hell und dunkel zugleich. Jetzt hat er sich mit dem Herbst verbrüdert. Die großen Gedanken sind immer näher gekommen, ihm immer weiter auf die Pelle gerückt, je weiter der Sommer vorangeschritten ist. Es hat keinen Sinn mehr, sie sich noch länger vom Leib halten zu wollen. Dafür ist es jetzt zu spät.

Sein Vater hat sich in seinen Gedanken eingenistet. Und Gustav. Er muss innerlich grinsen. Eigenartig, dass ihr das entgangen ist?! Die Kette hat all die Jahre um seinen Hals gehangen, direkt vor ihren Augen. Sie muss sie jeden Tag gesehen haben, ohne darüber nachzudenken. Das ist fast schon wieder komisch. Dass sie ausgerechnet dieses Detail übersehen hat!

»Hast du kein Bedürfnis, ihn wiederzusehen?«, hatte Katta ihn gefragt.

Er hatte lange darüber nachgedacht. Doch, natürlich wollte er ihn wiedersehen. Und trotzdem ist da diese Hoffnungslosigkeit. Wie soll er das anstellen? Es ist schließlich nicht damit getan, dass er dort anruft und sagt: Hallo, Papa, ich bin's, Angel. Schau doch mal vorbei, wenn du zufällig in der Gegend bist – ha, ha. Und warum sollte sein Vater das wollen? Er hat seit über drei Jahren nichts von sich hören lassen. Ganz davon abgesehen hatte er weder seine Adresse noch Telefonnummer.

»Da gibt es wohl nur eine Lösung«, hatte Katta auf ihre selbstverständliche Art gesagt, als ob es für alles eine Lösung gäbe: Gustav.

Am Ende kann er sich nicht länger beherrschen.

»Wer von euch ist David?«

»David?«, sagt ein blonder Mann auf der anderen Seite des Feuers. Hat er sich vielleicht verhört?

»Na ja, der, der die Kette gefunden hat«, sagt er zögernd. Jetzt wissen sie, dass er sie belauscht hat.

»Ist hier jemand, der David heißt?«, fragt der Blonde, schaut in die Runde und hebt fragend die Hände. »Na? Wie sieht's aus?«

Alle schütteln den Kopf. Angels Mut sinkt, obwohl er weiß, dass sie ihn auf die Schippe nehmen.

»Aber …«

Er verstummt. Sieht sich Hilfe suchend um.

»Ich bin David«, sagt der Blonde schließlich mit einem selbstbewussten Lächeln. »Wieso?«

Angel sieht die anderen unsicher an.

»Könnte ich … mir die Kette vielleicht mal anschauen?«

»Und weshalb? Damit du sie dir schnappen und damit abhauen kannst? Hältst du mich für blöd, oder was?«

Angel zuckt mit den Schultern.

»Es könnte sein, dass es meine ist und …«

»Habt ihr gehört?«, fällt David ihm ins Wort. »Sollen wir ihm das glauben?«

Angel starrt zu Boden. Das war blöd von ihm. Er stellt das Bier auf den Boden.

»Okay, ich geh dann wohl besser.«

»Nein, warte! Bist du sicher?«

Angel nickt. David gräbt in seiner Tasche, zieht die Kette heraus und hält sie in der Hand. Sie baumelt wie ein goldener Faden zwischen seinen Fingern. Er reicht Angel die Kette.

»Bitte schön, sieh nach, ob es deine ist.«

Angel beugt sich über das Feuer und David lässt die Kette in seine offene Hand fallen. Bevor Angel die Hand darum schließen kann, gleitet sie in die Flammen.

»Scheiße!«, ruft David und springt hoch.

Einige von den anderen sind genauso schnell auf den Beinen und stochern mit ihren Grillspießen im Feuer, fegen die Glut beiseite und versuchen, die Kette herauszufischen.

Angel sieht sie im Feuer blinken.

»War es deine?«, fragt eine der Frauen.

Ja, es war seine.

Plötzlich ist es ganz still – Angel steht auf und nimmt seine Tasche. Und wieder sehen sie ihn an, als wäre er ein Wesen von einem anderen Stern.

»Tut mir Leid. Das war wirklich keine Absicht«, sagt David gedämpft.

Doch, David, war es. Aber es war nicht deine Schuld.

Angel nimmt die Abkürzung über den Waldfriedhof und fährt langsam die Kieswege zwischen den Kiefern und Grabsteinen entlang, danach weiter über den Sockenvägen an den Holzhäusern von Gamla Enskede vorbei. Seine Mutter würde durchdrehen, wenn sie wüsste, wohin er unterwegs ist. Landesverrat. Damit verbessert er seine Lage nicht unbedingt. Aber wo sollte er sonst hin? Er hat ihr einen Zettel auf den Küchentisch gelegt, dass er noch lebt. Falls sie sich Sorgen macht.

Es wird schnell dunkel. In Gustavs Küche brennt Licht. Als er im Fahrstuhl nach oben fährt, sieht er das Feuer am Strand vor sich. Wie die Kette mit den Flammen verschmilzt und als Rauch aus dem Feuer aufsteigt und von der leichten Brise in den Abendhimmel emporgehoben wird. Und weit weg, zehntausend, nein, zwanzigtausend Kilometer weit entfernt, streut der Wind lauter kleine Goldkörnchen aus.

Per Nilsson

Du & Du & Du

Anon, 12, ist ein ungewöhnlicher Junge. Er hat großes Allgemeinwissen und weiß oft mehr als seine Lehrerin.
Nils, 20, hat sich ein Jahr Auszeit genommen, um zu überlegen, was er in Zukunft machen will. Er liest Kerouac und Thoreau und beschäftigt sich mit Leben und Tod.
Zarah, 17, arbeitet als Praktikantin in einer Kindertagesstätte. Dort verliebt sich die lesbische Lia in sie. Aber Zarah ist in Victor verknallt.
Anon, Nils und Zarah sind drei Jugendliche, die sich zu Beginn des Romans nicht kennen. Im Laufe der Geschichte aber kreuzen sich ihre Wege. Es beginnt damit, dass Anon Zarahs Brieftasche findet und sich in seiner Phantasie ein Traumbild von ihr macht. Nils begegnet Zarah zufällig in einer Kneipe. Sie sucht nur jemanden, mit dem sie Victor eifersüchtig machen kann. Aber Nils verliebt sich hoffnungslos in das schöne fremde Mädchen …
Der Roman von Per Nilsson wurde für den August-Preis, den bedeutendsten Literaturpreis Schwedens, nominiert.

Verlag Friedrich Oetinger · Hamburg

Jürgen Banscherus

Die Stille zwischen den Sternen

»Du willst die Wahrheit wissen. Das ist wirklich das Schwierigste, was du dir vornehmen konntest. Es gibt so viele Wahrheiten. Deine, meine, die deiner Eltern – *die* Wahrheit gibt es nicht.«

Als Jonas im Krankenhaus zu sich kommt, weiß er nicht, wie er dahin geraten ist. Was ist nachts auf dem Katzenberg passiert? Ist er vom Sendemast gestürzt? Woher kommen die tausend Mark, die man bei ihm fand? Und woher kommt der Wandler in seiner Tasche, den man zum Bau einer Bombe benutzen kann? Fragen über Fragen. War er Täter? War er Opfer? Wird er je wieder sprechen lernen? Mit Hilfe des Krankenhausarztes macht Jonas sich schreibend daran, das Loch in seiner Erinnerung zu füllen.

Verlag Friedrich Oetinger · Hamburg